# アメリカ・ユダヤ文学を読む

## ディアスポラの想像力

邦高忠二　稲田武彦

風濤社

アメリカ・ユダヤ文学を読む
ディアスポラの想像力

◎目次

# 第I部 — 邦高忠二

## ユダヤ系文学の展開



## ユダヤ系文学の作家・作品論

## 第Ⅱ部　ユダヤのアイデンティティ

稲田武彦

# アメリカ・ユダヤ文学を読む　ディアスポラの想像力

# I

邦高忠二

# ユダヤ系文学の展開

# アメリカ・ユダヤ系作家覚え書

二十世紀の中心点をあいだにはさんだその前後の時代に、社会現象という舞台のうえでも、精神活動というドラマの内面にあっても、演じ甲斐のある有利な役割を振りあてられたふたつのグループ、しかもマイナーなグループが歴然としてアメリカのうちにあったし、これからもありつづけるだろう。ひとつはニグロ・グループ、他のひとつはジュウイッシュ・グループだ。しかし、この振りあてられた有利な役割というのは、字づらどおりに、まるでマナのように、これらグループの頭上に降りてきた生存の与件でもなかったし、あるいは欠落をはらんだ条件をひたすら補完的にみようとするあまりに、いかにも有利であるかのように偽装をほどこしていったものでもない。もっとかれらの主体のがわへ踏みこんでいうなら、かれらは演じにくい不利な役割を、演じ甲斐のある有利な役割に変質させて、アメリカ社会からうばいとったのだった。

その結果は、一九二〇年代においてすでにニグロたちの意識にルネッサンスを喚びおこし、その旺盛な生命力は、現代の聴覚芸術の世界を、激しく微妙なリズムとなってふるわせている。そのニグロのもつ潜在的優越性に共振して、「ニグロが平等の権利をかくとくしたら、すべての白人の心理、性的能力、道徳的想像力に、深刻な変化をひきおこすにちがいない」(山西英一訳『ぼく自身のための広告』所収の『白い黒人《ホワイト・ニグロ》』新潮社、一九六二年)と、ニグロ台頭の〝黒い黙示録〟を書いたのは、ノーマン・メイラー(Norman Mailer: 1923-2007)だった。そして、彼をふくめたアメリカのジュウイッシュ・グループもまた、一九五〇年代から現在にかけて、ルネッサンスの光を、さいしょはためらうような間接照明で、やがては痛烈な高電圧の裸電球で、アメリカ文化のうえに撒きひろげてきた。

茫漠とし、不定形で、悪意にもみちているアメリカ社会のなかで、百パーセント・アメリカ人という、じっさいにはありもしない幻影的な公約数的な存在への同化、順応、服従、埋没にたいして抵抗するならば、索漠とした孤絶状況へ密封されてしまい、自己慰撫の妥協的境位に耐えしのぶよりほかはなく、アメリカニズムという生活様式の外的基準へブルジョア的投入をくわだてれば、みずからの本体《アイデンティティ》のゆるやかな異質化の自己認識が当然はねかえってくるだろうし、やがては一種のうしろめたい気持ちのなかで本体の所在さえみうしなうことになるかもしれない。撞着はさらにきびしい。自分では溶けこもうとしているつもりの外部じたいが、いわばその溶媒であることをこばむから、彼はイオンとしてではなく、コロイド粒子のように、社会のなかに懸垂させられるていどにおわってしまう。さらにいっぽうで、みずからの異質化が進んでゆくにつれ、かつて密着していた同質の他分子から、猜疑と軽侮の斥力を投げつけられ、遊離分子としてのにがい負いめを噛みしめなければならなくなるだろう。こうした入り組んだ遠心力と求心力、作用と反作用がどうじにはたらく一点に立って、つねに引き裂かれようとしているのがマイナー・グループのありかただといえるのだが、ニグロにせよジュウにせよ、かれらはこのありかたを抜きさしのならない厳然とした条件として引き受け、それを社会運動や文化活動に独自な方法で反映させ、アメリカ的全体がまるで石鹸のようなのっぺりとした均質な固体にかたまりゆく過程のなかへ、異質な構成分としてはいりこみ、アメリカの画一化をさまたげ、その豊富化に力をかしたのであった。これらグループは、苛酷であるからこそ、そとにむかって鋭利な洞察眼を向けなければならないという、自分たちの状況（アンチ状況）を機敏に見抜いたうえで、そのアンチ状況を逆利用する有利な悲運をつかみとったのだ。

かれらは文学の世界においても、おなじ理由から有利であった。確然としてその意味につきあたることができ、凝結した認識対象として把握することのできるようなリアリティに対面するとき、表現への志向が刺激され、作品化への希求がうみだされるとするなら、かれらには、歴史、社会、身分、文化、倫理、宗教、慣習など、あらゆる人間事象の面で、自分たちに敵意をもっていればいるほど、それだけ明確に意識の対象とすることのできるリアリティが存在しえたといえるのであり、じじつ、そこから数おおいすぐれた作品がつくられてきているのだ。

アメリカ文学のひとつの大きなジャンルである〝南部〟小説群から、ニグロの存在と要素を消去してしまったなら、あとになにがのこるだろう。リチャード・ライトの抗議小説は、あきらかにニグロのもつ堅確な反状況への怒りから出発しているし、フォークナーの作品でさえも、そのもっとも感銘ぶかいものは、ニグロへの熱い共感と、かつて存在したニグロの制度への重い執心からうまれたのであった。そして、現代の都会、というより都会化された環境や制度を背景にして書かれた小説から、かりにユダヤ的とでも呼べば呼べるような、微妙なモメントを度外視すれば、ほとんど根をうしなったように頼りないものにみえてくるだろう。ソール・ベロー(Saul Bellow: 1915-2005)のオーギー・マーチ(『オーギー・マーチの冒険』*The Adventures of Augie March*, 1953 の主人公)から遍歴流浪のモメントをはずし、フィリップ・ロス(Philip Roth: 1933-　)の『レッティング・ゴウ』(*Letting Go*, 1962)から、マイナー・グループ間の反目の表象としてえがかれている、異階級間、異宗教間の葛藤をはずして読むなら、そこではただむなしく騒がしい人間たちの道化踊りが、おびただしく埃を舞いあがらせているとしかおもえないだろう。

反対証明をあげたほうがいっそう明瞭になるかもしれない。つまり、〝南部的〟といったような、歴史と風土のからみ合いがつくりだす顕著なリアリティや、人種の相違がかもしだす隠微だがまた頑強でもある、人間対人間の意識・感情の齟齬状況という深刻なリアリティをもちえないとき、作家はいきおい、なにかの〝現実〟をつくりあげなければならず、しかもその〝現実〟をできるだけ効果的に表現しようとする願いのため、さほどありふれていない、衝撃の強い、異常な対象を創造する傾向にすすまざるをえまい。アメリカ小説のもうひとつのジャンル、あのゴシックの小説群は、マイナー・グループたちの直面するような堅い現実をもたない作家たちが、苦吟のはてに築きあげた〝アクセルの城〟でもあった。ジェイムズ・パーディ(James Purdy: 1914-2009)が『甥』(*The Nephew*, 1960)のなかで、とつぜんその正体を露出させるホモセクシュアルの青年や、ジョン・ホークス(John Hawkes: 1925-98)が『人喰い人種』(*The Cannibal*, 1949)に登場させる、しつように追いかけて撲殺した少年の肉をもちかえる飢えたドイツの老廃公爵は、ともに現実なき作家たちが捻出した〝非現実〟の人物であった。

もちろん、ひとくちにマイナー・グループとはいっても、ジュウとニグロとでは、それぞれ衝きあたったアメリカ社会の相面が異なっているし、アメリカ文化への接触のしかたや、それからの影響にも性質のちがいがある。さいしょから奴隷として新大陸へ陸揚げされ、南北戦争のあげく名目的には解放されながらも、さらに再建時代の裏切りと挫折、ならびにそのごの苦しい余波を身に浴びねばならなかったニグロの場合、既成社会との隔絶があまりにも大きかったから、その制度にたいする反応や、文学作品への意識投影が、直線的もしくは調子高いものになることは避けられなかっただろう。

ジュウの場合は、数千年にわたる西欧文化との接触というながい歴史をすでにもっていたし、移住の事情も多層で複雑であり、半任意的であったにせよ、どこかに淡い希《のぞ》みをひそめて人種移動がおこなわれており、むろん奴隷という道具存在のすがたでアメリカ社会と出会ったわけではないから、新しい外部状況への反応態度は、いわば正弦曲線的であり、そのときどきの要因に左右され、または外界を左右しながら、関数変化をたどってきたのだった。

ここで、ふと、サルトルのいった言葉、「ジュウの存在を信じているものこそじつはジュウなのだ」が思いおこされる。これは〝ジュウ〟という言語記号のなかへ、自分が生理的、感情的に嫌悪する属性のすべてを封じ込み、そこにひとつの固定観念をでっちあげ、自分では確固不動だと誤信しているその抽象観念の枠から一歩も踏み出ようとせず、他にたいしても、自分の固執した判断の尺度を断じて変えることなく測りつづける人間のことを意味しているのだ。自他のいずれにも、人間の当然生かすべきあの崇高な条件、変革の条件を認めようとしない、永久に凍結し静止した存在。これこそ、「ジュウは存在する」と信ずるものが、自分で嫌悪しているつもりのまさにその属性をもった堕落存在であり、じつに彼じしんの存在形態なのだ。

このようにみてくれれば、すべてのジュウに共通しており、ジュウしかもっていない、といった特別な性格はありうるものではないといえることになるだろう。特殊な幻影を仮構し、謬着した前提をもとにして或る対象に接するところから、迫害がうまれてきたのであり、結果的にいえば、迫害の事実が、歴史が、ジュウを強制的に存在させるにいたったのであった。消さなければならないのは迫害や圧迫のほうであって、ジュウではないのだから、すでにジュウは存在論の領域で論じられるべきものではなく、歴史のなかで解明される程度でいいのではあるまいか。

サルトルの警告的意見に首肯したままで、さらにラルフ・エリスンのいったように、文学というものが「或る特定経験の複合体を増幅したり、それに共振したりする作業をつづけてゆき、ついにはそのゆたかな叙述をとおして、人生の特殊な一部分が人生ぜんたいを比喩的に物語る」ことをあわせて承認するなら、ひとつのマイナー・グループがアメリカ社会という巨体によってどのように揉まれ、どのように迂余曲折した試行錯誤をかさねて生きのこったかの過程をたどってみることが、微粒子化の解体作用と、事物の過剰という重圧を強いられている現代の人間たち――意識の燃焼をおこたり、プロテストの姿勢をうしなうなら、とたんに細片化、簡略化された外部志向タイプのオーガニゼイション・マンの枠型に流しこまれて、プラスチックのようにかんたんに塑造されるという大確率をもった人間たち――が、その人間性喪失に対抗して生きるありかたを考えるときの比論的材料を提供することにもなるであろう。

こうして、アメリカ社会組織ぜんたいと、一マイナー・グループとの衝突によってかもしだされた現象と、その現象が作品の形象化にあたって滲透していった影響をみてゆくことが、或る特定の現象をつうじて現代アメリカ文学ぜんたいにせまろうとする、傲岸なしかし痛ましい試みとして許されるだろう。

アメリカ大陸とユダヤ人の接触は、一四九二年大陸発見とどうじにおこなわれ、コロンブスをたすけた数人のマラノ（スペインに居住していて、宗教的圧迫のためキリスト教への転向を強制されたユダヤ人）は、欧州人のうちではじめて大陸の影を眼にしている。そのなかのひとり、デ・トルレスが通訳としてコロンブスに従っていたことは、アメリカとユダヤ人の文化的関連のうえでなにか象徴的におもわれる。一六五四年、スペイン、ポルトガルから追放された南欧系ユダヤ人が、ニュー・アムステルダムに避難上陸し、ここにアメリカ定住がはじまるが、そのあまりにも少数のため、周囲と急速に同化しないでは存続が困難であった。一八二〇年代になると、ドイツ系ユダヤ人が大量に移住してきて、その後のアメリカン・ジュウの特徴を形成してゆくのだが、その本流はドイツ理想主義とアメリカ・プロテスタント的自由主義の線に沿って大きく改革《リフォーム》する動きであり、周囲からのうけとりかたも、ユダヤ人というよりまだドイツ人としてであった。一八八〇年を過ぎると、ロシアやルーマニアでのポグロムに衝かれた東欧系ユダヤ人がおびただしく流入し、一九一四年までに二〇〇万人以上もの数を加えることになった。この東欧系の集団は、イディッシュ語を話すひとたちであり、ドイツ系の集団とはまったく異なる習慣、言語をもっていた。そして、圧倒的に多数となった東欧系ユダヤ人は、正統的《オーソドックス》ユダヤ教に踏みとどまろうとする多数派と、宗教の面では世俗化し、労働運動の面で急進的たろうとする少数派にわかれていった。こうして、第一次大戦のおわるころまでは、東欧系移民が来るまでの全移民の特徴を集約した〝ドイツ的ジュウ〟と、新来の〝ロシア的ジュウ〟の二集団が併立していたうえに、〝ロシア的ジュウ〟が、宗教に執着するグループと、宗教にはさして関心のない急進労働派とに割れていたから、いわば2プラスαの構成図式で示される状況を呈していた。そして、ロシアやルーマニアでの悲惨(一八八一年のポグロム、一八八二年の五月法の制定)や、〝ドレフュス事件(一八九四年)に刺激され、〝ドイツ的〟と〝ロシア的〟を問わず、統一された抗議の姿勢がうまれてき、統合への気運がたかまった。一九二四年、移民法案が成立したときには、その内部に錯雑した相違点をのこしながらも、これらはほぼひとつの人種的グループとしてのまとまりをもっていた。

一般的にいって、これらユダヤ人がアメリカ社会へ入りこんだ当初は、いたずらに周囲の環境を拒否するのではなく、自分たちの実体はうしなわずに外部と適応できるような態度を見いだすのが主要課題として考えられた。受け入れてくれた社会にたいして、かれらにはまだ感謝の気持ちがあったし、また、未知の世界での心もとない恐怖感も拭いきることはできなかっただろう。だが、そのつぎの世代にとっては、アメリカはもはや異国ではなく、異国的なのはかえってユダヤ教であり、イディッシュ語となった。元来、家族意識のつよい民族であるだけに、第二世代のものたちは、心では両親を愛し、頭では両親のありかたに反発せざるをえないというディレンマに苦しんだ。こうしたアンビヴァレンスに分断されるのを救うのは意志の力であり、かれらはひたむきに宗教から離脱して世俗の現実にかかわろうとした。普遍化をめざすものは国際的社会主義を標榜し、個別化傾向にむかうものは民族主義的なシオニズムを唱導した。そして、一九三〇年代のころから第三の世代が出現するとともに、アメリカン・ジュウの決定的なかたちが定着してきた。それは、アメリカの社会や文化と抵触しないという限界のなかで、ユダヤ精神を強調し、再主張しようとする動きが、明確な姿勢でうちだされてきたからなのだ。「息子の代では忘れさろうとするものを、孫の代ではかえって想いおこそうとする」という、ハンセン氏の法則が現実化した例ともいえるのだが、この復活への気運のなかで、現代のいわゆるユダヤ系作家の活動ポテンシャルが蓄積されていったのだ。

第一の世代はアメリカ生活へ中途半端にまじり合い、周囲の白い視線に疎ましさを感じながらも、忌まいましい謝意を抱かざるをえず、しかもアメリカ文化の侵蝕によって自己の実体の純粋性がうしなわれてゆく恐怖におののいた、「感情的時代」の人間であった。

第二の世代は、しだいに大きく開口して自分たちを併呑してゆくアメリカ社会の趨勢と、保守的、閉鎖的にしか思えないにもかかわらず、深く自分の骨肉に染みついたユダヤ遺産とを比較し、冷静にもしくは激烈に、黙従と反逆の両極に揺れ動いた、複雑な「心理的時代」の人間であった。

そして、第三の世代は、アメリカン・ライフと同質化した自己を、なんらのやましさもなく意識することができ、超越的だからこそ客観的でもある視点からユダヤ遺産を見なおし、活かすべき伝統とアメリカ的なものとの新しい綜合をはかる、「想像的時代」の人間たろうとしている。つまりはアメリカ的な夢の実現へ参加しようとする抱負をもつまでにいたったのだが、これをN・メイラーのもっとも新しい小説の題名、『アメリカの夢』(*An American Dream*, 1965) とかんがえ合わせてみると、その想定像がどのようなものであれ、現代のアメリカ作家たちの意図する方向のひとつを見とおす線のうえに立つことができるだろう。

文学活動というものが、そうした世代の色合いの相違を反映して、ただちに鮮明な作品をその時代のうちに結晶してゆけるほど生やさしい作業でないことはもちろんだし、まして、陳腐な表現だが、人種のるつぼといわれるアメリカの土壌へいきなり風媒花のように降り来たったユダヤ人たちは、のっけから環境適応と自己の実体維持《アイデンティティ》の矛盾を背負っていたわけだから、いきおいその文学活動にもさまざまな心的傾向――感謝、不安、嫉妬、疑惑、矜恃、強情、諦念、無関心、屈辱など――が、あるいは淡く、あるいは濃くにじみこんでおり、それぞれの世代の図式的色調の中間色や混合色をよそおい、時間のうえでもその色調に先行または後行する諸作品がうみだされてきたのであった。

アメリカン・ジュウの文学的うごきをたどって、「エロスのシオン」、「決戦場のシオン」、「大通りのシオン」と巧妙にも呼んだのは、警抜なカテゴリゼイションの使い手レスリ・A・フィードラー（Leslie A. Fiedler: 1917-2003）だった。エロスの時代は、『トーラ（モーセの五書）のくびき』（*The Yoke of the Torah*, 1887）という、有能だが弱気なユダヤ青年が非ユダヤの娘との結婚を、ラビである自分の叔父にさまたげられ、ジャーマン・ジュウの娘と結婚はするが、けっきょく孤独と幻滅のなかで死んでゆくといったような小説からはじまるらしいが、このユダヤ的作品のはしりを書いたシドニィ・ラスカという人物が、フィードラーによれば、「ジュウをよそおっている非ユダヤ人だというようなふりをしていた、じつは本もののジュウではないか」と疑われるようなややこしい存在であり、「このような夢魔からアメリカン・ユダヤ小説が発生したことは意義ぶかい」徴候だった。W・D・ハウエルズによって推賞されたという、エイブラハム・カーン（Abraham Cahan: 1860-1951）の『デイヴィッド・レヴィンスキーの出世』(*The Rise of David Levinsky*, 1917)は、冷酷で無節操な主人公がアメリカ実業界で成功する代償として、家庭を得られず、どんな女性からの愛情も、どんな女性への愛情もつかみえなくなるという、つまりは、外囲の俗物に同調すれば、内部の俗物から反斥される臨界線上の人間のつらさを物語っている。

「非ユダヤ社会にたいする接近と後退、自分を投げだす意識や、受容にも拒否にもまつわる不安感からの逡巡が、ユダヤ系作家の想像力のなかで、一種の求愛となり、内気で処女的な愛情行為となっている」と、フィードラーが指摘する傾向は、さらにルドウィッグ・ルイゾーン(Ludwig Lewisohn: 1882-1955)やハーマン・ウォーク(Herman Wouk: 1915- )の作品にまで及んでいる。邦訳のある、ルイゾーンの『クランプ氏の妻の座』(*The Case of Mr. Crump*, 1926)や、ウォークの『マージョリ・モーニングスター』(*Marjorie Morningstar*, 1955)を読んでみても、前者は四十過ぎの人妻が、若く純真な音楽家を誘惑して結婚を強要し、愛なき生活をつづけながらも、自分の母や先夫の子供たちを扶養させ、飽くまでも離婚に同意をあたえず、忍耐の極にたっした音楽家によって撲殺される過程をえがき、後者は中流階級的理想主義をもった娘が、或る舞台監督兼作曲家と擬似的理論闘争のあげく恋愛し、処女をうばわれたままに捨てられ、さいごに堅実な法律家と結婚し、ニューヨークの郊外生活者として落着くことでその傷心を部分的に救われる経緯をえがいたものだが、そこにピューリタニズムの偽善的社会倫理への批判や、いっそうデタッチした基盤に立って、アメリカ社会を生きようとするユダヤ娘の努力を書こうとした作者たちの意図は汲みとれても、自然主義的な一本調子の手法や、登場人物のあいだの感傷的な相互反応のありかたのため、通俗臭はおおいようもなく、妥協的な「感情的時代」の作品におわっている。

かれらの作品が、いっそう高次の地位をアメリカ文学のうえで占めるためには、さらにるつぼのなかでユダヤ精神がさまざまな現実と衝突し合い、熔融し合わなければならなかった。ユダヤ系作家たちが自分とむかい合っている頑強なアメリカ社会の機構によって、いちどは致命的に傷つけられ、そして、またアメリカ社会もかれらによって傷つけられることが必要だった。その傷つき合いの果てに、かれらが相手を癒やしうる力の所在を発見し、アメリカ社会がかれらの傷口をふさぐ癒薬をあたえずにはいられないといった、マーティン・ブーバー的な創造関係の出現を待たなければならなかった。

その出現の契機は、桁はずれに偉大な生成力をもつ〝歴史〟のなかですでに準備されていたのだった。それは、第二の世代が複雑な心理内での相剋ののちに、踏みきったうごきであるシオニズム運動の潮流と、世界がいやおうなくアメリカ社会におおいかぶらせた大不況《デプレッション》の激浪とが合成されて生じた〝高潮〟現象のなかからであった。この激動期にルイゾーンは『内なる島』(*The Island Within*, 1928)でユダヤ問題をとりあげてシオニストに転身し、マイケル・ゴールド(Michael Gold:1893-1967)は『金なきユダヤ人』(*Jews Without Money*, 1930)によってプロレタリア小説への刺激を投じ、ジョイスばりの『眠りと呼んで』(*Call It Sleep*, 1934)を書いたヘンリ・ロス(Henry Rorh: 1906-95)はアヴァンギャルド小説へさいしょに参加した。こうして、ハルマゲドンでの戦いはつづいたが、それに勝ちのこったユダヤ系作家たちが、安直に権力と栄光の勲章を授けられ、アメリカ社会の大通りを濶歩できたわけではなかったのだ。その大通りはまだいたるところ補修中であり、また、かれらのために好意的な標識がすべての危険個所にもうけてあるというわけでもなかった。かれらはそうした個所で転倒しないため、つねに周辺に気を配って自分をまもったであろうし、ときには不注意から、ときには不可避的に、蹉跌の憂きめに遇ったただろうし、やがては自分のほうからその欠損個所を修理する行為に駆られた場合もあっただろう。かれらのえがく人物がほとんど決まって、といってよいほど、自己配慮というポリエチレンのような被覆につつまれて見えるのは、こうした状況に左右されているからであろう。

ナサニエル・ウェスト（Nathanael West: 1903-40）の『クール・ミリオン』（*A Cool Million*, 1934）の主人公が、ファシズムのように残酷な社会と人間たちにさいなまれながらも生き忍んでゆく自己苦行、ソール・ベローの『宙ぶらりんの男』（*Dangling Man*, 1944）で、サスペンドした召集命令が自分をつき動かしにきてくれるあいだ、自己内省の記録をつづるジョウゼフ、おなじベローの『犠牲者』（*The Victim*, 1947）のレヴィンサールは、或る男の落ちぶれた生活にたいして、不必要に近い自己責任を感ずるばかりに、その題名どおり自己犠牲の苦杯を喫しなければならず、バーナード・マラマッド（Bernard Malamud: 1914-86）の『アシスタント』（*The Assistant*, 1957）の店員アルパインは、窮地におちいったユダヤ人の食料品店を維持しようという殊勝さと、店の娘と結婚したいという感情をともに満足させるため、ユダヤ教徒へ転向する自己決意をかためるし、ジェローム・D・サリンジャー（J. D. Salinger: 1919-2010）の〝グラース家のひとたち〟は、ほとんど病的なまでの感受性を微細にけいれんさせて、たえず自己惑溺の歎きにひたっている。また、フィリップ・ロスの『レッティング・ゴウ』では、裕福な上層中流階級の大学教師ゲイブが、自分を埋没させることなしに友人たちを助けようとし、同情と自己防衛のせめぎ合うなかで、感情の虚ろな狂奔を噛みしめている。そして、現代アメリカのもったいぶった中流階級モラルと、規格的な機械文明にむかい、なりふりかまわず反逆の怒声を浴びせかけているメイラーでさえ、憑かれたように自己宣伝のネオン塔を街の夜空に明滅させている。

これらすべては、自己への執着を誹謗するためのリストとしてかかげたのではない。もし、その蠱惑的な呪縛力を冷厳に批判するのでなかったら、一時、遊離的な錯覚へひきずりこむような、激しい外界の魔力にたいして、しょせんは歪曲させられ、屈折させられながらも、さいごの抵抗線上に踏みとどまって悪戦苦闘している自己のすがたとして列挙したのだ。少数《マイナー》であるがために、対立存在たる多数《マジョリティ》からの圧迫を、それだけ大きくひきうけねばならず、多数のなかにあって稀少だという限定辞をもっているため、かえって明白に自己の存在を外界に示しうるという、迷惑ではあるが張り合いのあるアイロニカルな特権を自覚したもののすがたではなかろうか。これを個我的、唯我的というなら、かつて観照という砥石で丹念に研ぎあげた純粋理性をつかい、自然から自我観念の真理を切りとった超越主義者の態度や、自我の自然本能を充足させるために、ナッティ・バンポウに変身して人間集団のいない未開原野を駆けまわった、クーパーの人間像と比較してみればいいだろう。ともあれ、マイナー・グループのかれらにとっては、好むと好まないとにかかわらず、社会の実質が粘っこくまといついていたのであり、かれらのえがく主人公たちの生きかたは、自己中心ではなく、かえって社会のかけた微妙な重みの指標だったのだ。

第一の世代が経験した戸惑い、尻込み、にがにがしさ、心もとなさ、といった曖昧な〝感情〟の尾は、現代のユダヤ系作家にまで引かれているけれども、その表出はたんなるアタヴィズム（隔世遺伝）というような繰りかえし現象ではない。マイナー・グループのうちでも、もっとも教育に心をくだき、アイルランド系、イタリア系、ニグロのグループと異なり、重労働の仕事に就かなかったかれらは、肉体のヴァイタリティを誇示して、少数派の劣勢コンプレックスを補償するような愚をおかさず、もっぱら理知的な努力のほうへむかい、そこから感情の過剰を消去するようにした。感情や情緒をじかに扱う小説よりも、むしろ批評の分野で、かれらが顕著な活躍ぶりをみせたのは、そのほうが、意識的にも無意識的にもからみついてくる、ときには創作作業を妨害することもある、〝感情的段階〟を超えた位置で、より客観的な活動ができたという事情にもとづいているのだ。だから、ライオネル・トリリング（Lionel Trilling: 1905-75）は、その小説よりも批評のほうがすぐれて密度たかいものになりえたのであり、こうした事情のもとに、フィリップ・ラーヴ（Philip Rahv: 1908-74）、アーヴィング・ハウ（Irving Howe: 1920-93）、アルフレッド・ケイジン（Alfred Kazin: 1915-98）、レスリ・フィードラーなどの文学批評家、さらにはディヴィッド・リースマン（David Riesman: 1909-2002）、ダニエル・ベル（Daniel Bell: 1919-2011）、ポール・グッドマン（Paul Goodman: 1911-72）、アーヴィング・クリストル（Irving Kristol: 1920-2009）などの社会評論家たち、『コメンタリィ』誌（*Commentary*）に拠る数おおくの若手批評家たちが、アルファ星のような輝きをアメリカ文化の天空に放ってきたのだった。

これら批評家の理論活動を先達としたうえで、マイナー・グループに課されざるをえない、わるい意味で錯綜した感情複合を昇華させて満足するのではなく、たかい感動とひろい納得性をそなえた作品創造のために、かれらはひとつの有効な手法をみがきあげてきた。が、それは手法というよりむしろ資質といったほうがいいかもしれない。それはかれらの歴史をつらぬいて流れる〝ジョーク〟の精神なのだ。おぼつかない視力でなら、矛盾しているとしかみえず、不妥当としかみえないものに、感銘ぶかい鮮烈な意味をあたえるこの精神が大きく有利にはたらいてくれたのだ。それには、いささか些末的なきらいはあるにしても、邪心のないペーソスとユーモアに溢れた作品をのこしたショロム・アレイヘム（Sholom Aleichem: 1859-1916）を代表とする、イディッシュ語の文学遺産と、もっと古くは、ラビたちが伝統的にそなえもっていた機智の精神などが、影響力のかなりを負担しているのはたしかだ。

フロイトによれば、「ジョークは意識下の願望の表明」であり、また、ベルグソンは、「情感をもつ存在が、機械のように、生命のない存在のように処理されたとき、われわれに笑いが発生する」と考えていたのだが、ジュウのジョーク精神は、そうした晦冥で無責任な根源に由来するものでもなく、或る対象を反対性質の対象へ手軽に移行するといった小器用さによって培われたのでもなかった。きわめて限界状況的、実存的な条件が、歴史をつうじて創出させたのだった。かれらは、ながい歴史の時間、ナショナリズムを唱えようにも、その基体となる国家組織がなく、生活を保障する国土すらなかったにもかかわらず、いや、かえってそのために、もともと抱きうるはずのない、架空のナショナリズムを周囲から糾弾され、迫害されて、かえって自己へのかかわりを深く鞏固なものにしてゆき、ついに幽霊じみた奇型的ナショナリズムを択びとらなければならないという皮肉を背負ったのだった。この過程じたいすでにジョーク的であった。アメリカン・ジュウの場合は、かつてはユダヤ民族の普遍要素だったユダヤ教の、どの派に属し、どのていど正統《オーソドックス》と絶縁するか、の課題にいつも対決させられていたし（大別して正統派、保守派《コンサーヴァティヴ》、改革派《リフォーム》があり、順次、伝承儀式からの遠ざかりがいちじるしくなる）、神の契約したパラダイスへの期待が稀薄になってゆくかぎりは、この世の逆境をジョークで償なう必要があった。また、同化しようとする社会からは頑なに反発され、経済的には恵まれない境位のなかにあっては、希みない状態を希みある状態に転位させるため、ジョークの機能を行使しなければならなかった。

しかし、現在のように同化の進行したかれらの状況では、そうしたジョークの逆転機能はもはや存在意義がないではないかという疑問も当然でてくると考えられる。臆断のたすけをかりていうなら、かれらのジョーク精神の底の底では、なにか集合無意識めいた、過去の社会と歴史の沈積が作用しているのかもしれない。ロマンティックといわれるキリスト教とちがい、つまり、シュライエルマッヘルのいう「絶対的依存感情」の宗教ではなく、合理と啓蒙と積極性を尊重し、神と人間の合流、いわば、人間の経験を希求する努力を重視するため、飽くまでも人間の生そのものを維持し追求してやまず、だからこそみずからの生存にまつわりつく対立、矛盾、齟齬を弁証してゆこうとする、あのユダヤ教的精神が時間を超えてかれらをうごかしつづけているのかもしれない。

バーナード・マラマッドの『新しい生活』(*A New Life*, 1961)の主人公レヴィンは、落ちぶれた飲んだくれの生活に自己嫌悪している或る朝、よその地下室で目をさまし、自分の破れ靴のうえに射しこむ日光をみて、「……そして、こう思ったんです——レヴィン、もしお前が死んでいたのなら、この地下室で、お前の靴は陽を浴びることはないと。ぼくは、何度も求めつづけたもの、つまり人生は神聖だっていうことを信じられるようになった。そのときからぼくは、人生観が持てるようになった」(宮本陽吉訳)と、人生への讃美を述懐する。しかも、レヴィンは新生活をもとめて赴任した大学町で、バーの女との密会の現場を同宿人の留学生におさえられたり、魅惑的な教え子の女子学生と情事にふけったり、さいごは主任教授の妻と恋愛し、彼女の子供ふたりも共に背負いこんで、姦通者とののしられながら町を去る。ここでは、生の積極的肯定と、その生のなかで不可避的な愚行、失敗を、一人間のうえに積みかさねることでジョークの効果をねらっている。あるいは『アシスタント』の気位の高い娘ヘレンが、自分の軽蔑するアルパインに、強姦されている現場の窮境から救ってもらうという痛いたしいアイロニーがある。『レッティング・ゴウ』のゲイブは、他人を救おうとする善意の人間でありながら、結果が好ましい実をむすぶのはつねに不誠実に行動したときでしかない、というパラドックスに生きている。おなじロスの書いた短編「狂信者イーライ」（"Eli, the Fanatic"）では、コンフォーミスト・ジュウの弁護士が、正統派ラビの常用する黒帽、黒服を、町の習俗にそぐわぬという理由で、廃止させるよう依頼をうける。ラビはほかに衣服をもたないといって申し入れを拒む。自分の背広をひそかに置いてきた交換に、わが家へ届けられた黒服を戯れに着た瞬間、イーライはいきなり心理変異をうけ、町じゅう練りあるきだす。ここでは、社会順応主義者としてファナティックな人間を、宗教的形式主義の洗礼におかされたとき、やはり熱狂的人間になりうる可能性を、幻想による辛い諷刺精神でえがいている。さらに、ハーバート・ゴールド（Herbert Gold: 1924- ）の『われわれの期待』（*The Prospect Before Us*, 1954）では、自尊心を捨てないがためには、築いた財産を喪ういがいにすべのなかったホテル経営者の太腹な中年男に、たえず、泥臭いが剛毅なジョークを吐露させている。フィードラーの処女長編『二番目のストーン』（*The Second Stone*, 1963）は、ローマでの〝恋愛国際会議〟に出席したアメリカ代議員をめぐる三角関係というコミックな設定で、〝インテリ〟を痛烈に皮肉ろうとしている。

しかし、個別的な作品にあらわれている作風をとらえて、どのように規定してみても、ジョーク精神の解明からはまだほど遠いように思える。それは、ユーモア、諷刺、皮肉、機智、逆説、冗談、ギャグ、道化、地口、ふざけ、とぼけ、嘲弄、戯画などの、どの範疇からもはみ出ている精神であり、それら範疇をかさね合わそうとする貪婪自由な、表現衝動力なのだ。消極的で閉鎖された情念の形象に憂き身をやつすのではなく、真に現代をものがたる高次の価値と美とをもつ作品創造を意図するなら、賦課された環境や条件に対決するというていどにとどまらず、さらにその壁を微塵に解体し、採るべき要素とそうでないものを択びわけて、画期的に新しい配列を創造しなければならないだろう。その作業のさいごにこそ、ジョーク精神は粗笨な外的現実を踏み超えた独立的な座を占めて、最大限に機能を発揮するであろう。そして、そこから現代的な包括性と強力な説得性をそなえたコミックな形式の作品がうまれてくるだろう。悲劇をえがくより喜劇をえがくことの困難な現代にあって、アメリカ・ユダヤ系作家たちにはその課題解決の期待がかけられているのであり、じじつ、かれらの志向もその線上にある。すでにみたように、外界とのかかわりで、また自己への問いかけで、異常なまでの内部エネルギーを燃焼させてきたかれらは、そのプロセスのあとでいま、一見その燃焼強度をおとしたように思えるかもしれない。この現象を、かれらの人種意識の衰弱、実体喪失の背信態度と断罪するのは性急な偏見であろう。科学的な比喩をつかえば、適当に緩速された中性子のみがウラニウムの核分裂をひきおこすことができるように、〝豊饒〟ではあるが味気ない物質文明を固化させてゆくアメリカ社会に衝きあたり、躍動と革新のエネルギーを放出させるには、まずその社会の有機的な構成要因として居すわるだけの、適当に緩速された参加の姿勢も必要なのだ。みずからが属している社会と絶対に同《どう》じえないという、ゴーディアンの結び目にも似た固陋《ころう》な疎外意識に縛られていては、どれほど高調子にプロテストしてみても、すでに自分のほうから無縁だと規定してしまった社会と、どのように〝出会い〟かつ、はたらきかけることができるだろう。〝黒人回教徒〟のはねあがった運動のように。

またいっぽうで、「人種意識は階級意識に敵対する」という見かたを逆にたどって、だったら、かれらマイナー・グループは、すべての不合理な差別を否定する階級革命の高揚された意識へ跳躍することで、その複合した少数者意識をのりこえているのかと問えば実状はそうでないと答えざるをえまい。もっとも、かつての揺動し不安定であった複雑な「心理的時代」に、マイケル・ゴールドやハワード・ファースト（Howard Fast: 1914-2003）の急進的な活動もあったが、ゴールドが真摯に孤塁をまもりつづけているのをのぞけば、結局、ファーストの一連の歴史小説、あるいはアーウィン・ショー（Irwin Shaw: 1913-84）やバッド・シュールバーグ（Budd W. Schulberg: 1914-2009）の戦場小説、成功批判小説などに匂っているセンチメンタル左翼的な心情表出が限度であるようだ。

炯眼にして幅ひろい批評領域をもったエドモンド・ウィルスン（Edmund Wilson: 1895-1972）が、『エンカウンター』誌の一九五六年一〇月号に「過越し祝い《セデル》の救世主《メシア》」（"The Messiah at the Seder"）という短編小説を載せているが、この簡潔で充実した作品では、四人のアメリカ知識人――雑誌編集者、ヘブライ学者、精神分析学者、もと急進的マルキシスト――が集って、議論まじりの会話をとりかわしながら、ユダヤの祭儀をおこなっている家庭へ、自称救世主の狂信的シオニスト青年が忽然とあらわれて、ユダヤ教、シオニズム、マルクス、フロイト、対アラビヤ人感情、イディッシュ語、文学、美術をめぐる激しい討論がはじまり、ついに青年はいい負かされた格好で引き揚げ、アパートの自室で、同化してゆく前世代人への憤懣にもだえながら神に訴える。が、神もまた彼の融通のきかない人種意識と宗教観への固執をたしなめる。そこには、少数民族の伝統持続、少数民族間の相互感情、外部社会同調の程度を択ぶ自己決定などの問題にたいする、さまざまに典型的な反応態度が、さまざまな基盤に立つユダヤ人インテリによって対立的に語られており、現代アメリカン・ジュウの対外的・対内的相剋を端的にさらけだした峻烈なコミック作品とでもいうべき余裕をみることができる。ウィルスンのように前向きな作家にしてなおこうした素材や主題をとりあげることに、マイナー・グループの過去への無効なこだわりを感じ取って、それを難詰するのは見当ちがいであろう。無表情で無機的に固定してゆく現代の大勢にあって、過去の悪夢を怨嗟することに執着するのではなく、豊潤で深遠な歴史の遺産に遭遇し、その媒介のもとに、いっそう響きたかく強靭な想像活動へむかうのは、現代人一般にたいする当然の要請と考えられる。過去へのこだわりをうんぬんするならば、いわゆるユダヤ的ではないと目されるサリンジャーでさえ、東洋神秘思想へ心酔したはずのフラニーに、過越し祝いの儀式的食事である、雛肉のスープを偏執狂のように拒絶させている、あの逆か向きのユダヤ精神をもういちど考察しなおさなくてはならない。

　ともあれ、ユダヤ人の〝本質〟とは、さきにも触れたように、迫害、疎隔、差別、嫌厭の事実が、架空的につくりあげたものにすぎず、あったのは数千年まえからのユダヤの歴史だけなのだ。だから、非条理な圧迫や隔絶が現代の或る特定の人間に及ぶなら、そこには新しい〝ユダヤ人〟が捏造されてゆくだろう。現代アメリカ・ユダヤ系作家のえがく、社会と個人のディレンマ、人間の生活的苦境、倫理的危機の瞬間、などはそうした推断のもとに読まれなければならない。フィリップ・ロスも現代作家の創作方向を解剖した文章のなかで、つぎのようにいっているのだ。

『魔法の樽』（短編集、*The Magic Barrel*, 1958）や『アシスタント』にでてくるユダヤ人は、ニューヨークやシカゴのユダヤ人そのままではない。かれらは一種の創作された人間であり、人間の可能性や約束を表象するメタファなのであり、マラマッドについて書かれた「すべての人間はユダヤ人だ」という言説を読んだとき、ぼくはさらにこの信念をふかめるにいたったのだ。

（一九六四）

## アメリカ・ユダヤ系からユダヤ系アメリカへ

アメリカ・ユダヤ系作家という呼称が、いつごろから文学史のなかに恰好な座を占めるようになったのか、正確に指摘することはむつかしい。だが、ごくおおざっぱにいえば、そうした名称が活字面でひんぱんに見られるようになったのは、一九六〇年代にはいってからのようだ。そして、その傾向は最近もべっしておとろえているとは思えない。たとえば、レスリ・フィードラーが、その評論集『終焉を待ちて』（*Waiting for the End*, 1964）のなかで、こういっている。

現代は、散文世界のあらゆる場において、ユダヤ系作家たちが、自分たちのユダヤ性は顕著な市場価値をもった商品であり、おおいにいいふらされている自分たちの疎外状況は、非ユダヤ的アメリカ文化の核心に達する、ひとつの通行証であることを発見した、そのような時代である。

さらに事情説明のために、バウムバック（Jonathan Baumbach: 1933-　）の『悪夢の展望』（*The Landscape of Nightmare*, 1965）から引用すると、そのマラマッド論の冒頭は、つぎのようにはじまっている。

最近のアメリカ小説に見られる高揚ぶりは、すくなくも部分的には、かぞえきれぬほど多数の才能あるユダヤ系作家の出現に負うということは、現在すでに常套文句にすらなっている。すぐ頭にうかんでくる名前をあげるだけで、S・ベロー、N・メイラー、M・ザイデ、H・ゴールド、B・J・フリードマン、B・マラマッド、E・L・ウォラント、P・ロス、N・フラクター、M・ハリス、G・ペイリー、J・D・サリンジャー、といった作家たちは、共通の人種的、宗教的遺産――共通の伝統的過去――をもっている。

これらの文章をならべたとき、まずはねかえってくるだろうと想定される反問がいくつかある。これはユダヤ系作家をしいてもちあげようとする一方的な宣伝ではないのか。とりたててユダヤ系などという、人目をひきそうな限定辞で多くの作家をくくる必然性はどこにあるのか。文学がそんな系統と関係があるのか。たんにアメリカの作家というだけで十分ではないか。

なるほど、そう問われてみれば、いちおうはそのとおりだといわざるをえない。しかし、反問にたいしては、さらにアンチ・反問をかえすこともできるのだ。アメリカは多人種の混在という構成のうえに立っている国ではないのか。もともと、アメリカという国は、ある集団――人種、宗教、文化、政治意識などにもとづく――が、他の集団にむかってみずからの理念を承認させるたたかいの過程で形成されてきたのではないか。かつて、ヘンリ・ジェイムズのような明敏な作家でさえ、「アメリカ人たることはややこしい運命である」と慨歎したのであり、まして拡散化のますます進行しているアメリカにあって、アメリカ文学という漠然としたとらえかたでは、かえって網の目から洩れるものも多いのではなかろうか。

とにかく、アメリカとユダヤ人との出会いというものには、やはりそれなりの歴史があったのであり、今日、ユダヤ系の作家が活躍するようになったのも、いわば突然変異的な現象ではなかったのだ。暗流、もしくは底流のようにして、ユダヤ的要因というものがアメリカの歴史時間をくぐりぬけてきて、ついに表層にせりあがったのだ、と見ることができる。そういった脈流は、まず、独立以前の植民期においても、ヘブライ文学や聖書学のかたちで旧大陸から流れついてはいた。しかし、十八世紀のあいだは、アメリカぜんたいのなかで、ひとつの重要な力としては、見るべき貢献を残すことができなかった。十九世紀にはいってはじめて、ユダヤ人による作品が登場するようになり、一八八〇年代以後、ユダヤ的要素が、アメリカ社会・文化のうちで〝目にとまる〟存在となってきた。それ以前の移民は、ほとんど南欧またはドイツ系であり、あまりに少数のためと、ドイツ観念主義とプロテスタント的自由主義の線にそった自己改革と同化を標榜していた。そのため、彼らはアメリカ内で、ユダヤ人としてでなく、ドイツ人として受けとられた。これらユダヤ人たちは、その固有性を消化する方向に動いていったのであり、旧大陸にあっても所属する国家に順応する態度を表明していたのだった。そして、通念的にいって〝ユダヤ人くさいユダヤ人〟と目される東欧系の移民が大量に流入してきたのが、この一八八〇年代であった。

今日のユダヤ系作家たちの精神運動の歴史的原点は、この時点に設定することができよう。というのは、この東欧系ジュウは、イディッシュ語（いわゆるユダヤ語）とユダヤ教に執着しており、生活慣習も大きくドイツ・ジュウと異なった集団であったが、さまざまな歴史過程——ひとつは、ドレフュス事件などにあらわれた反ユダヤ主義への反対運動——を契機にし、ドイツ・ジュウと合流し、ひとつの社会力をもつ集団にまとまっていたのだから。

二十世紀にはいるとともに、彼らは少数民族集団だけれども、統合されたイメージをもつ社会存在として文化活動を展開してゆくことになる。すでに一九一六年、非ユダヤ系のN・ハプグッド（『ハーパーズ・ウィークリー』の編集者）が、「ニューヨーク市において、アメリカ文化にたいし真の貢献をもたらしたと思えるのは、貧乏なユダヤ集団、ロシア・ジュウである。なぜならば、彼らの志向は精神的なものであり、その想像力は生気に満ちているからだ。私は、だれの目にも触れるようなニューヨークに飽きたときは、しばしばイースト・サイド（ユダヤ人の多い居住区）の劇場、クラブ、カフェに出かけてゆき、わかわかしく希望にあふれた世界の気分を味わう」と書いている。

この文章は、さきに述べた東欧ジュウの一様相を語っているし、いってみれば、今日の状況の半世紀前における暗示でもあった。だが、彼らの世界は、わかわかしく希望にあふれていただけではない。そうした相面が文学的に、いや、もっと広義にいって、文化的に結晶するには、種々の曲折を経なければならなかったのだ。

まず、彼らは、外部から押しつけられるだけでなく、内部にさえ固着している、類型的な対ユダヤ観とたたかわねばならなかった。しかし、類型は、ある意味では、存在の特性の極端化したタイプでもある。特有のものを捨てて、外部社会と同調するような方向にむかえば、彼らは必然的に実体喪失の痛苦を噛まねばならないだろう。だからといって、ユダヤ教やイディッシュ語中心の伝統生活を固定するという非順応行為は、生存じたいの閉塞をもまねきかねないだろう。さらに、だからといって順応主義を前面に押しだし、アメリカ生活様式にとけこんでゆこうとしても、それには彼らより先住の人種グループ——とくにアングロ・サクソン系——の反撥、蔑視、嫉妬などにもとづく抵抗をかくごしなければならない。

このような〝宙ぶらりん〟の生存条件や、そうした状況からの脱出をはかる心理過程が、初期において文学の主題にはいりこむことはやむをえない事情であった。A・カーンの『デイヴィッド・レヴィンスキーの出世』（*The Rise of David Levinsky*, 1917）や、ダニエル・フックス（Daniel Fuchs: 1909-93）の『ブレンホルト讃歌』（*Homage to Blenholt*, 1936）は、経済的、社会的階層を上にむかってよじのぼろうとするユダヤ移民やその子弟の主人公が、その成功のいかんにかかわらず、思い知らざるをえなかった挫折感をえがく原型的作品であった。外部社会の規範と自己の要請する内面価値とのズレを強く意識する、このようなユダヤ的特性は、スタイルをかえて、ときにはその裏がえしのかたちで、多くの作品に影をおとしている。新聞社のボーイから映画会社の撮影所長まで出世した男が、結婚パーティで、新妻そのものからうとましくあつかわれるという、B・シュールバーグの『なにがサミィを走らせるか?』（*What Makes Sammy Run?*, 1941）には、まだ、前記の原型的な色合いが濃く残っている。

そして、大衆的作品のうちでは、ユダヤ的環境から非ユダヤ的環境へ転換をはかる娘が、恋愛に失敗し、部分的にもとの環境を受容するというプロットのH・ウォークの『マージョリ・モーニングスター』(*Marjorie Morningstar*, 1955)や、純文学の作品では、外部現実が自己を受容してくれるようになったその瞬間、反撥を感じて、新しい現実探究に旅立つ青年のピカロ的遍歴を書いた、S・ベローの『オーギー・マーチの冒険』(*The Adventures of Augie March*, 1953)あたりから、単純化していえば、偏執的視点による「社会とユダヤ人」の主題が、批判的視点による「社会と個人」の主題にまで幅をひろげて呈示されるようになってくる。

つぎのような諸作品は、こういった方向線と同一点もしくはその延長上にあると考えていいだろう。つまり、マラマッドの『新しい生活』(*A New Life*, 1961)、サリンジャーの『ライ麦畑でつかまえて』(*The Catcher in the Rye*, 1951)、B・J・フリードマン(Bruce Jay Friedman: 1930- )の『スターン』(*Stern*, 1962)などの主人公は、すべて、自分をとりまく周囲の規約、モラルからの離脱をはかって苦慮し、反抗し、焦らだっているのだから。

がいして、ユダヤ系作家たちには、固定観念に由来する否定的なユダヤ人のイメージを復権させたいという上昇意欲というものがあったが、いっぽうにおいて、外部の投射する固定像を考慮せざるをえないという消極的な自己像への嫌悪感もぬぐいきれなかったようだ。だから、作品人物の動きだけをたどってみても、そのような心理のユレは苦しいほど明瞭に表出されている。ベローの『犠牲者』(*The Victim*, 1947)におけるレヴィンサールは、他人が主張する不幸にたいして、不必要なくらい自己責任を感じているが、これなども外から投げられる人間観を完全には拒否できない苦衷《くちゅう》のあらわれであろう。

だが、時間は流れ、歴史はわずかながらでも変異してゆく。外部社会がユダヤ作家たちにおよぼす圧力、彼らが社会にむかっておこなう自己投影、その投影を受けた社会がふたたび彼らにはねかえしてくる圧力、そうした連鎖反応プロセスが進行しているあいだに、彼らの疎外状況とか被害者的な境位が、現代人一般の諸条件とかさなり合ってきたのだ。つまり、現代人がユダヤ的な特殊な表現のうちに、自分たちの疎外や不安の煮つめられた表現を読みとるようになってきたのだ。

もともと、アメリカの文学は一種の特殊性を密着させていることが多いといえよう。南部的、ニグロ的、ゴシック的、ビート的、カトリック的、ハード・ボイルド的といった性向が、いわば凝集化して、その具体的な特殊性を尖鋭な像のもとに提示し、そこから象徴的普遍像をうかびあがらせてきたのだが、いまや、それにユダヤ的という特殊性がつけくわえられたにすぎない。あるいは、このような現象はひとつの社会的流行であるかもしれない。ユダヤ系作家が自己に内在する人種性を切り売りして、伝統的アイデンティティ（実体）をおもむろに喪失していったあいだに、こんどは逆に、外部社会のほうが〝ユダヤ性〟の衣裳を身にまとうようになっていたのだ。R・ホフシュタッターが『アメリカ文化における反主知主義』(*Anti-Intellectualism in American Life*, 1963) のなかで解析しているように、最近のアメリカでは、芸術家、思想家、知識人が意識するとしないにかかわらず、社会によって「ますます理解され、組みいれられ、活用されている」形勢が増大しているとすれば、社会対個人の関係は、作家にとって一種微妙なものとなり、ついには疎外がノスタルジアの対象とまで化してしまうだろう。もしそうだとすれば、現代人が、いわば〝順応という疎外〟にいやおうなく侵された自己状況の反映をユダヤ系作家の作品に感じ取って、そこに共感を見いだしても不思議ではない。最初にあげたフィードラーの手ばなし的な強気の文章も、こうした社会的徴候を意識して書かれたものと思われる。

しかしながら、ここまで到達するには、さきにも触れたように、複雑な迂余曲折があったのであり、ユダヤ系作家たちは、ときに逡巡、戸惑いの感情、ときに敬虔、愛着の情緒、ときに軽蔑、嫌悪の姿勢で、さまざまな人間像をさししめしてきたのであった。アーサー・ミラー（Arthur Miller: 1915-2005）の『焦点』（*Focus*, 1945）では、ユダヤ人の疑惑をかけられて解雇された非ユダヤのニューマンが、世間と同調したい下心で反ユダヤ的な行動をとるが、容易に猜疑の壁をやぶることはできない。あきらめたあげく、反ユダヤ的態度を弱めると、かえっていっそう他人の邪推をふかめるだけだ。このようなディレンマのなかでしか人間を生かさない社会の不寛容を批難するかのように、I・ショーやN・メイラーは『若き獅子たち』（*The Young Lions*）や『裸者と死者』（*The Naked and the Dead*）（ともに1948）のなかで、忍耐、諦観、発奮しながら逆条件を克服してゆくユダヤ系兵士たちを、好意的に、しかし、やや感傷的にえがいた。あるいは、ユダヤ人でありながら、ユダヤ人として生きることがいかに困難であるかという課題と苦闘したマイヤー・レヴィン（Meyer Levin: 1905-81）は、シオニズムへの衝動と、アメリカ文明の誘引力とのあいだで引き裂かれる人間を『探究』（*In Search*, 1950）でえがき、ついに、ユダヤ的要素とは、伝統的、宗教的実体というより、むしろ、ある人間集団への帰属意識といったたぐいの社会的自己証明であるという認識に到達する。

そして、いっそう肯定的に、というより、被害者的条件を逆転させた、いわば居直りの姿勢で、みずからのユダヤ的条件を強引に利用するような人間や、底抜けの善意をもった老人への畏敬や、その娘への恋愛からユダヤ教に改宗する非ユダヤ人さええがかれるようになった。前者は、P・ロスの「信仰の擁護者」（"Defender of the Faith", 1959）であり、後者が、マラマッドの『アシスタント』（*The Assistant*,

1957）なのだ。

メイラーふうの語調をもっていうなら、アメリカとユダヤ人との結婚において、精神的持参金をもたらすことになったのはユダヤ人のほうであり、そのあいだに生まれたこどもが、都会的な容貌と資質をそなえた現代文学であった、といっても過言ではなかろう。それには、ユダヤ系作家にとって、内的にも外的にも有利な諸要因が力をかしてくれたのであった。内的な面では、いうまでもなく、彼らの存続を保証した、彼ら本来の粘着力がある。もともと、二千年にわたって政治機能体としての国家をもたなかった離散の人種が、それにもかかわらず、まとまった人間集合体として存続しえたのには、歴史的な伝統力の強靭性があったからだ。そして、ラビ、シナゴーグ（ユダヤ教の会堂）を中心にしておこなわれた聖書解釈や生活儀式をつうじ、精神共同体の一員として生きてきたユダヤ人には、思考の訓練は不可避の日常事でもあったのであり、したがってユダヤ人には、やがて顕在化するであろう遺産、ユング的な意味での歴史的精神遺産が内包されていたのかもしれない。

そうした内的な可能性に呼応し、ユダヤ系作家を有利にみちびいた外的要因のひとつは、アメリカ社会における都市化の趨勢であって、これはアメリカ文学ぜんたいの動向とも関連してくる。移住以来、都会にしか住みつかなかったユダヤ人は、人間を無名化し、微粒子化する機械的な都会文明との接触経験において、いまとなればすでに他の人種グループよりは古参の部類に所属する。ユダヤ系作家たちは、都市の極度な膨張によって派生してきた郊外住宅地域の現象もふくめて、もっぱら都市的な猥雑、卑俗、愚劣、非情、孤独などを作品のなかにえがいた。他のものがあわてて目をつけたとき、彼らはとっくに都会についてはヒップであり、先達であった、というわけだ。フォークナー、ヘミングウェイという巨人作家の活動が終焉に近づき、社会には冷戦による思想のしめつけという悪気流がたちこめていた、静かなる孤絶の一九五〇年代においては、南部地域性と非現実追求性が合流し、カポーティ、マッカラーズ、オコーナーなどの田舎土着的なゴシック文学が優勢だった。だとすれば、都会性こそが彼らの土着性ともいえるユダヤ系作家が、冷戦の雪どけ、アメリカ社会とユダヤ人のあいだの緊張緩和、に乗じて反作用的な勝利をはくしたのだ、というように跡づけることさえできるだろう。

けっきょくのところ、では、ユダヤ性なるものがアメリカ文化を変質させてしまったのであろうか。それとも外観だけは途方もない大きさをもった漠然としたアメリカ社会が、ユダヤ的要素を完全に吸収し、同化させてしまったのであろうか。それらに即断をくだすことはまだ性急であろう。なぜならば、ユダヤ系作家たちの代表する意識が、たとえ最大公約数的な都会の中産階級の意識であったにしても、優勢の永続化をきらうアメリカ一般の国民性による巻きかえし、ということも考えられるのだから。リベラルなジュウ、戦闘的なニグロ、と直線化して呼ばれるニグロの潜在的な反感が、隠然と、あるいは公然と、現在のユダヤ系グループの座をうかがっていない、という保証はない。さらに不安を先取りしていえば、かりに社会的、政治的空気が大きく変わることがあったとして、もしそういうことになったら、いまいちおう消滅したように見える反ユダヤ観の余燼が、いつまたくすぶりはじめるかもしれない、と臆測してもあながち妄想ではないだろうから。

しかし、いずれにせよ、ユダヤ系作家が、かつてのアメリカ文学にたいする通念的な見かたにかなり変更をくわえたことはじじつだろう。あらあらしい野性や活力、土俗的な地方の匂い、雄大な規模で展開される冒険的行動、などをその代表的イメージとした文学にかわって、彼らの対象が、かまびすしい雑音や、うす汚れた建物に囲まれたアパートで、たがいにコンプレックスを投げつけ合う人間どうしの葛藤であったり、郊外住宅に安住する他人志向型の人間たちのなかで、にがい異和感にむしばまれる精神であったりすることが多いのは否定できない。だが、それにしても、彼らにそなわる精神活動の異常な粘着力は、現在の達成を持続させてゆくだけの可能性をはらんでいるように思える。彼らの精神活動の源流をたどろうとして、現代の開花の根基ともいえるニューヨークでのイディッシュ文芸復興や、その伝統を継いでいまなお頑強にイディッシュ語で書いているアイザック・シンガーの諸作品、それらの動きをどこか深いところで支えているユダヤ思想の基本ともいうべき、聖書解釈と伝承反復の方法論などをいちべつするだけでも気が遠くなるほどの作業なのであり、もし、このようなユダヤ独自の遺産が、現代作家の意識や無意識に影響をあたえつづけるとすれば、彼らの可能性はひらけているといってよい。

ともあれ、ユダヤ系作家たちの努力と、アメリカ社会の進行の相互関連において、現在、偏狭な対ユダヤ類型像は姿を消し、現代人の典型像として表現されるようになっている。かつてのシャイロック像も、あるいは、エリオット、ドライサー、ヘミングウェイがえがいた消極的なユダヤ人像も、いまではユダヤという限定辞と結びつかなくなった。類型から典型への転化は、ようやくその陽の目をみたといえよう。「ともかく」と、フィードラーもいっている、「ユダヤ系アメリカ作家は、みずからのユダヤ性そのものが、いまは自分のアメリカニズムの特権証明としてみなされているという事実を、超然とした興味をもってながめている。(そして、若い作家であればあるほど、その傾向はおおきい)」。ここにおいて、アメリカ・ユダヤ系作家は、ユダヤ系アメリカ作家へと転身するのだ。これは、アメリカ内に異分子的に存在する特殊系統の作家ではなく、まがいもなくアメリカ作家であり、ある系統発生にしたがって生き、現在までにおよんだのだから、その痕跡を作家のうえにとどめている、ということなのだろうか。もしそうだとすれば、その痕跡であるユダヤ系という冠辞もやがては消えてしまうのだろうが、この問題はあらためて考えなければならないように思われる。

(一九六七)

# 変容するユダヤ性
## ——アメリカ・ユダヤ系作家再検討

### つかみにくい創作意図

バーナード・マラマッドやフィリップ・ロスの最近の作品を読むと、いわゆるアメリカ・ユダヤ系作家たちのうちに、なにかいままでの創作態度とは微妙にちがった動きがきざしてきたのではなかろうか、という感じに駆られる。まず、率直にいって、彼らの作品は従来の作品にくらべて読みにくくなっているし、創作の意図もつかみにくくなっている点をあげなくてはなるまい。マラマッドの最新作『下宿人たち』（*The Tenants*, 1971）にせよ、ロスが『ニュー・アメリカン・レヴュー』誌・第一〇号にのせた新しい作品「放送中」（"On the Air", 1970）にせよ、そうした傾向が濃くにじみでており、どちらもかなり曖昧で謎めいた要素を多くふくんでいるのだから。

『下宿人たち』のほうは、老朽したアパートのビルを建てなおそうとはかっている家主から立退きを要求されながらも、最後までひとりだけ踏みとどまり、〝おそらく、愛が主題となるだろう〟作品の完成にひたすら生活を賭けるユダヤ系作家を描いたものである。かつて二つの長編小説を出版し、そのご十年がかりの努力のあげく、やっと第三作完成のめどがついた三十六歳のハリー・レッサーは、家主がたびたび立退き料を増額して頼みこんでも、それに応じない。いったん書きはじめられた作品は、その場所において完成されなければならず、環境が変われば精神状態に影響がおよび、せっかく熟しかけた作品の終結部のできばえがだめになる、というのが転居するわけにいかない唯一の理由なのだ。

ところが、頑強にねばりつづけるレッサーの隣室に作家志望の黒人ウィリーがひそみこんでくる。ウィリーはいわゆる〝ブラック・ライター〟をめざしており、黒人は白人とちがった経験を生きたのだから、その作品も、表現の言語も、白人のそれらとはまったくちがったものでなければならない、と信じている。そして、〝ブラック・ライティング〟は黒人の解放にむけて書かれるべきであり、また、未来のにない手たる黒人の活動にたいし、それを抑圧する白人はすべて殺さなくてはならない、といったような主張を下敷にして小説を書いている。

ウィリーは、すでに書きためておいた原稿をレッサーに読んでもらい、その批評をもとめるが、小説における形式と、表現された経験内容とどちらが重大かという問題で、たがいに意見がくいちがう。ユダヤ系作家と作家志望の黒人とは、しだいにその対立をふかめ、やがてレッサーはウィリーの愛人である白人女をうばい、ウィリーはその報復にレッサーの小説原稿を燃してしまい、ついにふたりの小説書きは最後の破局に近づいてゆく。

ロスの「放送中」は、マラマッドの作品よりはるかにみじかいもので、おそらくはやがて刊行される長編の一部か、それともたんなる短編かもしれないが、複雑な寓意をふくむ点ではマラマッドの『下宿人たち』にひけをとらない。これはラジオ全盛だったころの、あるタレント・スカウト業者の物語だ。なんでもお答えします式の「アンサー・マン」という番組が、あまりにもゴイ（非ユダヤ）的なのに憤慨したリップマンは、そのむこうを張り、〝あらゆる時代をつうじ、天才はユダヤ人である〟ことを認識させるため、アインシュタインをその番組にひきだそうというアイデアを思いつく。

妻とおさない息子をともなってアインシュタイン訪問の旅にでたリップマンは、途中、奇妙な酒場やアイスクリーム店に立ちより、そこでユダヤ人たる素姓をからかわれる。アイスクリーム店では、右手がなくて、そのかわりにクリームをすくう大さじ《スクープ》の義手をつけた、頭の弱い少年に出会ったりする。リップマンの息子は〝新聞紙のアイスクリーム〟をたべてアテられ、床にたおれてしまう。事件の処理におとずれたホモまがいの警官とリップマンのあいだで、睾丸の目方を比較しあう検査などをふくめ、わいざつな口論のやりとりがある。最後に、警官はリップマンの眼と眼のまんなかにピストルの弾丸を命中させる。

しかし、両眼のまんなかは、ユダヤ人にとって象徴的な意味をもつ〝鼻〟のつけねであり、弾丸はそこからはねかえって警官の肩にはいりこみ、警官をジュウ・ダウン（殺）してしまう。

「……警官の死体をとりまく群衆はどんな反応をみせたか。怒れる市民たちはくちぐちにぼやきあった、『ほんとだ、彼はこてんぱんにジュウ・ダウンされたぞ――冷血のなかで！』と。タレント・スカウトたるリップマンの生涯におけるもっとも新しい冒険のおどろくべき結末については、明日また、このおなじ電波でおききください――そのときまで、〝放送の世界《ペイル》をはなれていらっしゃる〟（ペイルはユダヤ・ゲットーを暗示する）みなさん、どうぞぐっすりおやすみください、同胞のみなさん、いい夢をみてくださいい！」

ロスの「放送中」は、以上のような文章でおわる。ずいぶんひとをくった、ふざけた作品ともいえるし、読者にとまどいをしいるややこしいヒネリをきかせた作品ともいえよう。だが、ロスは全体を〝放送の声〟という枠組におさめ、そのなかで思いきり想像やアイデアの世界を展開し、ひどく現実ばなれした情景を描き、読者にショックをあたえ、想像というものの重要さをこの作品でうったえているのだ。その点では、彼の前作である、かなりのポルノ的な効果をねらった『ポートノイの不満』（*Portnoy's Complaint*, 1969）もおなじようなうったえをもっている。

## パロディへの傾斜

ところで、問題にしたいのは、この想像力なるものを強調するためにロスの採用している徹底したパロディの手法なのである。紹介のしかたが不十分なのではっきりしないかもしれないが、「放送中」は、過剰なユダヤ意識をもったリップマンと、過剰にユダヤ人を意識する非ユダヤ人との妙にゆがんだ相互関係を諷刺したにがいパロディ作品なのだ。息子がアイスクリームをたべて〝毒にアテられる〟のは、それが非ユダヤ人のつくった食品だからであり、警官が呼びこまれるのは、子供のそのようなふるまいが、つまり非ユダヤ人の店を侮辱したことになるからなのである。

ユダヤ人と黒人（非ユダヤ人）のコンプレックスがからみあう『下宿人たち』も、同様に皮肉な作品であり、黒人ウィリーは、『ホーム（根拠地）』（*Home*, 1966）を書いたリロイ・ジョーンズや『氷の上の魂』（*Soul on Ice*, 1968）のエルドリッジ・クリーヴァのあきらかなパロディである。小説における素材の重みよりも、むしろ、パロディといった手法もしくは形式のほうにいっそう関心をかたむける態度、そうした態度に移行している傾向があるため、冒頭に述べたように、ユダヤ系作家たちの新しい作品は読みにくくなってきたのだ。

意地わるい見かたをすれば、こうした傾向がでてきたのは、形象化にあたいするようなユダヤ的素材や主題がしだいに底をつき、従来のパターンで書いたのでは、もはや類型的な作品しかうまれないことを作家たちがさとったためといえる。いちいちそれに対応する作品名をあげるまでもなく、従来、ユダヤ系作家が書いてきた作品の主題は、アメリカという異質（異教）社会へ同化してゆくユダヤ人が必然的に意識させられるアイデンティティの危機、名前や生活様式を変えて懸命に〝パッシング〟をもとめる姿勢、あまりに非ユダヤ人ぶろうとする努力がかえって裏目の結果をうみ、ますます疎外感にさいまなれる過程、頑強なゲットー意識にたいする手ばなしの郷愁、もしくはそのような意識へのひややかな非難、やっとたどりつけた中産階級的生活の場でなまぬるい自足感にひたっている同族たちの態度へのいきどおり、などなどであった。

## ユダヤ系作家のディレンマ

だが、現在のユダヤ系作家たちには、こうした主題や材料によりかかり、それをすなおに描いてみても、もはや手垢によごれた作品しかできないだろう、という不安がある。そのようなユダヤ系作家のくるしい状況を皮肉るかのように、非ユダヤ系の作家ジョン・アップダイクは『ベック――一冊の本』(*Bech: A Book*, 1970)を書いた。ここでは、いわゆる〝功なり名とげた〟中年のユダヤ系作家ヘンリ・ベックが戯画的に描かれている。ベックはアメリカ国務省の文化使節として海外の講演旅行までするような地位にいながら、すでに芸術面では行きづまり、不安と焦躁のうちに生きている。〝異質的な文化〟と接触することによって、いま進行中の小説を完結させる刺激がえられないものだろうかと模索するのだが、ついにそのめども立たないままにおわる。

アップダイクがこのようなユダヤ人像を描いたその底には、近来、あまりにも進出のめざましかったユダヤ系作家たちにたいする一種の対抗意識がほのみえている。だが、いっぽうで、さきにあげたようなユダヤ系作家のディレンマが投影されていることもたしかなのである。

類型化への転落という危険をまぬかれるため、ユダヤ系作家たちが、作品における素材・構成・主題といった要因よりも、形式・スタイルといった要因のほうに力点を移動させてきたのは、だから、ある意味で当然のなりゆきだったといえる。現在では、周囲の環境になじめなくて苦労するユダヤ人、アメリカ社会から疎外されてなやむユダヤ人、ゲットー内で自閉症的にひっそくするユダヤ人、などの人間像を描いても、それほど魅力はないし、じつは、もはやそれほど疎外されているわけでもなく、

〝ユダヤ的〟たることがかえって一種の流行でもある、といった状況がいまの実情なのである。したがって、かりに古くさいユダヤ的状況を描くにせよ、あるいは、現在の面映《おもは》ゆいまでにひきあう商品と化したユダヤ的境位を描くにせよ、ユダヤ系作家たちは、それらをナマなかたちで自然主義的に描写したり、直線的に説明したりはしない。

そこで、彼らは一義的に現実を描写・記述するといった短絡的な手法からは遠ざかる。そして、表現された結果はたんにその内容そのものではなく、直接に表現されていないなにものかへの批判になっていなければならない、という設定を重視するところから、パロディによる表現への傾斜をふかめてゆくのである。

もともとパロディとは、既存の、ある形式、ある現実、ある形象化されたものにもっとも接近したスタイルをとりつつ、その既存のものがはたしてホンモノであるか、最上のすがたであるかを問う批判の手法だった。だから、ともすれば類型化におちこむおそれをもつユダヤ系作家たちは、自己のパロディ化をふくめ、すでに確立されたわが同族の文学成果や規範に疑問の目をむけ、それらのパロディ化をこころみるようになってきた。

〝愛情〟を主題にすえて小説を書いているという『下宿人たち』の作家レッサーが、終局において、隣人の黒人を愛しきれず、ある意味ではこっけいな共倒れの状態におわるように描かれているのは、マラマッドじしんの従来の『アシスタント』(*The Assistant*, 1957)、『修理屋』(*The Fixer*, 1966) にみられた〝救済〟の主題への自己パロディである。きびしい教育ママによって抑圧された生活への不満と、迫害をうけたユダヤ民族の歴史への不満とをからませながら、主人公が精神科医にむかって自分の意識内容をぶちまけるという表現をとった『ポートノイの不満』(*Portnoy's Complaint*, 1969) でも、作者のロスは中産階級志向のユダヤ人、迫害をゆるしたユダヤ民族の歴史そのものを自棄的に批判するインテリ・ユダヤ人、のパロディとして主人公を利用しているのだ。そういえば、ノーマン・メイラーの『なぜぼくらはヴェトナムへ行くのか?』(*Why Are We in Vietnam?*, 1967) も、アメリカ社会におけるユダヤ的な諸要素をふくめ、アメリカ社会に立ちこめる順応主義的な、スクエア的 (画一主義的) な風潮全般を酷烈にしゃれのめした、まるごとのパロディ作品であった。

## 内面志向から他者志向へ

ところで、パロディ表現とは、それじしんに先行するなにものかへの批判を意味していた。だから、パロディを意図する作家は、当然、げんに表現しているもの以外の対象を志向しているわけである。読者の側からすれば、表現されたもののかげにかくれた対象、つまりパロディの対象になっているものまで透視しなければならないから、作品の評価はいっそう煩雑な手続きになる。しかし、できあがった作品そのものの効果と、その作品がパロディの対象としているものの意義とを、同時に読者にむかって提示しようとする姿勢が、最近のユダヤ系作家たちに目だってきた態度なのである。

従来、ユダヤ系作家たちの作品は自己というものへの配慮が濃厚な、内面志向型のものが多かった。これもいちいち例をあげる煩をはぶくけれども、自己の苦行、内省、犠牲、決意、宣伝などをテーマにしたものがほとんどであった。したがって、ユダヤ系作家のなかに、こうした内面志向型から他者志向型へうつるきざしがあらわれたことは、ひとつの大きな転換もしくは変容といえるだろう。ただ、さきにもいったように、小説の素材や主題よりも形式のほうに重点をおく傾向――それがパロディという他者志向のあらわれである――が、いわば〝わるのり〟したかたちで作品に投影されてきたこともいなめない。『下宿人たち』で、マラマッドは奔放に〝意識の流れ〟や幻想の表現を駆使し、ときには、どこまでが現実か、どこから空想なのか、判じかねるような筆法にたよっている。ロスの「放送中」にしても、通俗的な常識では荒唐無稽としか思えないほどひどく奇っ怪で狂暴な情景を描きだしている。このように、いわゆる日常的通念によって枠づけされたカテゴリーをこわしてゆく手法は、女性のユダヤ系作家スーザン・ソンタグ（Susan Sontag: 1933-2004）も、その小説『恩恵者』（*The Benefactor*, 1963）、『死の装具』（*Death Kit*, 1967）で採用したものではあるが。とにかく、形式にたいする強い関心によってもたらされたこのような動向こそ、最近のユダヤ系作家の作品を読みにくく、わかりにくくしている原因のひとつにほかならない。

## オジックのユダヤ性

自分と同族であるユダヤ人のライフ・スタイルを、ユダヤ意識にきわめて密着したまま、重厚な、しかしするどいパロディ手法で描く作家シンシア・オジック（Cynthia Ozick: 1928-　）が最近、登場してきたことを見おとすわけにはいくまい。もちろん、ユダヤ人の通俗性とか見えすいた同化意識を痛烈にののしるかたちの作品は、メイラーやロスがすでに手がけてはいる。だが、「彼女の時の時」（"The Time of Her Time", 1959）にせよ、『ポートノイの不満』にせよ、あまりにもユダヤ的要素を否定しさろうとする気負いがさきばしりすぎ、作者としてはユダヤ性からデタッチした効果をつたえたかったのだろうが、結果はかえってアタッチメントの匂いが濃い自虐の作品になっている。

オジックの姿勢は、おそらくその逆である。彼女のばあい、作品のなかにもちこまれたユダヤ的要素は、ユダヤ人にとって厳然たる抜きがたい存在ででもあるかのように腰をすえている。彼女はかつて「離散の民であるユダヤ人が、そのユダヤ的本性を強調することなく、蜜にたかる蜂のように異種類の文化を吸収していったのでは、みずからの不毛と堕落をまねくだけだ」という発言をしたことがある。

従来の作品のなかで、ユダヤ的な素材や主題は、どちらかといえば〝ふうがわりな〟印象をあたえ、それによって作品への興味をもりあげたり、一種の特殊な効果を発揮したりする仕掛けとしての機能をはたしていた。それと比較して、オジックの作品には、まるきりユダヤ的色彩で塗りつぶされたものが多い。異質文化のなかで生命維持をはかるとき、ユダヤ的本性はどれほどそこなわれるか、あるいは、ユダヤ的要素と異質な要素が接触するとき、どのようにちぐはぐな状況がうまれるか、といった問題は彼女の作品世界では捨象されている。

「はじめにユダヤ的本質ありき」というのが彼女の信条のようだ。はじめから確固としたユダヤ性という基体をかかえもった人物が、自分の外界とパセティック（この性格もユダヤ性のひとつ）にもつれあいながら抵抗したり自己実現したりしてゆくその周辺に、おのずとかもしだされる一連の精神的・肉体的な人間関係のありようを、彼女は独特な文章スタイルで書きとめてゆく。それは散文詩的な表現、対話、エッセイふうの散文などの併用される文体であり、こういった手法そのものがすでにひとつのパロディである。

そういった特長をもっともよくあらわしているのは、彼女が昨年発刊した『異教のラビ』(*The Pagan Rabbi*, 1971)という作品集にのせられた中編「羨望、またはアメリカのイディッシュ」("Envy, or Yiddish in America")であろう。

タイトルそのものからして、ユダヤ性をむきだしにした大胆な作品である。主人公はミンスクからアメリカに亡命してすでに四十年になる老詩人で、彼はイディッシュをおしえながらさえない人生をがつがつ生きている。この老詩人は、現在、アメリカで異常なまでにもてはやされているイディッシュ作家オストロヴァの名声に羨望の念を燃やすいっぽう、自分の詩作品を適切な英語に翻訳してくれる訳者のいないことに絶望し、苦悩している。ユダヤの本質はイディッシュにしかやどっていないと確信する彼は、本質を抹消してまで外界と妥協する気は毛頭ない。そして、ユダヤ人として生きる道は、アメリカ社会のなかで人間として生きる道となぜ抵触しなければならないのか、その点に疑惑を感じながら、それでいて、この女性なら自分のイディッシュ詩を英訳してもらえそうだと思いこんだ相手にたいし、人間の生きかたとして、また、ユダヤ歴史を背おった存在として、侵すべからざる領域、あやしく狂った情念と妄想の領域へ踏みこんでしまうのである。そして、この作品で羨望の対象としてあつかわれているイディッシュ作家が、いまニューヨークに在住しながら、過去におけるポーランドのユダヤ村落体を背景に、多態なユダヤ人のタイプを造型している特異な流行作家アイザック・シンガーのパロディであることはいうまでもない。

## アンチ・アンチ・ワスプの文学

このように見てくると、最近のユダヤ系作家の文学に、ある種の屈折現象が起きていることがわかる。いままではユダヤ系の文学を論じるにあたって、ユダヤ系作家は特殊を描いて普遍性を喚起しているのだとか、ユダヤ人の都会性や被害者的位置が現代人一般の条件と共通しているから、ユダヤ的作品は読者の共感をさそうことができるのだとか、そのようなアプローチで一応ことは足りたかもしれない。だが、ちかごろ書かれつつある作品では、あまりにも〝非ユダヤ的なユダヤ人〟が描かれたり、それじたい特殊なユダヤ的状況のなかでさらに特殊な条件を書こうとする傾向がつよまっているので、ユダヤ系作家の文学を手ぎわよく論じることはむつかしくなった。

そのうえ、特殊とか異質的という限定辞じたいにしても、これはかつてユダヤ系作家たちを包囲していた主流の文学、つまりＷＡＳＰ《ワスプ》（白人《ホワイト》・アングロ・サクソン・プロテスタント）の文学または文化の視点からかぶせられた形容であった。だから、アンチ・ワスプ的な特徴をぬきだすことでユダヤ系の文学を意味づけることができた。しかし、オジックのように、ユダヤ的原基にどっぷりひたりながら、なお、その密着姿勢を批判するといったていの作家がでてきたいまでは、ユダヤ系の文学はアンチ・

アンチ・ワスプの文学として検討される必要がある。

こんご、ユダヤ系作家たちは、こうした二段階の弁証を経験した意識をもとにして創作の筆をすすめてゆくだろう。特殊な状況のなかにいっそう特殊な要素をもとめようとする意図や、極端に変形させたユダヤ人像を描こうとする意図のため、かなり複雑な、もしくは瑣末的な作品さえ、彼らは書くかもしれない。そのうえ、再三述べたように、パロディ的手法への傾倒が大きく影響し、ユダヤ系作家たちの文学はいっそう読みにくく、いっそう謎めいた表現をとるようになるだろう、というのが私の臆断である。

(一九七二)

# 現代アメリカ文学におけるユダヤ系作家

## i　第二次大戦以前

第二次大戦後のアメリカ文学における顕著な特徴の一つとして、ユダヤ系作家の進出をあげることができるが、もちろん以前からもユダヤ的環境、ユダヤ系移民を素材にした作品はあった。主要なものとしては、ロシアからアメリカに渡ってきた移民が「新天地」における物質的な成功とひきかえに、同族の家庭や女性から愛情を失ってゆく経緯を描いたエイブラハム・カーン（Abraham Cahan: 1860-1951）の『デイヴィッド・レヴィンスキーの出世』（*The Rise of David Levinsky*, 1917）、一ユダヤ少年が自分のもって生まれた伝統や文化とは異質な世界であるアメリカ社会の中で、心理上の崩壊を経験してゆくその過程を超現実的な手法でたどったヘンリ・ロス（Henry Roth: 1906-95）の『眠りと呼んで』（*Call It Sleep*, 1934）、階級意識に目ざめることで固陋《ころう》かつ偏狭な人種意識からの脱却をめざすという主題に沿い、ニューヨークのユダヤ貧民街ロウアー・イースト・サイドの生活をリアリスティックに描いたマイケル・ゴールド(Michael Gold: 1893-1967)の『金なきユダヤ人』(*Jews Without Money*, 1930)、同じくニューヨークのブルックリンにおけるユダヤ系の若者を活写したダニエル・フックス(Daniel Fuchs: 1909-93)の『ウィリアムズバーグの夏』(*Summer in Williamsburg*, 1934)、さらには、ハリウッドの映画界で成功をかちとるけれども、その代償として新妻にさえ裏切られる辣腕の青年を主人公にしたバッド・シュールバーグ(Budd W. Schulberg: 1914-2009)の『なにがサミィを走らせるのか?』(*What Makes Sammy Run?*, 1941)などがあった。

これらの作品の主題は、多かれ少なかれ、ユダヤ民族のうちに根深く定着している共通の人種的・宗教的伝統遺産の牽引力から、どの程度離脱をはかるか、どの程度執着しつづけるか、また、どのようにしてアメリカ的生活様式に適応・同化していくか、その反面、どのような実体喪失感を味わわざるをえないかといった問題の追求であった。そこには、一種の低迷した悲痛感、もしくは感傷的な愛情模索の傾向が残存している。

### ii　第二次大戦後の状況

しかし、第二次大戦後は意識的にもっと高揚し、緊張した姿勢に立つユダヤ系作家の活動が目立つようになり、一九四五年には、伝統的な文化要素に強い関心を払うユダヤ系雑誌『コメンタリィ』(*Commentary*)が創刊されたり、ポール・グッドマン(Paul Goodman: 1911-72)の短編集『人生の事実』(*The

*Facts of Life*, 1945）が発行されたりし、その中でユダヤ的アイデンティティが客観的な位置から、もしくは痛烈な姿勢で、検討され追求されるようになった。一方、ユダヤ系の人間が適応・同化の態度を前面に押しだし、アメリカ的生活様式にとけこんでいこうとしても、それには彼らよりも先住の人種集団の（とりわけアングロ＝サクソン系の）反発や蔑視に基づく抵抗と対決せざるをえなかった。戦後、比較的早く発表された長編として、アーサー・ミラー（Arthur Miller: 1915-2005）の『焦点』（*Focus*, 1945）、ローラ・Z・ホブソン（Laura Z. Hobson: 1900-86）の『紳士協定』（*Gentleman's Agreement*, 1947）があるが、これらはいずれもアメリカ社会の中に隠微にわだかまっているユダヤ人排斥主義《アンチ＝セミティズム》（anti-Semitism）の風潮を主題にしたものである。

レスリ・A・フィードラー（Leslie A. Fiedler: 1917-2003）が評論「アメリカ小説におけるユダヤ人」（"The Jew in the American Novel", 1959. 評論集『異邦人へ』*To the Gentiles*, 1972 所収）を発表して、ユダヤ系作家たちの発生と進展のあとを広い視野に立ってたどった頃、すでにユダヤ系作家という呼称はかなり確立したものとなっていた。もっとも、作家の側からすれば、そのような範疇化にたいしては不本意であり、たまたまユダヤ系であるアメリカ人が作品を創作したにすぎない、というように受けとられたかったかもしれない。しかし、戦前の出版界では敬遠もしくは忌避されがちであったユダヤ的素材が、一層大胆な形で作品中にもちこまれ、アメリカ社会におけるユダヤ人の疎外、順応、自己証明などの主題が大きくとりあげられたことも事実なのである。

## iii　ベロー、マラマッド、ロス

戦時中すでに『宙ぶらりんの男』（*Dangling Man*, 1944）という処女作で、徴兵通知を受けとりながらも九ヵ月のあいだ入隊を延期され、宙ぶらりんの不安定な生活を強制される青年の焦躁感や疎外感を日記体の文体で書いたソール・ベロー（Saul Bellow: 1915-2005）は、第二作の『犠牲者』（*The Victim*, 1947）で、身に覚えのない理由から不条理な生き方を余儀なくされる男の姿を描いた。この物語では、主人公エイサ・レヴィンサールが、ユダヤ人排斥の傾向をもつオールビーという男につきまとわれるようになるが、それは、レヴィンサールのためオールビーが失職せざるをえない状態に追いこまれたという理由からであった。結果としてレヴィンサールは次第に罪意識と責任感にさいなまれるようになり、ここで加害者と被害者の位置が逆転する。ここでは、アメリカ社会にあるユダヤ人嫌いの底流に照射の光が当てられるとともに、犠牲者というものの実存的な意味の追求が行なわれているが、ベローの文学の大きな特徴は一九三〇年代に流行した自然主義、または「ハードボイルド・リアリズム」（hard-boiled realism）からの絶縁であろう。ベローは一見、旧式とも思えるような正統的な小説技法に基づいて、社会における人間条件を鋭く、しかもおおらかに描きだしてゆく。

ロシア移民の子としてカナダに生まれ、九歳でシカゴに移り、大学では文化人類学を専攻したベローは、その該博な知識を大きく生かし、広大な規模をもつ一種のピカレスク小説である『オーギー・マーチの冒険』（*The Adventures of Augie March*, 1953）や、アフリカを舞台にとった『雨の王ヘンダソン』

（*Henderson the Rain King*, 1959）において、自由奔放な想像力の作品を書いた。前者は、シカゴ生まれの青年オーギーが不況時代のさなか、さまざまな職業を遍歴しながら、安定した生活が目前に訪れてきたその瞬間に次々と拒否してゆく激動の姿を描いたものである。後者は、「やってみたい！　やってみたい！」（I want! I want!）という内心の強い希求につき動かされた巨漢の主人公ユージーン・H・ヘンダソンがアフリカに旅立ち、そこで喜劇的な冒険を終えたのち、一部族の王ダーフーから雨の王の位置に据えられ、ダーフーの死後はその王位を継承するという寓話的物語である。オーギーが特定の固定した環境にたいして拒絶の態度をとり、ヘンダソンが自然の原始性への没入を希求するという点に相違があるものの、ともに外的世界の混乱と無秩序に光をあてつつ人間の真実を追求し、外界と個人の和解する道をさぐろうとしている点は同じである。

ベローは、その後二つの大作を発表する。『ハーツォグ』（*Herzog*, 1964）は妻や友人に裏切られた中年男の、一週間にわたる精神的危機の状況を描くものであるが、物語はもと大学教師のモーゼズ・ハーツォグがたどるあわただしい行動の描写、彼が投函するあてもなく書きつづるさまざまな手紙、彼の思索的な内的独白などの交差する文体で構成されている。『サムラー氏の惑星』（*Mr. Sammler's Planet*, 1970）ではナチによる大量虐殺の運命から奇跡的に生きのびることのできた元ジャーナリストのサムラーが、現代ニューヨークの狂気、頽廃、混沌の現実に遭遇して動転しながらも、なおこの地球上にあって確かな一貫性を期待しようとするその精神的苦闘の姿が描かれた。現代文明社会がいだく価値観の中に横たわる矛盾を敏感に洞察したうえで、人間性回復の道を模索するこうした主人公たちと同じような人物は、ベローの中編『この日をつかめ』（*Seize the Day*, 1956）にもすでに登場していたのである。

バーナード・マラマッド(Bernard Malamud: 1914-86)は、ベローよりも一層具体的なユダヤ的素材に密着した作品を書いた。マラマッドはベローと同じくロシア系移民を両親としており、ニューヨークのブルックリンに生まれているが、その処女長編『天才児』(*The Natural*, 1952)は異常な野球の才能をもった田舎少年が大リーグの選手に進出し、悪女や善女に魅惑され、影響されながら人生の浮き沈みを体験してゆく幻想と寓意に満ちた作品であった。けれども、第二作の長編『アシスタント』(*The Assistant*, 1957)は、きわめてユダヤ的な雰囲気と心情がにじみでた作品である。ここでは、不況時代を背景にとり、貧乏なユダヤ系老人の経営する食料品店に強盗として押しいったイタリア系青年フランク・アルパインが、贖罪の意識や、店主の娘にたいする恋愛感情から、その一家を救おうとして、強引に店員として住みこみ、最後はユダヤ教に改宗するまでの過程が描かれている。『新しい生活』(*A New Life*, 1961)は、淪落の生活を清算しようとして地方大学の教師職に活路を求めた主人公のレヴィンが、周囲の状況に同化しきれないで、ふたたび東部にもどってゆくという反抗と過失の物語である。

マラマッドは『修理屋』(*The Fixer*, 1966)において、革命前のロシアを舞台にする歴史小説を試みた。この長編の中で、ユダヤ人のよろず修理屋であるヤーコフ・ボックは、身に覚えもない少年惨殺事件の濡れぎぬを着せられ、投獄され虐待される憂き目にあうが、そのような不条理の迫害とたたかいながら、次第にユダヤ人としての意識を深めてゆくのである。また、『下宿人たち』(*The Tenants*, 1971)では、ユダヤ系作家と作家志望の黒人との二人の主人公が、芸術の形式と芸術作品を創作する意欲の重要性をめぐって意見が対立し、相互にはげしく葛藤するありさまを幻想とサスペンスに富んだ手法で描き、人種間の微妙な対立感情に測鉛をおろしている。

形而上学的な深い思索を根底にして人間の生そのものを洞察してゆくベローや、挫折を余儀なくされながらも、暖い人間性の所在を求めて苦悩する人物の造型につとめるマラマッドとならんで、ユダヤ人意識を痛烈な諷刺の手法で描く作家にフィィリップ・ロス（Philip Roth: 1933- ）がいる。

ロスは、ユダヤ人の宗教・意識・風俗・慣習などを逆手にとって利用する人物とか、ユダヤ的環境のもたらす影響力によって異様に歪曲される人物などを、残酷に近い皮肉の筆法をもって描いた。『レッティング・ゴウ』（*Letting Go*, 1962）ならびに『ルーシーの哀しみ』（*When She Was Good*, 1967）では、常識的な善意や正義感にとりつかれたゲイブ・ウォラックとかルーシーという人物が、現実生活において意図を実現させようとして努力をかさねるとき、その結果が裏目の形に出てゆくちぐはぐの様相が描かれ、あわせて親子の関係や愛と責任の問題が追求された。

しかし、ロスの本領が発揮されているのは、その処女作である中・短編集『さようなら　コロンバス』（*Goodbye, Columbus*, 1959）の方であろう。標題の中編「さようなら　コロンバス」は、ユダヤ系の青年男女の強烈な恋愛図と、中産階級化したユダヤ家庭の俗物性とを戯画の形で描いたものである。また、「信仰の擁護者」（"Defender of the Faith"）、「ユダヤ人の改宗」（"The Conversion of the Jews"）、「狂信者イーライ」（"Eli, the Fanatic"）などの短編では、それぞれ、ユダヤ慣習を楯にとって軍隊生活内で居なおりの態度を示す兵士、ユダヤ教の指導者であるラビの教えに疑問をいだく意地悪な少年、ユダヤ教独特の宗教教育をほどこすイェシヴァ（yeshivah：ユダヤ社会で、モーセの五書であるトーラやユダヤ教の宗教法大全タルムードの教育を行なう学校）をアメリカ社会の中でいとなんでいる集団にたいし、それを社会的に順応同化させようとはかり、逆に自分の方がすでに喪失していたユダヤ伝統の意識を蘇生させられる弁護士などの姿を造型した。

ユダヤ的意識にたいするロスのこうした辛辣な解剖や批判は、長編『ポートノイの不満』(*Portnoy's Complaint*, 1969) において一つの頂点に達している。この作品はニューヨーク市の人権擁護委員であるポートノイが、幼少年時代、母親によってきびしい躾けの養育を強制され、そのため真の自己が抑圧されてしまい、その欲求不満をはげしい性体験を通じて解消しようとするが、結局は不毛の状態から抜けきることのできない姿を描いたものである。この作品で、ロスはユダヤ人家庭にまつわる感傷性と閉鎖性を、すさまじいほどの誇張法を用いて裁断している。その後も、ロスはニクソン大統領の対ヴェトナム政策を戯画化した『われらのギャング』(*Our Gang*, 1971)、一夜にして女性の乳房になった中年男の変身譚『乳房』(*The Breast*, 1972)、没落する野球チームをパロディの駆使によって諷刺した『偉大なアメリカ小説』(*The Great American Novel*, 1973) を発表し、旺盛な創作力を示している。

## iv ユダヤ系作家の文学の特徴

ロスの作品には自己嫌悪や自己虐待の傾向がひそんでおり、それはまた多くのユダヤ系作家の作品に多少とも察知することのできる特徴でもあった。しかし、ユダヤ民族の特異な歴史を回想してみれば自明であるように、ユダヤ民族のうちには自らの伝統や過去にたいする強大な関心が宿っており、また、自己と外界のあいだの関係にたいする過度に敏感な知覚がそなわっている。自己や自己の周辺にたいする異常なまでの配慮は、ユダヤ民族にとって歴史上必然的な心的傾向であったといえよう。このようにして、過去にたいする強い連続意識があるため、それが現在の生活にいわば侵入し、介入してきて、そこに深刻な動揺がひき起こされるような人物の姿、あるいは、自己や周辺にたいする極端な配慮があるため、たえず自己責任の問題や外界凝視の問題を追求せざるをえないような人物の姿などが、ユダヤ系作家たちの作品に数多く出現するのは当然ともいえよう。

このような特徴をふくめ、アーヴィング・マリン（Irving Malin: 1934-2014）はその評論『ユダヤ人とアメリカ人』（*Jews and Americans*, 1965）の中で、ユダヤ系作家の作品にあらわれる顕著な「契機」（moments）として「追放」（Exile）、「父と子」（Fathers and Sons）、「時間」（Time）、「知性と心情」（Head and Heart）、「超越性」（Transcendence）などをあげ、ユダヤ系作品の活用する手法として「アイロニー」（Irony）、「幻想」（Fantasy）、「たとえ話」（Parable）などを指摘している。もちろん、これらの要素や手法が特別にユダヤ系作家だけのものでありうるはずもないが、それにしても、追放者・疎外者的な生活に生きる人物、執拗な規制力をもつ家族どうしの連帯感、歴史に根ざした悪夢的な精神状況、感情と理性との葛藤、神秘的な発想にたいする嗜好などが、ユダヤ系作家の作品に色濃く描きこまれる場合のあることも確かな事実である。ベローの『モズビーの思い出』（*Mosby's Memoirs*, 1968）、マラマッドの『魔法の樽』（*The Magic Barrel*, 1958）、『白痴が先』（*Idiots First*, 1963）、『フィデルマンの絵』（*Pictures of Fidelman*, 1969）などの諸短編集には、そういった「契機」を簡潔に凝縮した佳編が多くふくまれている。

ユダヤ的な素材・環境を、率直に即物的に表現した場合であれ、そうした題材を暗示や比喩の手法によって間接的にあらわした場合であれ、戦後の時間が経過してゆくにつれ、ユダヤ系作家の作品は、さきにあげた戦前の諸作に垣間見ることのできたステレオタイプ的な人物像を描く段階から脱けでて、読む者に普遍的な意味を汲みとらせてくれるような、典型的な、原型的な（archetypal）人物像を描きうる段階に進んできた。それには、作家の側において、豊富な表現力や洗練された技法を獲得していったという事情もあずかっているが、一方では、現代において大衆社会化や産業化の進行したことによって、現代人一般が疎外感をいだくようになったという社会的条件も有利に働いたのであった。以前には、ユダヤ系の人物が彼らとは異質な、ジェンタイル（gentile）な社会の中で疎外される状況や、または、異質な文化に順応してゆくとき、彼らが深刻に意識せざるをえないアイデンティティの危機（Crisis of Identity）の状態が描かれることにより、その作品は「ユダヤ人対社会」の主題をもつものとして受けとられたのである。しかし、急速に変動する社会の中で、現代人のほとんどがなんらかの疎ましさを感じるようになった今日では、ユダヤ系作家の作品が「人間対社会」の主題をはっきりと読みとらせてくれるようになった。彼らの描くユダヤ的な特殊な素材や状況でさえ、現代人一般の負い目を象徴するものとして、普遍的な意味を帯びることになったわけである。

ユダヤ系作家の活動により、アメリカ文学の全体像に少なからぬ変容がもたらされたことも、注目されてよい現象であろう。かつて南部を中心にした地方主義文学というジャンルが大きい比重をもっていた時代もあったが、ユダヤ系の作家たちは、多少の例外をのぞき、作品の背景をほとんど都会に設定したし、その登場人物も、中小企業主、教師、会社員、職人といったように、中産階級もしくは下層階級に所属する人物が多かった。概括的にいえば、彼らの文学は南部的というより北部的、地方的というより都会的、上流階級的というより中産階級的な傾向のものであり、そうした文学が進出することによって、たとえばヘミングウェイ、フォークナー、スタインベックに代表されるような、きびしいヴァイタリティとか土俗的な地方色のあふれたイメージとは異なるイメージが、アメリカ文学全体の中でかなり大きな部分を占めるようになったのは、否定できない事実であろう。

## v　ショーとメイラー

第二次世界大戦を素材にとって、戦後いち早く発表された小説にノーマン・メイラー（Norman Mailer: 1923-2007）の『裸者と死者』（*The Naked and the Dead*, 1948）、アーウィン・ショー（Irwin Shaw: 1913-84）の『若き獅子たち』（*The Young Lions*, 1948）がある。この二人の作家を狭い意味でのユダヤ系作家に限定することは当を得ないことになるが、彼らがともにユダヤ家系の出身であり、前記の二つの戦争小説の中において、ユダヤ系の人物が微妙な扱い方で描かれていることにまちがいはない。『裸者と死者』は、南太平洋の小島を死守する日本軍に向けられた攻略作戦の中で、一斥候小隊がたどる苦痛に満ちた軍事行動、しかも無益に終わる偵察行動を描いた作品である。メイラーは峻烈なリアリズムの筆法とフラッシュバックの手法を駆使し、権威、暴力、卑俗さ、自由思想などをそれぞれ体現する人物像を、この作品で浮き彫りにしているが、そのうち二人のユダヤ系兵士を登場させ、同僚の兵士たちから不当な軽蔑をあびせられ、それに屈辱感を強く意識しすぎてついに挫折してしまうタイプのユダヤ系兵士と、そうした軽蔑を運命としてやわらかく受容するタイプのユダヤ系兵士とを描きわけている。

『若き獅子たち』の方は、三人の主要人物のうちユダヤ系のアメリカ兵ノア・アッカーマンが、軍隊内のユダヤ人排斥的な風潮と苦しみながらたたかう姿を活写している。この物語は、もう一人の自由主義者のアメリカ兵と、元共産主義者で、ナチ党員に転向したドイツ将校とを軸にして、彼らの参加する戦争状況を詳細に描写したものであるが、『裸者と死者』に比較すれば、その周到な構想力、その戦闘行動の動機づけ、登場人物たちの文化的背景の描出などの点において一歩を譲る作品といわざるをえない。ショーには、その他の作品としてマッカーシズム（McCarthyism）の脅威に悩むラジオ俳優を描いた『悩めるラジオ』（*The Troubled Air*, 1951）、中年女のロマンスを扱った『ルーシー・クラウン』（*Lucy Crown*: 1956）、第二次大戦後、三人の姉弟がたどる数奇な運命を活写した『金持ちと貧乏人』（*Rich Man, Poor Man*, 1970）などがある。

メイラーは、戦後アメリカ社会の動向にたいして、最も熾烈に反応している作家の一人といえるだろう。『裸者と死者』につづいて、彼は『バーバリィの岸辺』（*Barbary Shore*, 1951）、『鹿の園』（*The Deer Park*, 1955）を発表するが、これらはともに、一九五〇年代における冷戦ならびにマッカーシズムのしめつけによって重苦しく閉塞させられた社会の状況にたいする作者の危機感から生まれた小説である。とりわけ、ハリウッドを舞台にした『鹿の園』では、アメリカ文明の腐敗と頽廃を、とくに性的堕落の面から描こうという意図のもとに、映画界に出入りする人物の生態を仮借ない目によって赤裸々に暴露した。この作品の終末部に書かれた「最も古い哲学者である神は、例のもの憂い、隠密な口調で答える、『むしろ〈性〉を〈時〉として考え、〈時〉を新しい回路の接続として考えよ』」という文章の示唆する通り、メイラーは一九五七年に「ホワイト・ニグロ——ヒップスターについての皮相な考察」（"The White Negro: Superficial Reflections on the Hipster"）と題する警世的な反順応主義の論文を発表し、性的エネルギーをふくめ、反逆精神のエネルギーを謳歌するとともに、集団的ノイローゼにおかされたアメリカ社会の中に発生せざるをえない、実存主義的存在形態のヒップスターを分析的に論じたのである。ヒップスターとは、全体主義的な社会がはらんでいる非自然的・非人間的な抑圧力に屈服することなく、夜の荒野の中にあって、肉体的な暴力や死に向かって積極的に対決する反抗的人間のことであった。現代社会はますます画一化の方向に向かいつつあるという認識にとりつかれているメイラーは、その後の創作活動を、この「ホワイト・ニグロ」で展開した思想やヴィジョンにしたがって行なうことになる。

『ぼく自身のための広告』（*Advertisements for Myself*, 1959）は、メイラーが十六歳のときから書いてきた短編小説、評論、その他を集大成したものであるが、ここで彼は現代社会を重層的な視点から論断し、また、ヒップスターとスクエア（square：順応主義者・画一主義者）の哲学を一層深く掘りさげた。この二分法の思考はフィリップ・ラーヴ（Philip Rahv: 1908-74）が示した白人（paleface）と赤肌インディアン（redskin）の二分法とともに、文学作品を特徴づける範疇として重要なものであろう。メイラーはその後『大統領のための白書』（*The Presidential Papers*, 1963）、『人喰い人とクリスチャン』（*Cannibals and Christians*, 1966）といった時評的論文集を発表して、あるいは実存的政治なるものを論じ、あるいは同時代作家たちの作品を批評し、また、本能、感覚、性の神秘性などを追求した。『夜の軍隊』（*The Armies of the Night*, 1968）では、一九六七年に行なわれたヴェトナム反戦抗議のための国防総省へのデモに参加した四日間の直接体験をもとに、一種の自伝的小説を書き、危機状況にある「テクノロジーの国」（technology-land）のアメリカを過去の歴史と対比しながら酷烈に批判した。

メイラーのいう実存的主人公（existential-hero）を形象化したのは、『アメリカの夢』（*An American Dream*, 1965）と『なぜぼくらはヴェトナムへ行くのか?』（*Why Are We in Vietnam?*, 1967）の二つの小説である。前者では、もと戦争英雄で、下院議員職にもついたことがあり、今は実存主義心理学の教授をしているロジャックが、結婚生活に破綻をきたし、殺人と自殺の強迫観念にとりつかれ、やがては妻を扼殺してしまう。物語はロジャックを中心にして怪奇な性格の男女が憎みあい、愛しあう悪夢のような情景を展開してゆく。書名の「アメリカの夢」とは、もちろん逆説的な表現である。後者の『なぜぼくらはヴェトナムへ行くのか?』はD・Jという略記号の名前をもつ十八歳の少年が、二年前、父や友人といっしょに出かけたアラスカの熊狩りを回想しながら、意識の流れの手法にしたがい、卑猥な文句をひんぱんに用いて、文明、自然、神、性などを諷刺的に物語る、独特のパロディに満ちた作品である。

さらに、メイラーは、シカゴにおける民主党の大統領指名の党大会を記録したルポルタージュの『マイアミとシカゴの包囲』（*Miami, and the Siege of Chicago*, 1968）、ならびに、人類最初の月着陸船アポロ11号の打上げを題材にとり、その構造と機能、現代物理学と工学との関係などを論じ、壮大なヴィジョンのもとに新しい宇宙時代のもつ意味を追求した『月にともる火』（*Of Fire on the Moon*, 1970）を発表した。また、ウーマン・リブ運動の提唱者である女性評論家を相手どって、性と愛の根元的な問題を掘りさげた『性の囚人』（*The Prisoner of Sex*, 1971）を世に問うなど、依然として現代社会の緊急課題に敏感な反応ぶりを見せている。

## vi　ユーモアとイディッシュ語の影響

ユダヤ系作家の一つの貢献として、文学の世界にユーモアの要素を大きく導入した点も見のがすことのできない事実であろう。いわば疎外の専門家であり、苦難・流浪の民でもあったユダヤ人は、外界からの圧力をやわらげ、外界に適応・同化するための緩衝装置として、または、内面の苦悩・絶望を乗り越えて、それらを希望に転化するための手法として、センス・オヴ・ユーモアをおのずから発達させていたのであった。こうした歴史的理由から培養されていた鋭い感覚を通じ、彼らは人生の不合理や悲惨を笑いのスクリーンごしに描いたわけである。そうした彼らの描き方にたいして、イディッシュ（Yiddish）文学の影響があったことも一考しておく必要がある。東欧に居住していたユダヤ人がその村落《シュテトル》（shtetl）の中で使用した一種の混成語イディッシュは、十九世紀の後半にいたり、婦女子用の通俗語から文学語へと地位を高め、多くのすぐれた作品を残すことになった。そうした作品の中に見られる説話、寓話、民話の形式、饒舌調だが力強い語り口の技法、苦いユーモアの感覚などが、意識するとしないにかかわらず、ユダヤ系作家たちの言語リズムや語法に影響をあたえているのであり、また、彼らの作品中にイディッシュの語彙がもちこまれ、そこに独特の効果をあらわすもとになっている。ユダヤ民話の中の原型としてしばしばあらわれる愚か者あるいは不運な人間《シュレミール》（Shlemiel）、失敗ばかり重ねる不幸者《シュリマゼル》（Shlimazl）といった種類の人物像も、ユダヤ系作家たちによって意識的に造型された。ベロー、マラマッド、ロスの作品にも、そうした原型を反映するようなたぐいの、愛すべき間抜け者、笑うべき偏屈者、底抜けのお人よしなどの悲喜劇的人物が再三登場しているのである。

## vii 「ブラック・ユーモア」の作家と、ゴールド、ウォラント、ウォーク

このユーモア感覚をさらに強烈に働かせてゆくとき、鋭い諷刺の精神、現実にたいする強い否定精神、グロテスクな側面への深い関心が生まれてくるし、その結果、現実の不条理な面をとくに強調しようとするいわゆる「ブラック・ユーモア」(black humor はユダヤ系作家ばかりでなく、「ニュー・ライティングズ」と呼ばれる作家たちにも浸透している)の表現が用いられることもある。ユーモア表現には現実との和解をはかる精神がうかがわれ、諷刺の表現には強い現実否定の精神が見られるわけであるが、いずれの場合も、現実を変形して表現しようとする志向が基体となっているのであり、そうした位置から創作している作家も多い。

ブルース・ジェイ・フリードマン(Bruce Jay Friedman: 1930- )は、ユダヤ人であることを極度に意識するあまり、胃潰瘍や神経病にかかってしまう男の物語を『スターン』(*Stern*, 1962)という小説に描き、アメリカの郊外生活の中にただようユダヤ人排斥主義の雰囲気や、精神病棟内のグロテスクな情景を超現実主義の手法で表現した。彼の『母のキス』(*A Mother's Kisses*, 1964)はユダヤ人家庭特有の、少年期における子供と母親の複雑微妙な親子関係を戯画化し、教育過剰の母親やマザー・コンプレックスに

悩む少年の欲求不満を冷たく描いたものである。

『キャッチ＝22』（*Catch-22*, 1961）という風変わりな題の小説を書いたジョウゼフ・ヘラー（Joseph Heller: 1923-99）は、第二次大戦末期のイタリアにおけるアメリカ空軍基地を舞台にとり、軍隊内の愚劣な狂気的様相を痛烈に諷刺し、狂気をよそおって任務を怠り、連隊長を殺してまでも自分の身の安全をはかろうとするアンチ・ヒーロー的人物を描き、ユーモア感と恐怖感のあふれる文章によって、狂気世界から自由への脱出という主題を追求した。

スタンリー・エルキン（Stanley Elkin: 1930-95）の『悪い男』（*A Bad Man*, 1967）は、ユダヤ人として「四散《ディアスポラ》」（diaspora はギリシア語で「散ること」の意。ユダヤ人の歴史を象徴する重要語）の宿命を背負いながらも一大商人になりあがった主人公フェルドマンにたいし、世間がユダヤ人はそうあるべきだと望んでいる「悪人」（bad man）の役割を引き受けさせる物語である。フェルドマンはスケープゴートとして刑務所入りすることになるが、そこで所長や看守から奇妙な迫害を受ける。所長の底意をさぐりながら同時に自分のアイデンティティについて思索する主人公の過程が、ときに軽妙な、ときにグロテスクなユーモアの表現によって克明に追跡されている。

ハーバート・ゴールド（Herbert Gold: 1924-　）はニューヨークを舞台にし、都会の空虚性と無名性にあやつられながら立身出世を求める諸人物を描いた『塩』（*Salt*, 1963）や、不況時代のクリーヴランドで青果商を営む父親の姿を通し、数世代にわたる父祖たちの歴史と生き方を回顧する物語の『父たち』（*Fathers*, 1966）などを発表し、機知と諷刺に富んだ張りのある文章で、いわゆる「アメリカの夢」（American Dream）を夢みる人物の苦闘を照射してみせた。エドワード・ルイス・ウォラント（Edward Lewis

Wallant: 1926-62）は、ナチの強制収容所で妻子を失いながらも、自分だけかろうじて生き残った、もとポーランドの大学教師が、ニューヨークのハーレムで質店を経営し、過去の悪夢からのがれようと努力しつつ、現実の諸人物との苛酷な関係に苦慮するありさまを『質屋』（*The Pawnbroker*, 1961）で描いた。ハーマン・ウォーク（Herman Wouk: 1915-　）は第二次大戦中の掃海駆逐艦の活動を背景にして反乱と軍法会議の進行を『ケイン号の反乱』（*The Caine Mutiny*, 1951）で書き、その中で弁護士の経歴をもつユダヤ系の大尉を登場させ、その有能な弁舌によって、軍規に反した副長の無罪をかちとらせた。また、ウォークの『マージョリ・モーニングスター』（*Marjorie Morningstar*, 1955）は、女優志願のユダヤ人家庭の娘マージョリが自由主義の開放的な作曲家と恋愛におちるけれども、結局、ユダヤ的家庭環境の力に負け、平凡な弁護士と結婚してしまう物語であった。

感傷性、回顧趣味、ヒューマニズム、諷刺、アイロニー、ユーモアなどの傾向をもったこれらのさまざまな登場人物を描くことにより、ユダヤ系作家たちはユダヤ的な生活様式、宗教慣習、思考形態、情緒形式の諸側面を直接的にあるいは間接的な光で照明したわけである。

## viii　サリンジャー、ソンタグ、その他

父親はユダヤ系、母親はアイルランド系という出身でありながら、その個人的出自とかなりかけはなれた位置で創作する作家にＪ・Ｄ・サリンジャー（J. D. Salinger: 1919-2010）がいる。サリンジャーはす

でに戦前、二十一歳の頃から『ストーリー』(*Story*)、『エスクワイア』(*Esquire*) など雑誌に短編を発表し、特異な才能を見せていたが、戦後は主として『ニューヨーカー』(*New Yorker*) 誌上に多くの短編を載せ、それらのうち気にいった作品だけを選び、『九つの物語』(*Nine Stories*, 1953) と題して発刊した。冒頭に置かれた短編「バナナ魚に最良の日」("A Perfect Day for Bananafish") は、俗っぽい妻をもった主人公シーモア・グラースがマイアミビーチで幼女を相手に戯れたあと、ホテルの自室に帰ってピストル自殺する物語だが、そこにシーモアの精神的苦悩の微妙な象徴表現があるとともに、その後サリンジャーが発表してゆくグラース家のサーガ (saga) を描いた一連の長編・中編の物語を解読するにあたって暗示的な鍵を集約した短編である。その他、『九つの物語』には、現実の恋愛関係と怪奇な架空譚を交錯させたきわめて技巧的・幻想的な「笑い男」("The Laughing Man")、戦争による精神的傷痕を描いた「エズメに捧ぐ——愛と汚れの物語」("For Esmé–with Love and Squalor")、東洋の輪廻思想をいだく十歳の神童が、自分の予見通りの運命にしたがって死ぬ神秘的な物語「テディ」("Teddy") など、作者のその後の展開を予想させる要因をふくんだ作品がある。

サリンジャーは一九五一年、その処女長編『ライ麦畑でつかまえて』(*The Catcher in the Rye*) を発表し、高校を退学させられた少年ホールデン・コールフィールドが大人の世界の「まやかし」(phoniness) や「汚れ」(squalor) の現実と衝突し、真実の感受性や自己のアイデンティティを追求する遍歴譚を書き、とりわけ若い世代の共感を呼んだ。これはアメリカ文学に数多いイニシエーション物語の一つではあるが、作者は当時のティーンエイジャーの使用する軽快な口語表現を巧みに利用し、純粋な心情の少年の目に映じた欺瞞的な世間の姿を鋭くとらえ、青春期の当惑感や疎外感、自者と他者との危険な相対関係、無垢な精神と卑俗な現実との相剋などが的確に表現されている。

つづいて発表されるサリンジャーの長編や中編には、すべてグラース家の人びとが登場する。『フラニーとズーイー』(*Franny and Zooey*, 1961)では、グラース家の兄弟姉妹のうち最年少の女子大生フラニーが恋人の学生レインとレストランでデートし、酒を飲みながら会話をかわしているとき嘔吐感をもよおし、やがて失神する。フラニーは、恋人、自分のエゴ、人生、あらゆるものに嫌悪を感じており、嘔吐はその象徴的な現象であるが、一方で、『巡礼者の道』(*The Way of a Pilgrim*)という宗教書を読んだ経験に基づき、神秘的な祈禱のもつ効果に希望を託そうとして苦悶している。人生の唾棄すべき現実を忌避している彼女を、ふたたび人生の喜びにつれもどそうと努力する五男のズーイーは、長男シーモアの電話を使い、二男バディの声色をよそおって、妹に向かい、「太ったおばさま」(fat lady)のイメージについて解説する。「太ったおばさま」とは世俗的な醜悪さと卑小さの象徴であると同時に、それがまた遍在的な「キリストそのひと」でもあるという直観的発見を得たというズーイーの言葉を聞かされ、フラニーの口もとには人生回帰の微笑が浮かぶ。

サリンジャーの叙述には、難解で曖昧な象徴表現が次第に多くなってきている。『フラニーとズーイー』の中で作者の分身と見られる語り手のバディは「わたしがこれからお話しするのは、神秘的な物語、あるいは宗教的に神秘化した物語では、全然ないんだ。わたしにいわせれば、これは複合的または多元的な愛の物語、純粋かつ複雑な物語なんだ(I say that my current offering isn't a mystical story, or a religiously mystifying story, at all. I say it's a compound, or multiple love story, pure and complicated.)」といってはいるが、それにもかかわらず、サリンジャーの作品中では、神秘的な傾向、暗示的な傾向がますます色濃くあらわれるようになった。『大工よ、屋根の梁を高く上げよ／シーモア・序章』(*Raise High the Roof Beam, Carpenters, and Seymour: an Introduction*, 1963) は、シーモアが結婚式当日に姿をあらわすことなく花嫁と駆け落ちするという、常識を超越した事件や、グラース家にとって精神的支柱の存在でもあり、また、賢者・聖者の高度な知能をもっていたシーモアの諸相などをバディが物語る作品であるが、作者のサリンジャーは、語り手の観察、作者の註釈、登場人物の日記や手紙、対話の交錯などといった手法を混用し、一見、無関係とも思える叙述の総体から、グラース家の現実像を読者に構成させせようとしている。けれども、サリンジャーの東洋神秘思想への傾倒、閉鎖的なメタファーやアレゴリーの使用は一層その程度を高めてゆき、七歳のシーモアがサマー・キャンプの場から家族たちに書き送った手紙形式の作品「ハプワース16、一九二四」("Hapworth 16, 1924", 1965) にいたっては、その複雑性ととりとめのなさのため、サリンジャーの諸作品に精通した読者以外にとっては戸惑いを強いるようなものになってしまった。

一九六〇年代において、急に注目され始めたユダヤ系作家としては、スーザン・ソンタグ (Susan Sontag: 1933-2004)、イエージィ・コジンスキー (Jerzy Kosinski: 1933-91)、ハイム・ポトク (Chaim Potok: 1929-2002)、アイザック・バシェヴィス・シンガー (Isaac Bashevis Singer: 1904-91) の名をあげることができよう。

スーザン・ソンタグは一九三三年生まれの女性で、『反解釈』(*Against Interpretation*, 1966)、『ラディカルな意志のスタイル』(*Styles of Radical Will*, 1969) の評論集で新しい感性、新しい感覚の重要性を強調し、芸術において最も価値ある形式は、最大の曖昧性 (ambiguity) さえも包摂しうるような形式であると主張した。その小説『恩恵者』(*The Benefactor*, 1963) は、愛の冒険と他者に恩恵を押しつけようとする人物との物語を、老人の口を通して回想させる作品であり、実人生と夢の価値が逆転する超現実主義の作品であった。また、『死の装具』(*Death Kit*, 1967)は盲目と沈黙の状態を媒介にして、生の中に死を追求し、死の中に生を見ようとする一会社員のさかしまの生き方を描いたものである。

イェージィ・コジンスキーは一九三三年にポーランドに生まれ、五七年に渡米してきた作家だが、第一作『異端の鳥』(*The Painted Bird*, 1966)では、ユダヤ人ともジプシーとも思える六歳の少年が、戦時中ナチの迫害からのがれるため、東欧の農家にあずけられ、そこから転々と異様な諸人物に引きとられ、怪奇かつ残酷な情景に立ち会いながら遍歴する不気味な物語を書き、第二作『ステップス』(*Steps*, 1968)でも、戦後アメリカに移民してきた青年の動きと、過去のいまわしい記憶の断片とを、一見無関係なように併置し、人間生活にまつわる暗黒面を寓意的に、しかもコミカルに提示している。

ソンタグやコジンスキーが、特異な立場に立って、独自の新しい領域を求める可能性の文学を探究しているとすれば、ポトクやシンガーは非常にユダヤ的な環境に密着した創作態度であり、現代の中に過去の遺産を復活させようとする姿勢に立っているといえるだろう。ハイム・ポトクはユダヤ教の中でもとりわけ敬虔な「ハシディズム」(Hasidism:十八世紀の初頭、バール・シェム・トヴ Baal Shem Tov: 1700-60によって創始されたユダヤ教内の神秘主義的傾向の強い宗派)を信仰する家庭の、ニューヨークにおける極端にユダヤ的な特殊生活を『選ばれしもの』(*The Chosen*, 1967)に書きこんだ。この小説では、ユダヤ教の諸派のうち最もオーソドックスな派に属する家庭の少年と、きわめて固陋にハシディズムの伝統を墨守するツァディク(tzaddik:ハシディズムを信奉する信者たちの指導者)を父にもつ息子との友情が描かれており、第二作の『約束』(*The Promise*, 1969)では、『選ばれしもの』に登場したツァディクの息子ダニイが成長して精神分析医となり、狂暴な神経症の少年を、かつて父に強制されたきびしい養育法と同じように厳格な療法を用いて治癒する過程がたどられる。

アイザック・バシェヴィス・シンガーはアメリカ文学の範疇にいれるよりも、イディッシュ文学の範疇にいれるべき作家かもしれない。しかし、ソール・ベローが一九五三年にシンガーの短編「馬鹿者ギンペル」（"Gimpel the Fool"）を初めて英訳で紹介して以来、シンガーの諸作は次々と英語に翻訳されて大きく問題視されるようになった。シンガーは主として、彼が渡米する以前に住んでいたポーランドの、ユダヤ人村落の歴史と庶民を題材にして書いた。『ゴレイの悪魔』（*Satan in Goray*, 1955）、『奴隷』（*The Slave*, 1962）の長編は、十七世紀、コサックの襲撃とかサバタイ・ツヴィ（Sabbatai Zevi: 1926-76は十七世紀の中頃、「救世主」を自称し、ユダヤ教徒の熱狂的な尊崇を受けたが、やがてトルコに捕えられ回教に転向した）のにせ救世主思想の発現とかによって、ユダヤ社会に発生した正統対異端の主題を追い、『荘園』（*The Manor*, 1967）、『地所』（*The Estate*, 1969）の連作長編では、強靱なユダヤ教伝統意識と近代的啓蒙思想の葛藤に悩むカルマン一家の変遷を詳細にたどった。その他、シンガーには『馬鹿者ギンペル』（*Gimpel the Fool*, 1957）、『マーケットストリートのスピノザ』（*The Spinoza of Market Street*, 1961）、『短い金曜日』（*Short Friday*, 1964）、『降霊会』（*The Séance*, 1968）の短編集がある。

シンガーは、これらの作品で、人間の肉体と霊魂、善と悪、機械的側面と神秘的側面、伝統と反伝統といった相反する世界を同時的もしくは継起的に描く手法を採用し、一種の異様なゴシック的、超現実的な効果をあげている。微細にわたるユダヤ的な儀式や習慣が描かれるとき、ポトクの『選ばれしもの』に感じられるような瑣末主義の欠点も露呈されるが、シンガーのように、したたかな創作精神で作品が書きつづけられてゆくときは、そこに一つの完結した世界が確立され、さきにもふれたようなイディッシュ文学の影響と同じ作用をアメリカ文学の中にあたえていることは確かである。

（一九七五）

# ユダヤ系文学の作家・作品論

# ポドーレツとユダヤ系作家
## ——アメリカ文学

### 文壇の大御所的存在

のっけから大仰ないいかただけれども、ノーマン・ポドーレツ（Norman Podhoretz: 一九三〇年生まれ）という気鋭の評論家・編集者について語ることは、或る意味で、現代アメリカの、そしてユダヤ系作家の、文学評論活動のほとんどぜんぶの現象にかかわりあわなければならないという苦しい荷重を、無謀にも引き受けるのとおなじようなものだ。或る意味でほとんどぜんぶにあいわたるといったのは、つぎの三段論法ふうな理由からだ。

つまりもはや周知の事実になっているのだが、最近のアメリカ文壇論壇には、いわゆるユダヤ系文筆家の大幅な進出ぶりが目だっている。そしてポドーレツは、彼らユダヤ系知識人の啓発的な文章を数多く載せる総合雑誌『コメンタリィ』編集長の座を占めており、同時に彼自身が、そうした現代文章家のおおかたについて、あざやかで鋭い評論文をかなり発表しているのだから。

ところで、現代アメリカの文化的世界がユダヤ系文化人によって、いわば席捲されているとはいっても、ではどのような全貌のもとにおいてなのかと問いつめられると、いささかたじろがざるをえない。が、それにはそれなりの理由がある。非常に広い分野にわたる彼らの業績を展望することなど、とても非力なわざでできるものではないが、そのうえ彼らの文章は複雑で、けばけばしい用語に満ちており、神経質なくらい弁証ずきで、急激に表現をねじ曲げるといったような、わるくいえば排他的なほどに読みづらいスタイルなのだから（これはユダヤ系の批評文のひとつの特徴でもあるが）。

さらにもうひとつ。ポドーレッツにも妥当するが、彼ら個人個人の知的関心の対象はきわめて多岐にわたっており、いってみれば彼らは、特定専門をもたない万能専門家みたいな観もあって、よほど感度幅のひろいレーダーでも準備しないかぎり、彼らのうち一人の思考領域さえ、それを捕捉するのは容易でない。だが、いまはそうした障碍には目をふさいでおき、とにかくポドーレッツというフィルターを通しながら、アメリカ文学の近い過去と現状況を展望してみたい。

ごくおおづかみにいって、アメリカ文学がフォークナー、ヘミングウェイなどの〝巨人〟作家によりその代表イメージを保っていた時代は、あきらかに終焉してしまった。とはいうものの、いまだからこそそうしたことも過去時制で気易くいえるのだ。

だがポドーレッツは、すでにいちはやく一九五四年に或る終焉のきざしを予告している。彼はフォークナーの『寓話』を評した「五〇年代のフォークナー」（"Faulkner in the 50s"）で前世代をつぎのように診断した。

フォークナーが表現しているのは、〝清純〟で原初的なキリスト精神であり、それが世俗の政治よりも高貴で、美的で、いっそう大きな効力をもつらしい、と彼は読者に感取させようとする。……われわれが出会うものは、彼が愛想づかしをし、理解もできなくなった複雑な現実世界からの逃避衝動である。私にはこの作品がはっきりと或る時代の終焉を示しているように思える。フォークナー、ヘミングウェイ、ドス・パソスが、その見識ある判者、その明晰な意識者であった〝近代〟世界、つまり、二〇年代、三〇年代世界は一九四八年（ベルリン封鎖の年・筆者註）にいたって凍死したのだ。

また、批評界の大御所的存在であるエドモンド・ウィルスンにたいしても、ポドーレッツの評価はきびしい。ウィルスンは一九二〇、三〇年代を通じて、くりかえし文学的大作品の不在をかこち、現実社会の諸問題に背を向けているような作家知識人は、事実上「ビジネスマンの勝利」を黙認しているのだ、ときめつけてきた。社会と自己の連帯を確信していたそのウィルスンに対しては、ポドーレッツはこういう。

ウィルスンも一九四一年ごろ以降は、周囲の現実や若手作家たちから離れてゆき、その急進的、前衛的側面を喪い、ますます〝過去のポケット〟、アメリカ的イノセンスと道徳的清らかさの〝古き神話〟へ後退してしまった。……彼の著作『愛国の凝血』（一九六二年）にこめられたエネルギーは、彼がいまなお第一級の知性たることは証明しているが、同時に、不幸にも、彼は孤立と遁《ペ》世主義《シミズム》の力を借りないでは、その証明が行なえない、ことも露呈している。

（「ウィルスン――今と昔」）

## 衝撃的な二著書

この論調からおおよその察しがつくように、一種の世代アレルギー、現在意識アレルギーとでもいうべきものにかかっているのが彼の特色であって、だからこそ彼は、前世代の「巨匠」の作品や同世代の現象のあらゆるものに、あえて体当りし、それらを論じ分けていったのだ。

一九五三年から六三年までの批評を発表時のままで、それらを「伝統」「現代文学との対決」「外的世界」というテーマのもとに編成し、『行動と逆行動《ドゥイングズ・アンド・アンドゥイングズ》――アメリカ文化《ライティング》における五〇年代およびその後』（*Doings and Undoings: Fifties and After in American Writing*）と題して、彼は六四年に三十三歳の若さで、それを発刊した。

彼のとりくんだ対象は、メイラー、ボールドウィン、ベロー、アップダイク、メアリ・マッカーシーなど、現代アメリカ文学の主要どころをほとんど網羅している。社会評論関係でも、グッドマン、マクドナルド、ハーマン・カーン、リップマン、ユダヤ系知識人、「若い世代」、黒人問題、「アイヒマン裁判」を論ずるハンナ・アーレント、テレビ・ドラマ論など、列挙すればきりがないほど広角度にひろがっている。

だから、この評論集と、さらに彼が一九六七年に出版した『成功を求めて《メイキング・イット》』（*Making It*）という、なかば自伝小説的、なかば自・他批評的文壇うらばなし――といっても、そこには傾聴に値するモラル観、社会批評、執筆上の苦心談が織りこまれている――の、たった二冊（！）を読むだけで、彼を媒介にしたアメリカ文筆界の手っとりばやい鳥瞰図ができあがるのだ。そして、彼の鋭利な洞察力による予言的な批評は、数年を経た今日いささかも古びてはおらず、『行動と逆行動』はアメリカ文学研究の資料として、今後もバイブルとまではいわないが、外典《アポクリファ》ほどの価値は十分もっている、と私は思う。

要約は困難だけれども、社会的関心のつよい彼の著作をつらぬく時代観というものは、つぎのようになるだろう。つまり現代アメリカ社会の構造様式は、複数的なパターンでとらえられるべきであり、現代は、一九三〇年代ラディカリズム、四〇年代リベラリズム、五〇年代リヴィジョニズムと移行してきたあげく、それら諸傾向の重層構造の上にたっている。

一九三〇年代の赤い太陽によって燃えあがった幻影と熱誠は、やがてさまざまな理由でリベラリズムへと向かい、そこに清涼な避難場所を見いだすことになる。それからさらに、その反措定としてのリヴィジョニズム時代に移るのだが、このイズムに課せられた役割はリベラリズムの再検討でなければならない。ポドーレッツはそのように見る。

## 現在意識からの告発

だが、彼の感覚に映ずる同世代のすがたはどうなのか。人間の理性的思惟を通して、社会現実も肉体現実も完全解釈できると自負し、個性というものの権威に力点をおくリベラリズム——文学の世界では、暗黙のかたちで新批評派にあらわれている——にたいして、リヴィジョニズム（再検討主義とでも訳すか?・）世代は、複雑な社会現実のなかでの人間の相関的責任をさとっており、個人の力の限界という事実を黙殺できないことも痛感している。ただし彼らは、リベラリズム理知主義の置換物として、分別ある知恵とか、その他〝おとな〟に属するような諸性向を旗印にかかげる、という陥穽におちいった。

その結果、ポドーレツの表現によれば、「彼らはできるだけ早く、おとなぶるように専念し、早齢で結婚し、確実で上品な職業につき、衣食や家具や礼法への趣味を身につける。イデオロギーや熱情行為の危険を嗅ぎとっており、落着いて、まじめで、思慮分別ある、申しぶんない市民的おとなの態度をとる」ことになる。彼は次のようにも判定する。

また、若い世代の小説は、生命との直接的な接触感がほとんどない。それらは、神、人間、社会、生活、死、セックスについての適当に複雑な観念に満ちてはいる。みごとな秩序と形式をそなえてはいる。にもかかわらず、その秩序はきわめてか弱い欺瞞的な衝動によってととのえられたものとしか思えない。

（「若い世代」）

このような、自分と同世代のはやすぎた〝成熟〟現象を否定的な目で透視したポドーレッツの言説は、〝孤絶の時代〟とも〝沈黙の時代〟ともいわれる一九五〇年代の空気を、また冷戦という状況下に、黙示録の縁辺で不安定なバランスを保ちながら局限された可能性しかもちえなかった世界を、きわめて的確にいい当てていると思う。しかし、そうした情勢診断だけにとどまらず、人間の生成過程にとって不可避といえる青年の激動期を、一足とびに素どおりして成長することの危険をつとに見抜いていたあたりは、リヴィジョニズムのさらに反措定として、六〇年代のなかば急にそのボルテージをたかめたニュー・ラディカリズムの到来を、裏側から予見していたことになるだろう。

ポドーレッツの鋭い予見の資質は、その評論のいたるところで光をはなっている。たとえば彼は、メイラーが「殺人かならずしも悪でなく、倒錯かならずしも誤謬でなく、自殺かならずしも単純な自己破滅の行為ではない」という発想から書いている、と一九五九年に評したが、その後メイラーは殺人の心理機制を大きくとりいれた『アメリカの夢』(*An American Dream*, 1965)を書き、また、すべて登場人物が性倒錯の鬱積不安にとりつかれている小説、狩猟物語に託してアメリカを批判諷刺する一種のパズル小説、『なぜぼくらはヴェトナムに行くのか?』(*Why Are We in Vietnam?*, 1967)を書いた。

あるいは〝ユダヤ臭いユダヤ人〟の人生を、まとまりある短編にいちはやく形象化したマラマッドについて、「マラマッドが描く人物たちの、東欧系ユダヤ移民としての真実性には疑念をさしはさむ余地はない。ただし、それはいつも、人物たちの精神面や地上のモデルのひきうつしでなく、マラマッドの心のなかにある観念を通じて平静に描かれた場合のことであった」とポドーレッツは、かつて評した。

そこには多少、ユダヤ系どうしのもちあげかたみたいなものも感じられるのだが、とにかく、この小説家の観念性に評価の錘をかけた卓見には敬服してもよい。事実、マラマッドは、最近きわめて観念的な思索を幽閉状況のなかでたどる『修理屋《フィクサー》』（*The Fixer*, 1966）という長編を発表しているのである。その他、愛妻の精神病や自分自身の暴飲などといったマイナス状況にあって、なお真剣な作品をのこしえたフィッツジェラルドを、破滅止揚型の作家として再評価するあたり、その着眼の啓発的な点では独特なものをもっている。

だがなんといっても、この評論集の圧巻は、最後の二つのエッセイ、「アイヒマンを論ずるアーレント」と「私の黒人問題——そして私たちの問題」であろう。

前者では、アムステルダムやベルリンのユダヤ人公務員が、ナチスからユダヤ人名簿、財産目録の作製を委託され、それを契機に国外避難費の支払い、空屋になったアパート管理をまかされ、徐々に協力の度をすすめ、ついにユダヤ共同体の全資産を最終没収のかたちで奪われるはめになった、というアーレント女史の文を引用する。そして、女史がさらに深く立ちいり、もしユダヤ人のリーダーたちが、このかたちで協力しなかったら、「そこには混乱と大きな悲惨が出現したことであろう、しかし、犠牲者の総数が四五〇万ないし六〇〇万人という数には達しなかったろう」と推論するとき、そこに女史の新しさがある、とポドーレッツは弁護する。

「私の黒人問題」では、幼年時代からの微妙な黒人対白人の心理体験に触れながら、「黒人に向かったときも、或る特殊な感情を抱くことはない」と発言するような白人がいたら、それはまゆつばものであるといい、白黒間の対立は恋する者どうしの「愛」を通じて解決できるといった『次は火だ』（*The Fire Next Time*, 1963）のボールドウィンを引き合いにだし、真の解決はボールドウィンの言うような心情次元にあるのでなく、政治的たたかいにある、と調子をたかめている。もっと即物的にいえば、真の解決は黒人の皮膚の色が消失することだ、とも明言する。

ほとんどあたりをはばからないようなポドーレッツの直言批評は、アメリカでも定評があるだろう。というのは、ブラック・パワーの一翼であると見なされているリロイ・ジョーンズでさえ、一九三〇年代のユダヤ人急進主義者たちの現代の沈滞を皮肉ったくだりで、「彼らはみんな、ポドーレッツとかフィードラーが何か本当のことを言ってくれるだろうと期待しながら、あの陰欝な郊外に姿を消してしまったのか？」（『根拠地』*Home*, 1966）と、敬意を表しているのだから。

単純にまとめてみれば、ポドーレッツの関心は、極端に現在的な時間や状況にそそがれており、自分をとりまく環境については、文学であれ政治であれ社会事象であれ、あらゆるものに対応共振しないではいられない知的貪欲に駆られている。彼は現在主義の立場に立ってはいるが、たんなる現状維持、都合主義の順応姿勢とも無縁のようだ。

やや唐突になるかもしれないが、一人のユダヤ人がアメリカ風土のなかで育ち、アメリカ文化特異の遺産ともいうべきプラグマティズムと、みずからのユダヤ性とをより合わせていったところに形成されてきた知識人の典型がポドーレッツではないか、とさえ思われる。つまり、ウィリアム・ジェイムズにとって目的と手段という概念は、行為の進行過程内で両者に密接な相互連関があってこそ、はじめてたがいに意味をもちうるのであった。だから、ポドーレッツの場合も、「いま、ここに生きる」というユダヤ的な極限目的のために、「いま、ここの」現代社会がはらむ諸問題の直接批評を手段としてえらぶことにしたのではないだろうか。

すでに冷戦のリヴィジョニズム的な気流のもとで、同時代文学を辛辣に截断した彼が、文学評論から社会評論へ傾き、現在では編集長として雑誌の充実に全力をそそぎ、シンポジウム司会者として、重要な問題提起者の行動に生きているのも、ユダヤ版プラグマティズムの結果であろう。

## ユダヤ系ライター群の形成

ここで焦点をちょっと一般化して、アメリカ社会のなかへ溶けていったユダヤ移民の同化の現象を展望してみよう。

そもそもユダヤ人というものは、なんの抵抗もなく、自己の存在証明を放棄して、アメリカにやすやすと同化したのか。あるいは、アメリカ社会の側に包容性があって、ユダヤ人たちをさわりなく吸収消化してしまったのか。そういった初歩的な問いかけは、終始、だれの口の端にものぼる素朴な疑問であるけれども、それには屈曲した答えしか用意できないのがふつうだ。

いずれにしても彼らは、ほぼ百年まえ東欧から大量にアメリカに流入してきて、以来アメリカ的な文化様式——この規定そのものがきわめてむつかしい——への同化がはじまり、社会的にはアメリカ市民としての通行証の獲得、文化的には従来の言語（イディッシュ）の放棄、宗教的にはユダヤ教慣習の修正、などの変質過程を通って現在にいたっているわけだ。

だが、そうした同化の背面では、ひとつの人種なら当然の、悲喜劇的な痛苦を味わわなければならなかった。つまり、アメリカ的という属性を身にまとうことは、自分の固有性本来性を喪うことになるのだから。彼らはまず、周囲の白い視線にうとましさを感じながらも、自分たちを受けいれてくれたアメリカに感謝せざるをえず、いっぽうでは自分の純粋性がしだいに喪われてゆくという恐怖の〝感情〟を克服していった。つづいて、自分たちを呑みこんでゆく外界の趨勢と、自分たちに深く根づいている伝統的ユダヤ遺産とを比較し、どちらの極に大きい比重をおいて従うべきかと微妙に揺れる〝心理〟にも耐えた。そしてさらに、彼らは人種性再確認、シオニズム、コミュニズムなどについても、どの主義に徹したらいいか真摯に「思考」した。

けっきょく、あるいはリベラリズムに落着き、あるいは社会的地位を価値観の中心に据え、あるいはユダヤ性とは伝統実体ではなく、或る集団に帰属することがつまり自己証明そのものである、というように認識を変更させていった。

そのような変異の過程のなかで、「感情」のしこりは比較的早期にふっきることができた評論の分野では、小説の分野よりも早くからユダヤ系知識人の活動は活発であった。トリリング、ハウ、ラーヴ、ケイジン、リースマン、ベル、フック、クリストルなど論壇のめぼしい存在は、ほとんどユダヤ系である。

批評界でのめざましい進出にくらべ、創作分野での開花は時間的におくれをとった。

もちろん、さきに述べたユダヤ人のさまざまな精神的な対応姿勢にそくして、いくつかの問題作は書かれていた。貧民街からの離脱をはかり、「発明」を夢みるプロレタリア小説。経済的には立身出世するが、代償として、同族や異性一般からは離反される成功物語。人種意識は階級意識に敵対する、との立場からユダヤ教の廃棄をテーマにするコミュニズム小説。その他……。

もろもろの作品が発表されてきたけれども、総じて、それは単発的であり、偏狭《パロキアル》の域を低迷していた。これは、特異な人種という条件にからまる集合意識みたいな影は、そうかんたんに断ち切れるものではなく、従って感情や情緒を直接素材としてあつかう小説の領域では、その臍の緒の処理にユダヤ系作家たちが苦しんでいた証明でもあろう。

しかし、ポドーレツのいう一九五〇年代のリヴィジョニズムに移行してくるにつれ、彼らの作品はようやく、偏狭から普遍的な「地域性」へ、類型から典型へ、「社会対ユダヤ人」の主題ではなく「社会対個人」の高度な主題を読みとらせる作品に進んでいった。ユダヤ人のがわから主張すれば、この進展は彼ら自身の努力の所産ということだろう。だが、社会のがわにいわせれば、現在急テンポに進行している大衆社会化と都市化の現象が、ユダヤ人たちを大きく浮かびあがらせるのに有利に働いた、といいたいであろう。かつてユダヤ人の特徴的な位相だった疎外状況とか都会性——彼らは移住の最初から都会にしか住みつかなかった——は、いまとなってみれば、すでに一種の流行になっているのだ。極言すれば、社会一般がユダヤ性を帯びた(!)のだ。

こうして、ベロー、サリンジャー、マラマッドなどの文学から感じとれるように——これら作家をおしなべて、その作品に通俗概念的なユダヤ色があるわけではないが——現代アメリカ文学の代表イメージは、彼らによってユダヤ化された、ともいえよう。すくなくとも、かつてのヴァイタリティと土俗的な地方の匂いに満ちたイメージから、雑音かまびすしい都会の近代建造物に生きる市民の違和感を中心にしたイメージに変わったことは、事実なのだから。

この経緯の果てに、アメリカでおそらくはじめて、はっきりそれとわかる文化人の集団が形をととのえることになった。もともとアメリカの文学はなんらかの「地域性」のうえに成立してきた、というのは通説だが、そういう意味でも、この集団は地域性を濃厚にもっている。それは「ニューヨーク知識人」のグループであり、具体的には『コメンタリィ』、『パーチザン・レヴュー』、『ディセント』、『ニューヨーク・レヴュー・オヴ・ブックス』の雑誌や書評紙に拠る、執筆共同体ともいうべきユダヤ系ライター群である。

ポドーレッツの前記『成功を求めて』の後半は、二十五歳のとき『コメンタリィ』編集スタッフに参加し、さまざまな衝突と屈折を通過しながら現在にいたったその間における、この「ニューヨーク知識人」と彼との人間関係の記録である。

これはノスタルジックな自伝などというものではなく、彼の接触した二百人におよぶ知識人（ユダヤ系、非ユダヤ系をとわず）や、その筆業について、峻烈な批評的感想をつづったものだ。率直を好む彼は、原稿掲載の可否、或る著書の出版可否をめぐる隠された事情を語り、編集者としての給料、出版社の稿料までも具体的に書いた。だから、「これは淫売屋趣味の暴露だ」とか、「言語道断のハッタリ」という酷評が投げかけられたのも当然であり、また確かに、功成り名とげた者の図太さをひけらかした感がしないでもない。しかし、彼のこうした冒険の意図は、成功というものの分析と相対化であった。彼はいう、現代における「成功」の位置づけは、ロレンス時代に「性」が担わされていたものに相当する。「卑小な恥部」とひんしゅくされた「性」の解放につとめたロレンスのあとをうけ、自分は成功という「卑小な恥部」をあからさまに語り、現代の「高尚な趣味」の規範を侵害してゆくことになろう、と。

ユダヤ系知識人の居直り的態度もここまできたか、と思えるようなポドーレツの痛烈な筆法だが、とにかく不潔なスラムっ子の境遇から出発した彼は、「ブルックリンからマンハッタンまで」という彼の巧みな比喩どおり、もっとも近くてもっとも遠い距離を踏破し、ニューヨーク・ジャーナリズムのひとつの頂点に到達したのである。

この著作は、その彼の、傲慢な青くさい身辺雑記ではないか、とだけいって捨てるわけにはいかないものをふくんでいる。とくに彼が雑誌の維持拡張のため、マッカーシズムにたいして、アンチ・アンチ・コミュニズム路線よりも、強硬《ハード》・アンチ・コミュニズムの線をえらんだこと。雑誌を解放的なものにするため、ユダヤ的特性を生かしながらも局限されたユダヤ的主題を避ける方針をとったこと。そのため後援団体のアメリカ・ユダヤ委員会とわたりあう反間苦肉の経路などは、瑣末的だが、彼らの内部事情を知る意味では興味があった。

ニューヨーク知識人については、『コメンタリィ』の昨年十月号（一九六八年）が、全ページの半分以上を提供し、アーヴィング・ハウに「ニューヨーク知識人——年代記と批判」を書かせている。しかし、一九三〇年代精神を重視し、左翼連携主義の立場に立つハウは、ポドーレツにくらべると、現在の程度のユダヤ系知識人の連帯では不満らしい。この論文でハウは、いまユダヤ系グループに見られる連帯意識の燃えあがりも、それはまさに伝統が死なんとするときのきびしさから生じたつかの間の焔のようなものだ、と皮肉な意見をだしている。

このハウの論文は、現在さかんに火の手をあげているニュー・ラディカル的な「新感性派」ともいうべき文化傾向への批判として書かれており、ポドーレツがメアリ・マッカーシーの後続としてもちあげるスーザン・ソンタグなどは、まだ折衷主義にすぎない、として疑問を投げかけている。にもかかわらず、ハウは、ユダヤ系作家たちのアメリカにおける文学的貢献として、彼らがその作品の主題と格調を正統の位置に据えたことは認めているのだ。

ハウはさらにこのエッセイで、「ますます自己規定しにくくなっているような社会のなかでは、地域的な、伝統的なディテールを想起しつつ執筆する姿勢は、自分でも独自の権威をもって、いっそう烈しくその作業に熱中できるし、読者にも地域性を超えた大きな主題を暗示させることができる」といっている。そうだとすれば、さきに触れたユダヤ系作家の地域性が、ひとつの普遍性をもちうるゆえんも、この文章で説明できるだろう。

## ユダヤ語作家シンガー

じじつ、この文章を地でおこなっているようなアイザック・シンガー（一九〇四年生まれ）という特異な作家も、ニューヨークに在住しているのである。ちょっと前後するが、もういちどハウの論文にもどると、彼はユダヤ系作家たちの「流派」としての存在は、すでに分解過程にさしかかっていると予診したあとで、つぎのような反問を呈している。

英語で書いている作家たちがユダヤ的材料を使い果たしかけたまさにそのとき、アメリカ文学の舞台に出現し、現代とは驚くばかりの対照によって、その作品を果てしない過去にさかのぼらせ、歴史的想像力のなかでさらに深化させたアイザック・シンガーの人気をどう説明すべきだろうか。

ここに比較されているように、シンガーは英語で書いているわけではないから、厳密にはイディッシュ作家と呼ぶべきだろう。

彼は一九三五年にポーランドからアメリカに亡命し、ニューヨークのイディッシュ語日刊紙『フォワード』の編集スタッフに加わり、以後一貫してこの新聞に執筆しているようだ。ようだ、と無責任にいったのは、私にイディッシュが読めないからだけれども、彼の作品はほとんどぜんぶ英訳されており、そのうえ、最近の『父の法廷』(*In My Father's Court*, 1966)にしろ、『荘園』(*The Manor*, 1967)にしろ、ともに全米図書賞の翻訳部門で受賞候補にのぼっており、ハウの指摘するように、アメリカでの評価の一端を物語っている。

まるで知恵の輪みたいな奇妙な字形の、右から左に向かって横読みするイディッシュは、まさにアメリカでも特殊言語といえるはずだ。そして日常用語としては、おそらく滅亡してしまうだろう。そうした運命的な言語に固執して書きつづける作家の硬骨さもさることながら、その作品が現代アメリカ文学の雑然とした舞台で、妖しい孤光をはなっていることもひとつの奇現象である。
だが、すこしうがった見かたをすれば、『フォワード』は一〇万部ぐらい発行されているらしく、この特殊語しか読まないユダヤ系の集団の購読者たちなら、そこに載ったシンガーの連載作品を、ほとんどの者がかならず読むだろうことに間違いはない。そして、彼をとりまく親戚、親友の翻訳共同体による英訳が出版されるのであってみれば、彼は二重の読者層を享受しているのであり、そういう幸運な座に腰を据えて、彼はみずからの想像をいっそう深めていられるのだ。

シンガーは言語への固執と対応するかのように、描く対象もすべて戦前の、あるいはもっと過去の、ポーランドにおけるユダヤ人社会に限定する。代表作『奴隷』(*The Slave*, 1962 英語版)は、十七世紀、コサック襲撃のため家族と離散した律法教師《ラビ》のヤコブが、盗賊にとらえられ、ポーランド人の農園主に奴隷として売られ、カトリックである主人の娘を妻とし、ユダヤ社会からもポーランド国家からも、反逆の罪で追われる物語だった。

筋をたどるのは味気ないわざだが、とにかくこの小説の迫力は、類型化したユダヤ村落体の因習を否定し、神の意志を疑うヤコブが、神と冒瀆的な対話を試みながら、なお神を信じて生きつづける、その魔的な精神活動の執拗な記述である。

また、五十に近いエピソードをつらねた回想形式の、ワルシャワにおける彼の幼少年期の体験談『父の法廷』では、それぞれの挿話が、感銘ぶかい短編としてきれいにまとまっている。たとえば、死後の葬儀の形式が気がかりで、シンガーの父であるラビの家(ユダヤ社会では、ラビの家がつまり法廷、民事裁判所、宗教問題相談所だった)へ遺書を作製してもらいにきた商人が、しまいには毎年それを書き換え、しだいに膨大な文書に化してゆくのを生の愉悦とする話などは印象的である。商売が順調に伸びるにしたがい、彼は葬儀の手続きをますます複雑にしたくなってゆくわけだが、そこには、記録ずきとか死後の世界を信用できないユダヤ気質が、如実にあらわれているのではないか。

すこし堅苦しくまとめると、シンガーは、政治体としての国家を所有しないユダヤ人種が、異教の国家内で離島のような村落共同体の生活を営むとき、外からの圧力とどのように対抗しなければならないか、その対応のしかたによって、成員のあいだにどのような葛藤が生まれるか、を追求しているといえる。ユダヤ思想の伝達には、二つの基本方式、ミドラシュ(聖書の本文にそくして解釈を深める姿勢)とミシュナ(伝承のくりかえしであり、聖書を口伝の反芻によって徹底させる方法)があるのだが、シンガーの手法は前者の方法を適切にちりばめながら、後者の方法で統一するといったおもむきがあり、神との対話などには、いわゆる精神速記術さえも援用する。

彼のもっとも新しい長編『荘園』なども、一八六三年、ロシア圧政にたいする叛乱にやぶれたポーランド領主の没収された土地の借地権をにぎり富裕になった、ユダヤ人カルマンとその家族たちが、ユダヤ敬虔主義と外からの近代化の波のあいだにひきさかれる話である。

シンガーの世界はたしかに古い。そして、その文章は奇をてらわない正統的な、一種素朴なスタイルだが、そこに示される歴史の変転と人間関係の角逐、そして国家主義、社会主義、シオニズム、アナーキズム、異教間の対立、無神論などの問題のひしめきぐあいは、深刻なくらい現代的アクチュアリティを感じさせる。彼の小説の流行の理由を、歴史小説としての道具立てがぜんぶそろっているからだとか、英訳の文章が非常に読み易いからだとか、とかんたんに一蹴できないものがある。ユダヤ人にはいまだに書くものがのこっており、特殊のなかにある普遍とか、歴史における想像喚起の力とか、そういう課題についてあらためて考えることを、シンガーの作品は要求しているのだといえよう。

（一九六九）

# N・メイラー『死刑執行人の歌』
## ——アメリカ的実存主義の小説について

『死刑執行人の歌』（*Thr Executioner's Song*, 1979）の最後で、ノーマン・メイラーはなぜ〝あとがき〟を書かなければならなかったのだろうか。そこにはいくつかの理由が考えられるけれども、その一つとしては、彼がこの作品にわざわざ〝真実の生活の小説《ア・トルー・ライフ・ノヴェル》〟と銘を打って発表したことも関係がある。彼は、まず、〝真実の生活記録〟がこの小説の基であることを断わっておきたかったに違いない。しかし、この呼称は二様に読みとれる意味、両義的な含意、をもっているように思われる。つまり、ある一個の人間の実人生を小説として叙述したものとも受け取れるし、あるいは、これこそ人間の生なるものを真に把握して描き出した真の小説である、といった自負さえうかがえるような命名でもある。

かつて『夜の軍隊』（*The Armies of the Night*, 1968）で、〝小説としての歴史〟、〝歴史としての小説〟を書いたときのメイラーは、ヴェトナム戦争反対運動のデモ行進という、読者が〝実際に起こったこと〟を知っている歴史的事件のもつ魅力を作品として形象化することに利用し、成功をおさめた。現代のアメリカ社会で現実に発生している事柄が、作家の想像力を超越するような形で展開し、作家の才能を追い越すような、全く手に余るような姿を見せつけていることを指摘したのはフィリップ・ロスだったが（「いまアメリカで小説を書くことについて」"Writing in America Today", 1960）、そのように、人間の想像を絶した事実が小説世界を構築しようとする作家の努力を嘲笑するほどの姿をもっているなら、そうした事態を逆手にとって利用したうえ、一つの小説世界を構成してみようという挑戦の姿勢で、メイラーが『死刑執行人の歌』を書いたことに疑いはない。

メイラーはその〝あとがき〟のなかで、この小説が百人を超える人物との直接インタヴュー、電話を通じての交信、各種各様の文書、法廷の諸記録、たび重なるユタ、オレゴン両州への調査旅行などに基づいて作成されたものであり、収集した記録のコピーは全部で一万五千ページに及ぶだろうと書いている。彼はこれらの膨大な資料を収集獲得し、それらを整理して利用し、それに即興的な嗜好の味つけをほどこして読者に提示するという、あの〝ニュー・ジャーナリズム〟的な技法に従って『死刑執行人の歌』を作りあげたのであり、そうした資料の提供源に対する配慮からも、〝あとがき〟を書かなければならない理由はあったはずである。

物語は、十三歳の頃から、窃盗、傷害、強姦、不法家屋侵入、銀行強盗などをはたらき、それらの罪で拘置所、鑑別所、精神病院、刑務所などに始終、出入りを重ねながら、三十五年の生涯のうち十八年間を拘禁状況のなかで過ごしてきたギャリー・ギルモアという男が、イリノイ州マリオンの州刑務所を仮出所の扱いで出てきた一九七六年四月から、彼の犯した第一級殺人の罪で一九七七年一月、銃殺刑によって死ぬまでの約九ヵ月を、その痛烈な生きざまに沿って記録したものである。

総ページが一〇五六ページもあり、しかも大判のこの『死刑執行人の歌』は、《第一巻＝西部の声》、《第二巻＝東部の声》と大別されており、その二巻はそれぞれ七部にわけられ、各部に、たとえば、〈ギャリーとニコル〉、〈夢の影〉、〈さまざまな圧力〉、〈心臓の衰滅〉といった標題がつけられている。さらに、各部を構成するそれぞれの章は、あいだに空白の一行を置いた長短まちまちのパラグラフの配列といった形式をとっており、脈絡のない断片のコラージュとまではいかないが、時間の前後関係をかなり度外視した一種のパッチワーク的な作品になっている。

舞台は、モルモン教の指導者ブリガム・ヤングが宗教的迫害を逃れて信徒とともにロッキー山脈を越え、生活と布教の新天地を見いだしたユタ州ソルト・レイク・シティの近くにあるプロボ、オレムといった小都市であり、出所してきたギャリーは、さしあたり叔父ヴァーン・ダミコの営む製靴業の作業所で見習いとして働くことになる、性来、地道な、画一的な、順応主義的な生き方に定着することが不可能だったギャリーは、たちまち職を変えたり、万引行為を重ねたりしながら根なし草の生活を送っているとき、ニコル・ベイカーという十九歳の美貌の女性を紹介され、熱狂的とも痙攣的ともいえる恋に陥る。以後、ギャリーとニコルは奔放、濃厚な性交にふけるという生活に入り込んでいくが、ある夜、ドライヴの途中、ギャリーがニコルやその子供たちを手荒く殴ったことに端を発し、ニコルはギャリーから身を隠すにいたる。ニコルの居所をつきとめることのできないギャリーは、身を刺す挫折感と焦躁感の擒《とりこ》となり、それが原動力となって、結局、殺人を行なわねばならないという強迫衝動に駆られ、彼とは全く無縁の人物であるガソリン・スタンド従業員のマックスと、モーテルの夜間事務員のベンという、ともに妻子あるモルモン信徒の若者を、連続二晩にわたってそれぞれ不意に襲い、金銭を奪ったうえ、床にむかって伏せさせた無抵抗な二人を即座に射殺する。

愛人ニコルのほうは、十一歳の頃、最初の性交を体験し、十三歳で精神病院に入れられ、十四歳で結婚するという経歴の女性で、ギャリーとはじめて会った十九歳のとき、すでに三度の離婚歴をもっており、二人の男児の母親でもあった。彼女は天衣無縫のセックスの権化ともいえるほど性的な女性で、肉体を男性に与えることにより、自分も相手も性の恍惚境に飛翔させることのできる才能の持ち主だった。ギャリーが激越な衝動に駆り立てられ、わが肉体と精神を彼女の肉体と精神に合体させようとした理由もそこにあった。

ギャリーはユタ州の最高裁で死刑の判決を受けるが、その際、死刑囚は歎願の手続きをとることにより終身刑に減刑されるのが慣行となっているにもかかわらず、〝拘禁状態のうちに緩慢な生を生きのびるより、むしろ迅速な死のほうを選んだ〟彼は、減刑歎願をすすめる弁護士たちをしりぞけ、刑のすみやかな執行を要請する変わり者の弁護士に切り替える。しかも、十六年間、一度も死刑を実際に行なったことのないユタ州の裁判官たちにむかい、「死刑の宣告を下したのはあんたたちだ——最も極端なその刑罰を私はいさぎよく威厳をもって受け入れた。なのにユタ州の人間は主張をひるがえし、そのことで話し合おうという。あんたたちは愚か者だ。私は死を宣告され、それを受け入れた。さあ、やってもらおうじゃないか」と嘲笑さえする。

メイラーが着目したのは、まさにこの、みずから死を志向し、待望し、おのが死に対決した極限状況下の人間の姿勢と動きだった。すでに、『ぼく自身のための広告』（*Advertisements for Myself*, 1959）に収録したエッセイ「白い黒人《ホワイト・ニグロ》」のなかで、「……反逆的本能を絞め殺された順応精神による緩慢な死とともに生きることが、われわれ全体の条件であり、二十世紀の人間の運命であるとしたら、生命の糧となる唯一の答えは、死の条件を受け入れ、……自己の反逆的な至上命令への、地図のない前人未踏の旅に立つことだということを知っている人間である。つまり、生活が犯罪的であろうがなかろうが、自己のうちの精神病《サイコパス》を鼓舞し、安全は倦怠であり、したがって病的である、あの経験の領域を探究しようというのである」（山西英一訳）と書いたメイラーが、自然死よりも銃殺刑による間近な死を熱望し、社会にむかっておのが死をいわば売りに出したギャリーの姿勢に、そして収監後の生活中、ニコル宛に書き送った大量の手紙で精神の暗部に達する自己探求と赤裸々な自己表出を行なったギャリーの最終人生に、メイラー自身が躍起になって称揚するアメリカ的実存主義者の実体像を見たのは当然といえるだろう。

ギャリーの苛烈な生きざまのなかに自己の理想型の具現を感じとったメイラーは、冒頭でも触れたように、ギャリーの辿った人生と、ギャリーが惹き起こした事件をめぐり、そうした人生と事件にかかわりのあった百人以上もの実在人物にインタヴューし、そこで入手した情報資料や、ギャリーの書き送った千ページを超すラヴ・レターや、ギャリーに対する取り調べ官の尋問記録や、裁判における弁護人、検察官、判事、証人の発言や、各種の新聞記事などの材料のなかから、適宜、取捨選択して、それに文章表現を与え、『死刑執行人の歌』を組み立てたのだ。しかし、適宜な選択とはいえ、この作品のなかで描写され、発言を与えられ、行動を追跡される人間たちの数も、また、それら人間たちの出入りも、幻惑的なまでに夥しく繁忙である。ギャリーの愛人ニコルはもとより、彼や彼女の親族や姻族のひとりひとり、いとこたち、友人、隣人、知人、それらの子供たち、離婚したかつての配偶者たち、性交渉のあった異性たち、射殺された犠牲者の家族、刑務所におけるギャリーの同囚仲間、看守、刑務所長、警官、刑事、弁護士、検事、精神分析医、ユタ州最高裁判事、連邦最高裁事務官、ギャリー事件の映画化・作品化を狙うプロデューサー、写真家、新聞・雑誌記者、自称作家、その秘書たち、死刑制度に反対するACLU（全米市民自由連盟）およびその他機関の法律家や運動家など、じつに数多くの人物に関する記述がページを変え、相前後しながら現われては消えてゆくのである。

こうした構成をもつ作品において、メイラーは《第一巻＝西部の声》で、抜けるような群青色の空の下、その近傍に死の影を象徴する荒涼とした砂漠の広がる小都市の、どちらかといえば貧乏なモルモン・コミュニティに生活する庶民たちの素朴で無邪気な、それでいて乾いた空虚さも内包している生態を写しだし、《第二巻＝東部の声》では、死刑制度の合憲、非合憲をめぐって揺れ動く法曹界の人士や社会運動家たちの対応ぶり、ギャリーの刑務所内外における真の経歴や、彼の内面における真実の声を金銭によって引き出し、その公開によって利潤を図ろうとするジャーナリストたちの慌しい素材獲得競争の姿が描出されている。メイラーは、ここで、一種の原初的な、牧歌的な人間共存生活の模様と、近代社会の規範主義や資本主義に立脚して判断し蠢動《しゅんどう》する人間集団の様態を対置している。

底抜けといってもいいほど楽天的でもあり、反動形成の暴発をいとも安直に行なうことのできる瞬間主義的な人生観と、動物のように開放的、即物的な性欲に衝き動かされつつ生きてきて、最後に、生に対する絶対的な拒絶の意思を表明したギャリーの〝西部の声〟は、彼が判決後の一九七六年十月二十日、獄中からニコルに送った次のような手紙にも、その一端が代表されている。

きみの心ときみの夢のなかにおれをファックしてくれ天使が訪れておれを暖かくびっしょり熱くねばねばとあまく包み込みきみはおれのコックをきみの口にきみのカントにきみのブーティ（お尻）に突っ込みおれの上になり下になり横になり頭をぴったりくっつけ可愛い両脚を高く高くさしあげ強く締めつけきみのカントをおれの口に押しつけおれはキスして舐めてまさぐって吸い込んで愛してきみがはじけて呻いて吐息をついておれの口のなかで熱く濡れて流れるのを感じる。

メイラーは、ギャリーの大量の手紙から、その僅かな一部を採用して公開したにすぎないようではあるが、とにかく、それら手紙のなかでギャリーが輪廻転生と業《カルマ》の教説を刑務所内からニコルの頭に吹き込み、そのあげく、二人が死後の世界で合体できることを信じ合って同時自殺の敢行を試みるに至る経緯を、読者は読みとることができる。じじつ、処刑の延期に反逆した二人は、最初に設定されていた執行予定の日に大量の睡眠剤を服用し、刑務所の内外で同時に二重の自殺を図る。が、結局は両名とも未遂に終わり、ニコルのほうは精神病院に収容される。輪廻再生やカルマの概念がモルモン教の教説に関連があるかどうか、筆者の知るところではないし、また、メイラーも『死刑執行人の歌』では、〝あとがき〟を除き、自分自身の声としては、何も吐露していないけれども、彼の素材選択の好みと読者に対する資料提示のありかたには、彼の一つの特性といえる神秘主義的な宗教哲学への深い関心が反映している、と見て差し支えあるまい。

再言めくけれども、メイラーは彼が今までに唱導し、形象化してきた人間タイプの実像をギャリーのうちに見いだし、そうした人間タイプの理念をギャリーの獄中人生に重ね合わせたのである。人間精神の開拓者たる登場人物として、『アメリカの夢』や『なぜぼくらはヴェトナムへ行くのか?』で描き出したロジャック、D・J、テックスなどと同様、ギャリーが黙示録的な、精神病者的《サイコパシック》な生を生き、そして身近な危険の死とともに生きた人物である、として記録したのだ。『死刑執行人の歌』は、エッセイ「白い黒人」の精神病者《サイコパス》の理念を現実の死刑囚に具体化させ、それを主人公に設定した「白い黒人」小説版といっても過言ではない。じじつ、この小説のなかでは、最初の弁護人スナイダーとエスプリンは、担当被告の刑罰減免をもくろむ理論立ての基盤として、ギャリーの狂気を立証できる証拠材料を求め、精神病医師のウッヅに相談をもちかける。しかし、被告の精神鑑定に当たったウッヅは、ギルモアが精神病者《サイコパス》であって精神異常者《サイコティック》ではない、と診断を下すのである。その個所のパラグラフを次に引用してみよう。

> ウッヅの考えによると、ギャリー弁護の基盤をその精神状態に帰そうとするなら、スナイダーとエスプリンは精神異常者《サイコティック》が精神病者《サイコパシック》につながるという議論をもちださねばならないのだった。容易ではない。法は狂気なら、それを認定した。精神異常者《サイコティック》の首なら、常に救うことができた。が、精神病《サイコパシィ》のほうは、そのような術語（使ってはならない言葉）を法の場で使えたとしても、むしろ道徳的反射作用の病いとされた。ウッヅは、ギャリーが拳銃の爆発で指にけがしたときのことに触れ、「おれは親指を見て、『この間抜けめが!』と思った」としゃべったある問診の事例を指摘した。それはとうてい精神異常者《サイコティック》の反応ではありえない。そう、自己中心のモラル。そう、ついさっき他人に与えた死の損害に対する途方もない冷淡さであり、自分の現実状況が精神的に把握不可能

だったわけではない。現実的だったとすれば、責任能力もあった。

ギャリーは医学的鑑定においても、精神異常者《サイコティック》でなく、精神病者《サイコパス》の範疇に類別された。精神異常者は法律上からいっても発狂者として認められるが、精神病者は狂人として扱われない病気なのである。メイラーによれば、「精神病者は――もしそうする勇気があるなら――自分の暴力《ヴァイオレンス》をパージする必要から殺人をする」人間であり、「精神病者のドラマは、彼が愛を求めていることである。配偶者の探究としての愛ではなくて、いままでのものよりいっそう啓示的なオーガズムの探究としての愛である」(「白い黒人」)ということであった。だとすれば、メイラーが『死刑執行人の歌』で何ひとつ自分の声として言説を披瀝しなかったとしても、不思議ではなかったのだ。ギャリーの行動記録を列挙したアルバムの裏側には、また、ギャリーを一個の原子核として、まるで電子のように周囲を回転する多数の関連人物の動きを断続的な形式で配列した万華鏡的な図柄の背面には、透かし模様としての「白い黒人」の主張がすでに印刻されていたのだ。

この小説でメイラーが読者に提供してみせたギャリーという人間の真実像は、人間一般にそなわるエロス(生の本能)、タナトス(死の本能)の二つの本能が、その極端に昂揚した段階で、備蓄のエネルギーを解放しようとした一犯罪者の姿である。もともと、首尾一貫して、極端に、極端性を愛好し、極端な人物、状況、形態を作品として形象化してきたメイラーのことだから、彼がギャリーの〝真実の人生〟を小説として記録したとき、〝死の本能《タナトス》〟なるものは、何らの抑圧も受けておらず、また、人間の肉体に何らの生かしきれなかった部分も残していない、そして生の本能《エロス》がその極端な段階での充足に近づいた、そうした生においてのみ生と調和し、そのとき、死の本能《タナトス》は何らの恐怖心もなく死ぬことのできる肉体のなかで全面的に肯定されるのである〟というノーマン・O・ブラウンばりの論理（あるいは反論理）の顕現を、ギャリー最後の極限状況的人生のなかに見たことは間違いない。

記録の積み重ねであるこの小説は、その後半部において、まるで腐肉をあさるハイエナか猛禽のように、一死刑囚の周辺に群がってくる金銭欲、名声欲に駆られた一群のあこぎな人間たちが描写され、また、ユタ州立刑務所の寒ざむとした罐詰工場の建物内で、五人の銃殺隊員により、ギャリーが心臓を射抜かれる凄絶な情景も克明に記録されており、ある意味では、あと味の悪い読後感さえ残しかねない可能性も含んだ素材の集合体である。にもかかわらず、いや、だからこそ、作家メイラーはこの集合体の随所にブラック・ユーモアやギャロウズ・ユーモア（気味悪いユーモア）の滲んだ表現を配し、作品全体が重苦しい荷重を担うことを避けている。たとえば、ギャリーはかの有名な稀代の抜け業師《エスケープ・アーティスト》ハリー・フーディーニの私生子の息子なのだから、もし祖父が生きていたら、手錠、足枷をはずし、刑務所から脱出できる方法を教えてくれたろうに、と従妹のブレンダに冗談口をたたかせているように。

いささか繰り返しの多い、それでいて省略法も多用している前半部の朴訥な文章スタイルや、処刑の近づいたギャリーを喰いものにして、何らかの物質的利益を獲得しようとするマスコミ界の取材ぶりを追った後半部の急テンポに畳みかける文章スタイルは、それぞれ、西部的な社会風習の底にわだかまる疑似土着性や、東部的な近代産業倫理の奥に隠された疑似合理性を諷刺するという効果をあげており、作品に一種のユーモア感を漂わせる原因ともなっている。メイラーはそのような操作をほどこしながら、ギャリー・ギルモア事件に関する夥しい資料を分割し、混交し、配列し、公表し、ギャリーの生の事実をして小説を語らせ、それが顕在的側面であれ、潜在的側面であれ、これこそ本当のアメリカ社会の姿である、と読者にむかって訴えかけているように思える。

（一九八〇）

# スーザン・ソンタグについて

おそらく、この翻訳（『ハノイで考えたこと』晶文社、一九六九年）の原著者スーザン・ソンタグ（Susan Sontag: 1933-2004）は、訳者の私もふくめ、未知の部分の多いアメリカ作家と思われるから、私は自己啓蒙のかたちで、私の読書と調べたものをもとに、彼女を年代記的に紹介してみたい。

彼女は一九三三年、ニューヨーク生まれ、両親は中流程度のユダヤ系市民で、父は行商中心のセールスマン、母は学校の教師であったらしい。幼女時代をアリゾナ州、カリフォルニア州ですごし、十五歳でノース・ハリウッド高等学校を卒業後、カリフォルニア・バークレー大学に入学、一年後にシカゴ大学に転学し、そこで五一年に哲学のB・A（学士）を取得している。

在学中、一九五〇年に、現在ペンシルヴァニア大学教授になっているフィリップ・リーフ（Philip Rieff: 1922-2006）と結婚。さらに、夫妻ともにハーヴァード大学に進み、スーザンのほうはM・A（修士）を取得、論文をのぞいてPh・D（博士）のあらゆる単位を修得した。彼女は夫とともに、現代文化におよぼしたフロイトの影響を共同研究し、『フロイト——モラリストの精神』(*Freud: The Mind of the Moralist*)という本を書きあげたが、五七年に別居状態となり、五九年、その著作の出版直前に離婚した。協議の結果、ヴァイキング・プレス社から発行されたその著書には、リーフの名前しか冠せられなかったという。

いわずもがなのことかも知れないけれど、私はかつてノーマン・メイラーとウィルヘルム・ライヒの関連について調べていたとき、このリーフの論文「ウィルヘルム・ライヒの世界」("The World of Wilhelm Reich")(『コメンタリィ』一九六四年九月号)を読み、おおいに啓発された記憶があるけれども、いまから考えれば、スーザンのいだいている人間エネルギーの全面正当化の発想は、社会心理学者、文化史学者である夫のリーフとの共同研究でつちかわれていたのだろう。

それはともかく、彼女はさらに一九五七年から五八年にかけて、パリ大学で研究生活をおくり、五九年にしばらく『コメンタリィ』誌の編集者をつとめたが、まもなく学究生活にもどり、その後の数年間、ニューヨーク市立大学、サラ・ローレンス大学、コロンビア大学で哲学の講義を担当していた。

彼女じしんの回想によると、「私は八歳のころから、エッセイ、短編、詩、戯曲などを書いていたが、そのころは創作のことをあまり重視していなかった。多年、学究的なかず多くの課題にとりくんだあげく、二十八歳のとき、はじめて創作を真剣に考えるようになった。或る夜、私は起きなおって筆をとり、やがて小説『恩恵者』のもとになった原稿を書きはじめた。二ヵ月ほどで、最初の草稿ができあがった。まるで聞き書きしているような気持ちだった」。

この小説『恩恵者』(*The Benefactor*, 1963)は、老齢に達した或る男の口を通し、一人称で語られる、実人生と夢と偏執観念がからみあう一種のピカレスク小説だった。語り手の主人公イポリットは他者に快楽感情をあたえることが恩恵であり、人生至高のモラルだと信じている。どのようにすれば他者によろこびをあたえることができるか。彼は夢のなかにその原型と暗示を見いだし、夢のつづきを人生において実行する。というよりも、夢が彼の実人生を誘導してゆく規範になってしまう。小説のなかで〝行為〟しているのは、夢という非現実なのか、じっさいの現実行動なのか判別しがたいような叙述スタイルをとっている作品だ。

このように現実と反現実の両極的な要素をわかちがたく配列する手法から、彼女がカフカ、ベケット、ロブ・グリエ、アルトーなどの影響をうけていることは容易にわかる。けれども、それはたんに衰弱した模倣にとどまってはいない。彼女の文章には、透明な明晰性はないけれども、なにか妖しい熱気のようなものがこもっている。J・R・フレイクスも批評したように、彼女は〝感覚の中枢に新しい位置づけをおこない、想像に内省のフロンティアを拡大しようとする現代的な意図〟を、彼女なりにそなえているのだ。

夢を現実よりも先行させたこの作品で、アンチ・ヒーローたるイポリットは、夢によって人生を解釈させるのではなく、人生によって夢を解釈させようとする。

従来の精神分析の概念では、夢は、人生における欲求不満もしくは中絶の反映であった。だから、夢にもとづいて人生の欠落意識を解釈し、人生を補完するため、いっそう〝高尚な〟価値のほうへ欲求を転回（昇華）させたわけである。だが、それでは夢のなかの肉体意識は、いぜんとして実現未遂のままにのこる。したがって夢の肉体意識を達成するために、つまり夢を補完するために、人生に変更をくわえる、という裏がえしの姿勢がうちだされてくる。ソンタグは作品の主人公に、こういわせている、「私が関心をいだく対象は——行為としての私の夢だ。私は、それが行為だから、それが行動のモデルであり動因であるから、私の夢に関心を寄すのである」と。

このような逆説的な反解釈の姿勢が、ソンタグのひとつの特徴であり、彼女はそうした立論のしかたで書いた批評文を一冊にまとめ、『反解釈』（*Against Interpretation*）と題して一九六六年に出版している。

彼女は、そのタイトル・エッセイ「反解釈」のなかで、おおよそつぎのような趣旨の意見を提出する。「現代では、解釈の姿勢は、芸術作品をそのまま独立したものと見なそうとせず、通俗的な態度に堕している。真の芸術は私たちの神経を不安にするような力をもっているのだ。だから、その不安を避けるため、作品が内容に還元されてしまい、その還元した中身を解釈し、作品を手馴づけようとする通俗態度がはびこるのである。……解釈とは、作品にたいする感覚経験を尊重し、そこから発展するものであるが、こんにちでは、それが認められていない。……現代の文化は過剰生産に基盤をおいており、その結果、私たちの感覚経験は徐々にその敏感さを失っているのだ。……批評の機能は芸術作品がいかにして芸術作品たりうるかを示すことであり、それが意味するもの（つまり、内容）を示すことではない」と。

ソンタグが一九六七年に発表した、第二の長編創作『死の装具』（*Death Kit*）は、右のような所論をそのまま形象化したような作品になっている。この小説の主人公は、渾名をDiddyと呼ばれるように、現在を生きているというより、死んでしまった過去時間を生きているような男である。自殺を試みて失敗し、病院に送りこまれるのだが、退院後は、死の感覚にとりつかれ、生きていながらじっさいは死の生活をつづけてゆく。顕微鏡会社の宣伝部員ディッディは、列車内で知りあった盲目の娘と閉鎖的な同棲生活にはいり、盲目（暗黒）世界を媒介にし、感覚をとぎすましてゆく過程によろこびを感ずる。彼は社会的沈黙のなかで、死（それが彼にとっての生）を構成する材料をかき集め、それらで自分のからっぽの容器《キット》を満たそうとする。

『恩恵者』において、夢が生よりも強力だったとすれば、『死の装具』では、死の感覚が生の認識よりも強烈な影響力をもっている。しかし、こうした彼女の傾向は、たんに夢（非現実）－生（現実）、死－生といった対立概念の範疇を逆解釈してたのしんでいるわけではない。じつは、彼女の観点では、このような両極的な概念を切り離すべきではないという考えかたがあり、通念的には両立不可能と見えるような要素を併存させ、関連づけようとする真摯な努力が、彼女の作品をうみだすもとになっているのだ。

ところで、このように両極的な概念や価値を並置、もしくは共存させる態度は、およそ従来の解釈や判断によると、意識がまだ分化しない、文化的には原始的な段階で発生する態度である、とされていた。そして、そうした原初的な状況から脱けでるところに、いっそう高次の文化的、文明的意義を見いだしていた。アンビヴァレント（両極併存的）な傾向は、人間の系統発生的な歴史観においても、個体発生的な進歩概念からも、未熟の幼児期に属するものとしてしりぞけられたわけである。したがって、どうじに、そうした時期にあってより大きな比重をもつ人間体験、つまり人間としての直接的な、生《なま》の、感性中心の体験は軽視され、見すごされてきた。直感や本能よりも、知識や体系が重要視され、こうして、いわゆる西欧的、合理的、知的解釈の優位が確立されていった。感覚や官能や肉体と深くかかわりあうような人間の機能は、むしろ敵意をもって冷遇されていたのだ。

スーザン・ソンタグのうちだした派手やかな反解釈の姿勢も、いってみれば、それまで日蔭者のようにおとしめられていた人間機能の側面を復権させるためのポーズであろう。アメリカの文化伝統においても、それまで主流を支配していたのは——もちろん、見落とすことのできない副流もあったが——既成体制の代表ともいえるアングロ・サクソン・プロテスタントたちの、きまじめで、堅くるしい、〝清純な〟、ピューリタン的、エリート的文化観であった。

ソンタグはそうした文化観の信憑性に疑問を投げているのだけれども、そして、その反対姿勢のため、一九六〇年代における急進的《ラディカル》な反芸術の提唱チャンピオンと目されているのだけれども、たちどまって考えれば、旧来の知性偏重、すくなくとも知性と感性とを切り離して考えた観念のほうが、疑わしい姿勢なのであり、彼女の活動がいっそう根底的《ラディカル》に、人間的にうつるのは当然なのである。だから、或る意味で彼女はきわめて伝統的なことをいっているにすぎず、それが急進的に新しく見えるところに現代の皮肉がある、と私は思う。

いずれにしても、彼女には、かつての西欧的基準では、より低次の位置にあったものを解放して正当の座にもどそうとする志向や、かつて乖離、矛盾すると考えられた対立物を止揚する志向が強い。たとえば、彼女とおなじような性向をもった社会評論家のノーマン・O・ブラウンを批評した文章に、つぎのような部分がある。

ブラウンはフロイトの臆断を痛烈に批判している。われわれは肉体と精神が対立するような存在ではない、と彼はいう、そのような見方は死を否定するものであり、したがって生を否定するものである。だから、肉体の体験と切り離された自意識なるものは、また、生を否定した、死の否定と同列である。ブラウンの議論は複雑で要約しにくいけれども、結局のところ、意識または内省観念の価値を否認しているのではない。そこでは、必要な識別がみごとにおこなわれている。彼の用語にしたがえば、必要なものはアポロ的（つまり、昇華的）意識ではなくて、ディオニュソス的（つまり、肉体的）意識なのである。

（「精神分析とノーマン・O・ブラウンの"Life against Death"について」）

さきに彼女には、人間エネルギーの全面的正当化への希求があると書いたが、そうした特徴と、右のようなブラウンの主張とをあわせ考えれば、彼女の意識活動が、きわめてアンビヴァレントな、きわめて振幅の大きい、ややもすれば熱狂的な、ときには眩惑的な活動過程をたどるゆえんが理解できるのではあるまいか。

ここに翻訳した『ハノイで考えたこと』（*Trip to Hanoi*, 1968）も、北ヴェトナムの土を昨一九六八年五月に踏んだソンタグのたんなる通俗的な見聞録や探訪記ではなく、人間感性や人間にとっての真の文化について、彼女が直接体験をもとに苦闘しながら考えぬいた外面的、内面的記録であるが、その文章のいたるところに、いままで紹介してきた彼女の傾性がにじみでるようにして表出されていると思う。

彼女はこの新しい場において、彼女にとっては異質な——西欧的基準に立てば素朴で単純な——東洋的要素と現象にいどみかかり、彼女独自の両価値併存的な感覚判断にたよりながら、文化、感情、倫理《モラル》、行為、美意識における西欧規範と東洋規範を比較検断し、両者をつきあわせることで、その連帯の可能性をさぐろうとしているかのようだ。ヴェトナムが彼女の意識においてなにを決定したか。彼女は果たしてどのような、私の内なるヴェトナムを構築したのか。その屈折したプロセスをそのまま記述したものが、この批評的日録ではないかと思う。

そして、この日録のなかでも、いわばコーティング（糖衣）のようにかぶせられた西欧的知性をけんめいにかなぐり捨てて、その下側にある純粋の感性を媒介に、外的対象と対応する彼女本来のすがたを読み取ることができよう。彼女の文章を訳して気がついたのだが、彼女は好んで really, truly, indeed などの副詞的表現を頻用している。表面にはそう見えるかもしれないがじつは、とか、常識面ではそう思うかもしれないがほんとうのところは、といったこのような接続思考は、彼女の〝解釈〟についての解釈態度に由来するものであり、真に確実な判断のよりどころになるのは、そのとき、その場での感覚経験だけである、という彼女の主張が文書スタイルに反映しているのだ。表現はつねにそうした感覚経験を核にして、そのまわりにつむぎだされているような感じである。彼女にとって、いわゆる知的解釈の成果などは、現実と向きあった瞬間に作動する感覚運動の滅失したあとに形成される二次的のものにすぎないのだから。

彼女は或る個所でこういっている、「……ヴェトナム人にたいする連帯感は、どれほど純粋であるにしても、それは彼らから遠く離れた位置ではぐくまれた倫理的抽象物であったのだ。ハノイ到着以来、私は、そんな連帯感は不幸にも、いぜんとして倫理的抽象体たりつづけるだろう、と暗示してくれるような、思いがけない新しい感性と抱き合わせに、この連帯感を維持しなければなるまい……」と。

彼女には、人間は絶えず変化してゆく弁証的な存在であり、それを教導する契機は〝新しい感情〟である、という認識がある。彼女がハノイの現実に触れて喚起された新しい感情を、どのように処理し、どのように進展させるかが、この日録を彼女に書かせた動因だといえるだろう。そして、新しい感性、感覚の新しさこそ人間を変革させ、人間活動に変更をくわえる発条になるのだ、と彼女はいいたいようである。

要するに彼女の追求するものは、いまだに命名もされず、表現もされていない〝新しい感性〟なのである。彼女の言葉によると、そのような感性や感覚が、「芸術を人生の延長として把握することができるのであるし――また、こうした新しい感覚こそ新しいスタイルをうみだす生命力と見なすことができるのだ。なにしろ、芸術じたいが、意識に変更をくわえ、新しい様式の感性を形成する、一種の新しい創意のことであるから」というわけだ。彼女はさらにつぎのようにもいっている。

重要なのは、感覚であり、感情であり、感性の抽象的形式およびそのスタイルである。現代の芸術が真剣にとりくむのは、こうした対象なのである。現代芸術の基本問題は観念にあるのではなく、感覚の分析と拡張とにある。かつてリルケは、芸術家のことを〝人間感覚の領域拡張にむかって〟努力する人間である、と説明している。マクルーハンは、芸術家を〝感覚的認識の専門家〟と呼んでいる。したがって、現代芸術におけるもっとも興味ある作品は、感覚の冒険的所産、新しい〝感覚複合体〟なのである。そうした芸術は、原則として、実験的なものになってゆく——それは多数の人間に手のとどくものを蔑視するような、エリート意識にもとづいた実験のことをさすのではなく、科学が実験的であるという意味で実験的になってゆくのだ。

（「ひとつの文化と新しい感性」）

『ハノイで考えたこと』のなかでは、以上紹介してきたような、彼女の序論が下敷にされ、東洋や西欧の文化とモラルが批判されると同時に、とりわけアメリカ人としての彼女じしんの意識が解剖されてもいる。これは読みかたによっては、彼女の自己告発、アメリカ告発の痛ましい記録といえるだろう。私たちとしては、東洋的要素に惹きつけられる——同時に反撥してもいる——彼女の積極的な対応姿勢に一種のあまさを感じないではないが、西欧的価値基準そのものをみずから断罪し、アメリカ人のほんとうの愛国心とはなにか、革命における感情の位置はどこにあるか、などについて真摯に考えぬく彼女の熱誠には耳かたむける必要があるだろう。

かつてスペイン市民戦争のとき、アラゴンやオーデンたちが、作家たちにむかって発した質問のひそみにならい、あなたがたはヴェトナムにたいするアメリカの干渉に賛成か反対かという質問状を各国の作家に送り、その回答を集めたものが、『ヴェトナム側に立つ作家たち』(*Authors Take Sides on Vietnam*)と題して一九六七年に出版されているが、そのなかでスーザン・ソンタグがつぎのように答えているので、さいごに全文引用しておきたい。

二十年間にわたる内戦によって凌辱された、一小国のうるわしい民族が、いま——自由という名目のもとに！——世界でもっとも富裕な、もっともグロテスクに過大武装した、もっとも強力な国により——残忍と独善の犠牲になって虐殺されつつあるのだ。アメリカは犯罪的な、よこしまな国になってしまった——頑迷によって膨張し、豊饒によって麻痺され、自分勝手の関心と特殊文句《ジャーゴン》を利用しながら、世界の運命、人間生命そのものの運命を処分する指令権をもっているかのような、とほうもない妄想に酔わされてしまったのだ。

ヴェトナムにたいするアメリカの戦争は、生まれてはじめて、私にアメリカ人たることの恥辱感をあたえたのである。しかし、そのことじたいはたいして重要な問題ではない。

私はバートランド・ラッセルのつぎの声明に全面的な賛意をあらわしたい、「ヴェトナム問題は、いまの世代の西欧的知識人にたいしてひとつの酸性試験に相当するのだ」。

ソンタグ女史は現在、十七歳になる息子のデイヴィッドとともに、ハドソン河を見おろすニューヨーク、リヴァーサイド・ドライヴに沿ったアパートに居住しており、いまも一本の映画と三作の小説の製作に従事ちゅうだという。そして、毎年、四ヵ月のあいだはヨーロッパで過ごしているといわれるが、私はこれらの資料をすべて『現代人名辞典』(*Current Biography*)と『現代作家辞典』(*Contemporary Authors*)からとったことをお断りしておく。

（一九六九）

# 黙示的な実験性
## ——フィリップ・ロス『ポートノイの不満』

フィリップ・ロスが処女作『さようなら　コロンバス』（*Goodbye, Columbus*, 1959）を発表したとき、おなじユダヤ系の読者から、「なぜ、こんな恥さらしのユダヤ人像を描くのか」という非難をあびたことがある。ロスはそれに答えて、「あなたがたは、ぼくにとっては恥じるいわれもないものを恥じており、防衛する必要もないのに自己防衛の姿勢をとっているんだ」と一蹴した。つまり、ロスの抱負によれば、ゴイ（非ユダヤ人）たちがユダヤ人のことをどう思っているか、などと気にかけるほうがおかしいのである。こうした仮借ない、ずぶとい構えを極端におしすすめて書いた作品が、『ポートノイの不満』（*Portnoy's Complaint*, 1969、宮本陽吉訳、集英社、一九七一年）である。

ロスは、この小説で、ユダヤ人について想像しうるおよそすべての狭量さ、独善ぶり、いやらしさ、恥部などをなりふりかまわずさらけだし、ユダヤ家庭のありかたに痛罵を投げかけ、また、大胆な誇張法で自慰や性交の場面をふんだんに描いているのだけれども、それは、つぎのような彼の持論を地でおこなっているわけである。つまり、「ユダヤ人なんか殺してやりたいといった気持ちをひとに起こさせないよう、ユダヤ人はつとめてひとから愛されるようにすべきだ、なんてことはどうでもいい。ユダヤ人を軽蔑はするが、にもかかわらず殺すことはできない、といった認識をさとらせることが肝心なのだ」というすさまじい主張を彼はもっている。このようなユダヤ人の生活様式を賭けた捨て身の立場にあって書くところから、ロスの文学に特有のあの逆説的な人物がうみだされ、あやしくはずむような独特の文体もつくりだされるのだろう。彼の作品にどれほど自虐や自滅の調子がこもっていようとも、それはやはり作者がみずからすすんで選んだものである。他のユダヤ系作家にくらべると、たとえばバーナード・マラマッドのあたたかい夢や粘着性はないし、ソール・ベローのソフィスティケートされた実質感もない。あるいは、ブルース・フリードマンの神経質なユーモアもない。だが、こうした作家たちとは異質な、はげしい意地わるさ、未来的、黙示的ともいえる実験性があり、そのあたりがロスの身上でもあろう。類似をいえば、ノーマン・メイラーやスーザン・ソンタグの描く人物像や世界には、ロスのそれらと明らかに照応しあう部分がある。

ところで、この小説は、幼少年時代、母親によって強制された潔癖できびしい養育のため、回復不能なほど真の自己を抑圧されている三十三歳の独身男ポートノイが、欲求不満を暴発させていったセックス体験の遍歴を、精神科医にむかい、思いのたけぶちまけるという設定で描かれている。そしてポートノイは、いまやニューヨーク市人権擁護委員会副委員長として、福祉事業にたずさわっているいわば社会的に立派な人物である。その彼があらゆる想像をたくましくしながら、さまざまな方式でおこなったマスターベーション体験とか、モンキーという仇名のエロティックな女をはじめとするいろんな女性との、多形態な性交体験とかを医者に話すその内容は、男の名前が暗示するように、戯画的ではあるがポルノ的な効果をもっているし、作者にその意図がないといえばうそになるだろう。ただ、私としては、よくもこのような情景を想像したものだ、とは思わない。しかし、よくもこれだけかず多い想像をならべたものだとは思う。

というのは、一見、卑猥さを売りものにしているかにみえるけれど、じつは、この小説は想像力というものの貴重さを描こうとしたもののような気がするからである。それは、ポートノイの語る言葉のはしばしにも洩らされている。「私がいってるのは真実なんでしょうか、それとも、たんなるお喋りなんでしょうか?」「——話はいつでも、現実よりも想像力にかかわっているほうが多い」ポートノイの話す内容は、不満足な現実を拒否したいと思う衝動からうまれた、じつは想像の産物ともいえる。この作品が、医者にむかって語られる一人称の話体というスタイルをとっているのはその証拠である。

なるほど、息子を上流社会におくりこもうとするユダヤ家庭の教育ママの執念や、シクセ（非ユダヤ人の女性）をユダヤ的なきたならしさでけがそうとする男の屈折した復讐心などは、過剰なほどこの小説に書きこまれている。だが、これはたんにふうがわりなユダヤ的小説として読みすてられるべきではない。偏狭な飲食律、宗教生活上の戒律、ゴイたちとの名前や風貌の差異などは、いまではもはや類型的な素材であり、ほとんど消滅してもよい〝ユダヤ的神話〟なのだから。

ロスがユダヤ人の否定的な状況を描きこんでゆけばゆくほど、その状況の現実感がますます薄れてゆくのが、この小説の特徴である。けれども、その薄れていったあとに、もうひとつ別の世界が浮かびあがることも、またひとつの特徴だろう。ポートノイが語る自分のすがたは現実的な人間の生活ではない。彼は自分の意識にへばりついた母親の生を、そして母親を媒介にした自分の民族の歴史を、もっと普遍的にいえば、人間そのものの負い目を生きている。つまり、彼は他者の世界を生きているにすぎない。押しつけられた外的な基準や枠組から、一歩もはみだせないにせものの自分をきびしく真剣に見つめるところに、ポートノイの不満が生じ、そこから想像の火の手が吹きあげられるのである。

ロスは、想像と現実の裂けめに位置する人間を描こうとしたようである。その裂けめとは、ポートノイのもじり、ポルト・ノワール（黒い門）であり、シクセたちのセックスであり、小説のいたるところにあらわれる死への不安、破綻への恐怖はすべてこの黒い門から吐きだされているのだ。だが、ロスはこの想像と現実をついに一致させることなく、くいちがったままにしておく。小説の結末部でポートノイは、イスラエル女との性交を試み、自分の不能を発見する。彼がほんものの新しい現実体験にであえる機会は永遠に延期されてしまう。さきに述べたロスの未来的、黙示的な資質は、こうした描きかたと関連しているようである。

（一九七一）

# 壮烈なパロディ
## ——フィリップ・ロス『偉大なアメリカ小説』

### デフォルメされた怨念

フィリップ・ロスが発表した最近の小説は、まず、その題名からして風変わりであり、ひとの意表をついている。題して『ザ・グレイト・アメリカン・ノヴェル』（*The Great American Novel*, 1973）、つまり『偉大なアメリカ小説』という。ロスのここ数年における活躍ぶりは、悽愴苛烈といってもいいほどまことにめざましい。彼の文学のひとつの達成でもあり、ひとつのメルクマール的作品でもある『ポートノイの不満』（*Portnoy's Complaint*, 1969）では、黒々とした黙示録的な、性的不満の暴発を主人公に告白させたし、『われらのギャング』（*Our Gang*, 1971）では、ソンミ村虐殺事件をめぐるニクソン大統領の汚い処置を手きびしく告発した。一九七二年には『乳房』（*The Breast*）を発表し、一夜のうちに女性の胸に変身した男、状況の変化に応じて性的想像力がどこまで膨張しうるものか、その限界にむかって挑戦する男、の物語を書いた。

そして、こんどはアメリカの国民的娯楽、または国民的競技ともいわれるベースボールを題材にして野球小説を書き、それに〝偉大な〟という形容詞をつけた。ひとくちに野球小説といって片づけてしまえば、それだけのことかも知れないが、この作品はそう簡単に一筋縄でくれるようなしろものではない。いってみれば、これはアメリカのなかでもっともポピュラーな関心をひきつける対象のひとつである野球というものの実態（もしくは非実態）を、麻縄やら木綿のロープやらナイロンザイルやらビニール紐でぎりぎりしばりあげ、その実態（もしくは非実態）の変形し歪曲する姿をながめて楽しんでいる小説、しかし怨念の情をこめてながめ楽しんでいる小説のような気がする。

ロスが内心の怨みつらみを極端にデフォルメした形で表出し、そこに諷刺と喜劇の効果を大きく押しだそうとした意図ははっきりしている。けれども、極端な変形は、いっぽうで過剰なほどの象徴言語（または疑似象徴言語）、羅列言語、ギニョール的人物像をうみだす結果となり、読者としては、作者の仕掛けたあまりにもおびただしいギミック（秘密の仕掛け装置）――ギミックとはつまりぎそうであり、ぎまんである――のどれかに捉えられないよう、とまどいながらも気をくばっていかなければならない。ただひとつの罠にかかって身動きできなくなる愚を避けるため、まず、小説の全体を見なくてはなるまい。

## 「小説」の語り手

『偉大なアメリカ小説』は二重の枠入り小説の構成をとっている。つまり、この小説は現在、一九七三年一月の時点で、ニューヨーク州ヴァルハラの老人ホームに入居している、八十七歳のもとスポーツ記者ワード・スミスの書いたものという設定がまずひとつある。そして、小説ぜんたいの構造は、このワード（言葉）という名前をもつ老人が一人称で語るプロローグとエピローグを前後におき、中間の叙述部は三人称による物語という形式になっているからだ。作者が架空の作家を想定し、その架空作家が自作の小説について、まえがきとあとがきで、縷々、説明し、評釈するという二重にデタッチメントした手法がとられているのである。二重の枠、またはスクリーンの内側ではどのような小説的事実を描くことも可能であり、また許されるであろう。枠の内側の《虚構》は嘘にして嘘にあらず、読者は想像力を働かせ、その嘘からアメリカの現実をよろしく透視してもらいたい、と『偉大なアメリカ小説』の著者は思っているのだろう。

言葉と文字にたいして異常な執念と関心をもち、世の生き字引であり、口達者であり、頭韻法、アルファベット順の語法、倒置法などの達人であり、シェイクスピアとおなじ頭文字をもつW・スミスは、その長すぎるおしゃべりのプロローグで、かつて一九二〇年代、三〇年代には栄光と勝利に輝いていたルーパート・マンディス球団が第二次大戦の進行とともに没落していった過程をなげき、その球団の属していた一大リーグであるパトリォト（愛国者）・リーグの〝消された歴史〟を〝偉大なアメリカ小説〟に仕立てたいと主張する。

「わが名をスミッティという」ではじまるこのプロローグは、いうまでもなくメルヴィルの『白鯨』を念頭において書かれているが、じじつ、スミスのスミッティは三十数年前、ヘミングウェイと一緒にフロリダで漁をしたときの回想をこのプロローグ中に挿入し、ヘミングウェイから、「偉大なアメリカ小説を書くことになるやつは、だれあろう、あんたなんだ」といわれたことを披露する。この挿話のなかで、ヘムは同行の文学少女にむかい、『白鯨』も『ハックルベリー・フィンの冒険』も『緋文字』も、ヘンリ・ジェイムズも〝偉大なアメリカ小説〟とは無縁なんだといって痛罵するが、スミッティじたいは前記三作品の著者たちを、〝わが先駆者、わが近親者〟になぞらえ、これから書く野球小説とそれらの作品との対応を煩雑な多弁を弄して論じ、とほうもないパロディ小説のうまれることを予告するのである。

小説の中心部は七章からなっており、そのタイトルを並べると、なんとなく物語の骨子が浮かんでくる。

1 ホーム・スウィート・ホーム
2 遠征球団のラインナップ
3 荒野にて
4 一寸のこびとにも一尺のたましい
5 ローランド・アグニの誘惑
6 続・ローランド・アグニの誘惑

## 7　ギル・ガメシュの帰還、またはモスクワからの使命

### 多彩なプレーヤー達

第一章の題が暗示するように、ニュージャージ州ポート・ルーパートのマンディス球団は、第二次大戦にアメリカが参戦したとき、そのオーナーが陸軍省にホームグラウンドを貸与したため家郷を失い、その後は遠征専門のチームになる。球場は「デモクラシーを世界から救うため」、そこから兵士たちが出征してゆく基地に変わったわけだ。いわば戦争のため犠牲となったマンディスは、荒野をさまようユダヤ民族のように〝根なし草〟の受難と敗北の道を歩みはじめる。マンディスをふくむパトリォト・リーグはそれぞれ特異で奇妙な名前をもつ諸都市の八球団（トリ＝シティ・タイクーンズ、アセルダマ・ブチャーズ、カクーラ・リーパーズなど）から構成されており、その会長は、規則と規律の重視にこりかたまった、〝法と秩序〟の遵奉者、もと軍人にして愛国者のオウクハート将軍である。

マンディスがワールド・シリーズでペナントを獲得し、このリーグが市民ファンから絶大の支持を受けていた一九三〇年代には、十九歳の新人名投手ギル・ガメシュとか、俊足の投手でもあり強打者でもあるゴウファノンという優秀選手がいた。だが、自信過剰のギル・ガメシュは、絶対公正を守るためには死をもいとわぬという老アンパイアと、投球判定の当否をめぐって始終けんかし、あげくの果て〈大口のマイク〉というその審判員の咽喉を狙ってボールを命中させ、マイクの声帯をつぶし、

永久に発音できなくし、球団からは追放され、そのうち行方不明になる。ゴウファノンも車の運転中、子どもたちから〝われらの英雄〟として喝采を受け、それに気をとられて川に転落し、名前どおり〝ゴウ・ファー（死亡）〟する。

それから、物語はマンディス・チームのメンバーを中心にして展開されるが、これらの選手がそれぞれ象徴的、漫画的、怪奇的、偏執狂的人物であり、彼らの見せるプレイと行為が、これまた噴飯もののスラップスティック的、茶番的、ブラック・ユーモア的なのである。例えば遊撃手のジャン・ポール・アスタルトは日本の球団からトレードされてアメリカに来たが、自分のいだく〝アメリカの夢〟志向を満たしてくれないマンディスの現況に腐っている。二塁手はニックネームという渾名をもつ十四歳の俊足走者。一塁手はさいころばくちで刑務所入りしたことのあるジョン・バールで、この男は酒が入ってないと野球できない。捕手は片脚のホット・プターで、打者の耳もとでアンパイアに聞こえぬ声を出してうなり、相手を攪乱させる。三塁打を打っても義足だから一塁どまりだ。球場における塀の実在を信じられず、塀に頭をのめりこませるような猛烈捕球をし、始終、意識不明になることを名誉だと信じている左翼手のラマ。居眠りばかりしている最年長五十二歳のキッド・ヘケットという三塁手。左手がつけ根から全然ない右翼手のバッド・パルシャ。中堅手のローランド・アグニだけは大スラッガーの素質をもつ選手だが、生意気で謙虚さを知らぬその性格をなおすため、父親が、多数の球団からの誘いをしりぞけ、もっとも不振であるマンディスに、無給かつ八番打者という条件つきで無理やり入団させたのだ。九番打者を受けもつ投手陣は、はげ頭のタミニカルを筆頭に、一球投げるごとに手がうずき、奇妙な声を発するチコなど、すべて中年投手ばかりだ。

こうした珍奇なチームが珍妙なプレイの続出によって屈辱の最低記録を樹立してゆくさまが、決して読みやすくはない、皮肉とパロディとアルージョンに満ちたややこしい文章で語られるわけだ。マンディスは、「より大きな犠牲を払えば払うほど、それだけ早く戦争が終わり、それだけ早くホームグラウンドに帰れるだろう」という望みに生きているようでもある。苦難こそが彼らの歴史的運命、ひいては彼らの国民的競技の悲運であり、彼らがパトリォト・リーグにとどまるかぎり、この悲喜劇的因果関係からはのがれえないように見える。

しかし、カクーラ・リーパーズのオーナーであるマズーマが四〇インチの身長しかない〝こびと〟をピンチ・ヒッターとして入団させてから、リーグぜんたいの動きに急変が起こる。このこびとボブ・ヤムにたいしては、ストライクゾーンが狭くなり、相手側投手は悩まされつづける。さらにオカトルというこびとが投手として入団し、二人のこびとは嫉妬し合ってなぐり合いのけんかを起こす。三割七分の打率を維持しているアグニは、振るわないマンディスに見きりをつけ、タイクーンズのオーナー、トラスト夫人に自分を売りこもうとする。夫人は、アグニがぬければマンディスはつぶれるにきまっており、それは共産主義者スパイであるリーパーズ・オーナーのマズーマが策謀中の、リーグ切り崩しという目的に加担する結果となる、と重大情報を洩らす。それでも、アグニはグリーンバックス（このオーナーのユダヤ人エリスも、夫人によればスパイである）に入団したがるが、それにたいしてもとの球団から脱退金を要求される。そのころソ連で教育を受け情報活動に従事していたという、かつての名投手ギル・ガメシュが姿をあらわし、夫人とリーグの会長オウクハート将軍に転向を誓って、マンディスのマネジャーにおさまる。アグニはエリスの息子にそそのかされ、〝ウィーティズ〟という麻薬入りの食品を同僚の食事にふりかけ、それで球団は一変して強くなり、続々勝利をあげるが、最後に失敗して賭け金をスッてしまう。苦悩しながらも球団を支えていた彼は、試合中、狙撃されて死ぬ。射ったのは〈大口のマイク〉。マイクはかつて自分の咽喉をつぶしたそのガメシュを狙ったのではない。球団をつぶすことに協力しなかったアグニを狙ったのだ。マイクもまたスパイだった！ガメシュの秘密メモによってオカトル、プターがソ連スパイ、アスタルト、バール、チコが共産党員、その他三十六名の選手が党員や同調者であることが暴露され、非米活動委員会の公聴会が開かれ、追放、出場停止、投獄、自殺などの事態があいつぎ、やがてリーグは消滅し、ホームグラウンドのあった各都市は、不名誉のゆえに、戦後その名を変更され、アメリカの地図から抹消される。

ドラマは終わった。戦争のために根拠地を失い、権力と陰謀によって瞞着され、一見、滑稽と見えるプレイしか演じえなかったパトリォト・リーグの悲惨な歴史は、アメリカ国民の記憶から故意に消されてしまった。ただひとり生き残ったイシュメイルならぬスミッティは、ぜがひでも、この失われた〝アメリカの偉大な歴史〟を語りつがなくてはならない。狂気、無知、裏切り、憎悪、虚言の世界を生きのびたスミッティは老人ホームのベッドで、アメリカの出版社から発刊をことわられた厖大な原稿をかかえたまま、中国の毛沢東首席にあて、自分の小説を出版してもらいたい旨の手紙を書く。手紙のなかで、スミッティはソルジェニーツィンのソ連における事情にも触れ、事実と芸術を愛するあなたなら、アメリカ政府〝公認〟の事実ならぬこのわたしの〝歴史小説〟を発行していただけるのではないか、と訴えてエピローグを閉じている。

## アメリカの夢と神話

この小説は、さきにもいったように、荒唐無稽とも見える小説中の《現実》を媒介にして、こうした《現実》が書かれざるをえなかったゆえん、こうした《現実》を背後であやつっているその操作の元兇を読ませようとしている。では、そのカラクリの見えざる糸を引いているものはいったいなんだろう。いうまでもなく、それは成功を願望し失敗を恐怖する〝アメリカの夢〟、勝者を英雄視し敗者を蔑視する疑似ダーウィン流の〝アメリカのモラル〟、アメリカを機会の国、自由の国と盲信する〝アメリカの神話〟にほかならない。登場する選手たちの名前が、インド、エジプト、バビロニアなどの神話に見られる神々や英雄の名になっているのが、明らかにその証拠である。民衆の夢と期待を一身にになう〝国民的神々〟は見えざる手によって翻弄され、滅ぼされてしまう。しかし、神々は死んだ、という表面的な現象にはそれほど重大な意味はない。カクーラ市（コカコーラを連想させる）のリーパーズ（刈り取る者とか死神の意）球団のオーナーであるマズーマ（ユダヤ語で金銭という意）の画策した球場儀式の茶番化、ひいてはリーグを崩壊させようとした陰謀、または、マンディス・チームを〝家なき子〟の状態に疎外した陸軍省のたくらみ、そうした金権力、政治権力の、目にこそ見えないがついにはグロテスクな結末をもたらす呪縛力が問題なのである。じじつ、この小説には、政治上の暗殺事件や、野球界の金銭による侵害と堕落を示唆する場面も書きこまれているし、非米活動委員会の情景などは、現に進行中であるウォーターゲート事件調査特別委の公聴会にうかがえるような不可解さと紛糾ぶりを先取りしてコミカルに描いたものといえそうだ。

アメリカの夢と神話を痛烈に皮肉ろうとした作者の意図はよくわかるけれど、それにしてもロスはなぜ、登場人物をひとひねりもふたひねりもゆがめて描き、これでもかこれでもかというようにおびただしく言葉を並べてこの小説をつくったのだろうか。ベースボール物語を語る雰囲気として、アメリカ特有のあのビッグ・トーク（大ぼら）の語り口が適切であるとでも思ったのだろうか。しかし、大判の書物のほとんど一ページ全面にわたってcやsやrではじまる単語を羅列してみせるなど、言葉の氾濫というより、これは作者の遊びか好みとでもいうほかはない。書くことは〝遊び〟であると開きなおられればそれまでのことだけれども。

## 非現実の小説群

だが、こうしたとてつもなく大仰で大げさな誇張のスタイルは、どうやら近ごろのアメリカ文学の世界でひとつの流行でもあるようだ。誇張法はいわゆる通念的な実際像に変更をくわえて表現する手法であり、いわば現実のパロディである。この傾向がさらに強まってゆくとき、現実像変更を志向する空想力は妄想に近づいてゆき、描かれる小説中の《現実》はますます非現実味を帯び、寓話やアレゴリー小説の域にまで達し、登場人物は一種の面妖な変幻自在の人物になってゆく。

すこし例をあげれば、七人の男と同棲しながらも欲求不満に苦しむ美貌の女を、断片描写と幻想的イメージの併置によって描き、現代社会のはらんでいる非人間的条件を追跡したドナルド・バーセルミ（Donald Barthelme: 1931-89）の『白雪姫』（*Snow White*, 1967）、D・Jという記号名をもつ少年が熊狩り物語に仮託して、アメリカ社会を諷刺するその意識の流れを小説化したノーマン・メイラーの『なぜぼくらはヴェトナムへ行くのか？』（*Why Are We in Vietnam?*, 1967）、戦後のアメリカに移民してきたユダヤ青年の現在の動きと、過去におけるいまわしい記憶の断片を無関係のまま併置し、現代人の意識に巣くう暗黒の部分を寓意小説のかたちで照射したイェージィ・コジンスキーの『ステップス』（*Steps*, 1968）、またば、大学の学園紛争を題材にとり、現代アメリカのリベラルな芸術を拒否して焼き払い、メイラーを射殺し、教授の一行を強制収容所で再教育するという激しい小説であるアラン・レルチャク（Alan Lelchuk: 1938- ）の『アメリカの害毒』（*American Mischief*, 1973）などは、まさに非現実《アンリアリティ》の小説群であろう。

そういえば、やはり最近、発行されたバーナード・マラマッドの短編集『レンブラントの帽子』（*Rembrandt's Hat*, 1973）のなかで比較的すぐれた作品の「ものいう馬」でも、言葉をしゃべることのできる馬と、聾唖者の主人とがサーカスの観客の前で問答形式のやりとりをしてみせ、意志疎通の芸を披露するありさまが描かれているのだが、ここで作者は、モールス信号を馬のからだにたたきつけるものいえぬ人間と、言語機能をもった馬とのコミュニケーションの微妙なズレをギリシア神話に仮託して表現する。その他、いわゆるブラック・ユーモア派の諸作家が書いた非現実の小説はきわめて数が多い。

『偉大なアメリカ小説』が、そうした傾向に悪のりした作品のひとつであることにまちがいはないが、現代社会の不可視の不気味な機構を諷刺しているという意味では、きわめて大きな広がりをそなえた小説といえるだろう。野球小説といえば、マラマッドの『天才児《ザ・ナチュラル》』（*The Natural*, 1952）がすぐに思い出される。マラマッドの小説では破滅－再生のサイクルを素直に読みとることができ、そこで一種の閉じられた小説世界に立ち会えたわけだが、ロスの小説ではただ破滅あるのみである。ロスはその破滅の過程を追尋したかったわけであり、したがってその過程に作用したと思われる要因をすべて小説中にもちこみ、壮烈な、社会・政治・文学・競技のパロディ小説を創作したのだ。『ジャパン・タイムズ』でこの小説を書評したジェフ・グリーンフィールドは、「たとえむこう見ずなやりかたとしても、とにかく素材のぎっしり詰まった支離滅裂の本」といっている。たしかに意識過剰で盛りだくさんの小説ではあるが、意あまって力たりずという格好でもない。空振りはしないけれども、永遠にファウルばかり打ちつづけているような小説かもしれない。ともあれ、〝偉大なアメリカ〟を書いた小説ではなく、〝偉大さ〟を強引にかき集めようとした〝アメリカ的小説〟であることにまちがいはない。

## ロスの自己暴露

最後に、この小説にたいする評価だが、それを書くことじたいむなしいような気がする。というのは、スミッティが原稿を出版社からつきかえされたときの五通の添え書をエピローグのなかに掲載しているからだ。拾って並べるとこうなる。……徹底して客観的な小説。意地悪でサディスティック、もっともいやらしい種類の小説。黒人、ユダヤ人、女、肉体的・精神的欠陥者などの扱いがきわめて侮辱的。一言にしていえば病的。……あなたの小説はこじつけであり正統的なものがありませんから、おかえしします。……フリードマンかバロウズばりの猛烈で滑稽なブラック・ユーモア。こびとの描き方は面白い。わたしは出版したいが権限がありません。営業面が、こんな摩訶不思議なチームを無名の作家が書いた現実ばなれ《ファーラウト》の小説では、もうけにならぬといいます。なにしろコングロマリットの出版社です。わたしも〝スミッティ〟みたいな弱い存在ですからね。よかったら個人的にランチでもさしあげたい。また、つぎの作品を見せてください。……玉稿を返却いたします。わが社の数人は部分部分としては愉快な個所があるといいます。しかし、ほとんどの者にとって、この小説はさまざまな効果を計算しすぎており、手軽な諷刺を意図したため、アメリカの政治面、文化面の複雑な現実を単純化しているように受けとられました。……あまりにも長すぎるし、いささか古くさい小説です。暴言多謝。

　読む者の評言をさきに見越して、自己暴露してみせたような書きかたである。ここでも、ロス一流のふてぶてしさや、ひとをくったような姿勢がありありとあらわれている、といわざるをえない。

（一九七三）

# アイザック・B・シンガーについて

アイザック・バシェヴィス・シンガー（Isaac Bashevis Singer: 1904-91）の文学をつちかった土壌が、十九世紀の後期以来、ひとつの芸術的達成を果たしたイディッシュ文学の担い手たちによって準備されていたことは、否定するわけにいかない。たしかに、古典的三大作家と称されるメンデレ・モイヘル・スフォリム（Mendele Moykher Sforim: 1835-1917）、イツホク・レイブシュ・ペレツ（Yitskhok Leybush Peretz: 1852-1915）、ショロム・アレイヘム（Sholom Aleichem: 1859-1916）や、シンガーにアメリカ亡命の契機を提供した実兄イスラエル・ヨシュア・シンガー（Israel Joshua Singer: 1893-1944）たちの精力的な創作活動の延長上に、シンガー文学の結実を位置づけることは可能である。そうした先駆的な近代イディッシュ作家たちが、その諸作品の中で、貧困に喘ぐユダヤ人の夢想や遍歴、ユダヤ社会にわだかまる観念主義の偏見、支配国の圧政下にあるユダヤ村落体の庶民たちの哀歓を、それぞれの個性的な筆法によって誠実に描き出したことは事実である。しかし、これら先達の作品には、ユダヤ人であるがための、ある種の抑制や諦念に根ざす表現上の限界があった。シンガーの特異性が、そうした伝来的な枠組から逸脱していった点にあることは間違いないのだけれども、しかもなお、彼の創作世界の背景になっているのは、まぎれもないユダヤ社会の伝統と文化なのであり、そこからシンガー文学の妖しい複雑性がうまれている。

日常生活用の言語としては、おそらく消滅する運命にあるかもしれない特殊言語のイディッシュに固執して創作を続けるその執拗さこそ、シンガーの文学を根底において支えている特質であることは言をまたない。だから、あえていえば、シンガーにとっては、イディッシュを話す民族の社会、歴史、宗教、風俗、慣習のみが形象化の対象としてとりあげられることになったわけである。

初期における長編小説『ゴレイの悪魔』（*Satan in Goray*, 1955）、『奴隷』（*The Slave*, 1962）で、シンガーは、十七世紀中葉、コサック人の首長フミェルニーツキー（Chmielnicki）による大虐殺を機縁とし、ユダヤ村落体に蔓延したサバタイ・ツヴィ（Sabbatai Zevi）の唱導するメシア到来思想が破綻におちいったそのあと、民族救済の夢やぶれた村落体の中に発生する信仰上の疑念や倫理的堕落の様相を克明に叙述した。イディッシュをあやつる民族の歴史に対する執着は、さらにその後の年代記的連作小説『荘園』（*The Manor*, 1967）、『地所』（*The Estate*, 1969）の二長編にも深く染みこんでおり、その中で作者は、一八六三年、ロシア皇帝にむかって反乱を起こしたポーランド貴族たちの敗北後、一時的に貴族の荘園管理権を獲得して富裕化するユダヤ人カルマン・ジャコビィの一家とその家族に関係をもつ人物たちが、十九世紀の終わりまでに辿る変動きわまりない、さまざまな生きざまを詳細に記述している。シンガーによると、この時期は、ユダヤ人にとって、近代的なあらゆる思想を展開させてゆくその胚種が着床するにいたった時代である。つまり、社会主義とナショナリズム、シオニズムと同化主義、ニヒリズムとアナーキズム、女権拡張思想、無神論、家族的結束の崩壊、自由恋愛、ファシズム台頭などの要因が動きはじめた時代であり、そこにシンガーの大きな関心が傾注されたのだった。

この二部作において、ユダヤ教特有の強固な伝統守株の意識と近代啓蒙思潮とのせめぎあいの中で、不安定な動揺を繰り返しつつ生きてゆくユダヤ人たちの実像を浮彫りしてみせたシンガーは、最も初期の英訳長編である『モスカット家の人びと』(*The Family Moskat*, 1950)でも、同様の状況を追求していた。ここで、作者は、ロシア帝政下でのポーランド首都ワルシャワ一帯を舞台に、一九一〇年から三十年間の時代、不動産業で成功した老齢のメシュラム・モスカットが三度めの妻をめとったあと、彼の実子、孫、義理の係累、友人などのあいだで展開されるとりどりの錯綜した人間関係を丹念に辿り、ユダヤ教の一派ハシディズムの教義や宗儀に執着する老家長と、近代思想に傾倒する義理の息子エイサ・ヘシェルとの激しい対立を中心主題に据えた。この物語は、ふたりの主要人物をとりまく多数の人間たちが、時代の波に翻弄されながらも、それぞれの選びとる保守的、反動的、革新的信条に従い、融和や反目の人間関係を生きる、愛と性と信仰の生態図であり、まさしく数個のユダヤ家族の生活様式を明細に記録した家系図の集成でもあった。

主人公のひとりであるエイサは、妻を捨て、情婦のあいだを渡り歩く放逸な青年だが、一方では幼少年の頃からタルムードなどの律法書を学習し、その後、カント、ヘーゲル、スピノザの著作に親しんだ近代志向の男でもある。この人物の映像が作者シンガーのおいたちの姿と重なりあうことは、一読して明らかである。つまり、作者には、みずからの分身をポーランド・ユダヤ人の社会と歴史の中に投入し、その時間と環境に直接参加させて立ち会いの記録者たらしめようという意図が強い。シンガーの諸作品に自伝的要素が濃厚に表現されるのも当然のいきおいとなるわけである。コサック襲撃後、家族と離散し、ポーランド人の農場主に奴隷として売られる律法学の学徒ジェイコブの数奇な運命を描く『奴隷』で、その主人公は神にかかわらざるをえないがゆえに神を疑わないではいられず、官能主義的なメシア思想や秘教カバラの教説に誘引されるという極めて振幅の大きい内面生活を生きていた。また、第二次大戦直前のワルシャワを背景にとった長編『ショーシャ』（*Shosha*, 1978）で、多数の情婦と関係しながら、精神的にも肉体的にも成長の遅れた純な処女にノスタルジックな情愛を寄せる作家志望の青年エアロンにしても、さらに、ナチスの迫害を生き残って再婚した男が、アメリカに移住し、新たな情婦や死んだはずの先妻の出現によって悲喜劇的状況に追いこまれる物語『愛の迷路』（*Enemies, A Love Story*, 1972）の主人公ハーマンにしても、作者の部分的分身の形象化だった。

回想録『父の法廷』（*In My Father's Court*, 1966）や、著者みずから精神的自叙伝と銘うった『愛を求める青年』（*A Young Man In Search of Love*, 1978）では、いっそう直截に作者の履歴が描写されている。ハシド派ラビ職にあった父親と、ミトナギド派ラビの娘である母親のあいだに生をうけたシンガーは、相反する信仰姿勢をもつこれら両派の影響を同時に蒙った。ハシドは情感、熱中、神秘性、奇跡を、反対者ミトナギドは合理性、中庸、学問的智識を、それぞれ重視したのであるが、この二傾向の対立がシンガーの意識形成に大きな作用を及ぼしているのだ。シンガーの創作人物たちの性情や行為に、矛盾性、唐突性、曖昧性、怪奇性の印象がつきまとうのは、彼らが相反する信条や価値観の体現者だからである。ユダヤ共同体に育った者の身に染みこんだ、払拭しようにも拭い切れない宿縁的条件。離脱しようとすればするほど、うしろから蔽いかぶさってくる過去の自己形成の荷重。わが身に密着する頑強な条件を拒否して、合理的な近代志向の道に生きようと希求しつつ、一方で、ユダヤ教の信仰体系が内蔵する魅惑の部分に没入し、心理的にも肉体的にも、そこで情念の焔を燃やしたい欲求に駆られるアイロニーの様相こそ、シンガー文学のうちに看取できるまことにユダヤ的な特徴なのである。

素朴な文章で、軽妙に話の筋を展開しながら特異なユダヤ人像を創作してゆく巧みな語り口の形式が、最も効果的に利用されているのは、その数多い諸短編の中においてである。『馬鹿者ギンペル／その他』(*Gimpel the Fool and Other Stories*, 1957) から『老いらくの恋』(*Old Love*, 1979) までの八冊の短編集に収められた百数十編を通観するとき、その状況設定における局限性、その筋はこびにおける奇妙さ、意外性などが作品中にひそんでいることを認めざるをえない。しかし、読者がユダヤ人でないがゆえに異質的と感じる作中人物の生きざまや、その人物たちを取り巻く非現実的な背景の設定こそ、状況の特殊性を乗り越えた地平で、読者の精神を深く刺激するのであり、そこにシンガー短編独自の持ち味があるように思える。

そうした状況設定や素材の観点から彼の短編を分別すれば、およそつぎのようになる。つまり、外的環境の加える圧力を無心に受容または回避しつつ、巧妙に自分の生命維持を続ける人間像を描くもの。悪魔や邪霊の隠しもつ魅惑の誘引力に共鳴し、その魅力に陶酔することで高揚と転落の黙示録的場面に逢着する個人や村落体を描くもの。人間の善意や悪意を超越した次元に、何か強大な盲目的支配力が存在するため、人間は自分の意志と無関係の皮肉な境涯を生きねばならない事情を描くもの。東欧における苛酷な過去体験の残滓が、突如、幻影の形をとって、現に生きているアメリカ生活に割りこみ、恐怖的な局面転換を強いられるユダヤ移民を描いたもの。

ひとつの作品が単一の傾向だけを代表するとは限らない。前記の諸状況は、作品の中で相互に重なりあい、混じりあい、そこにグロテスクな神秘性、エロティックな怪奇性の霊気を醸しだしている。その雰囲気のうちに、人間にそなわる肉体と精神の衝動、善行と悪業、合理と非合理の行為、覚醒と幻想、意識と無意識の過程などの形象化が行なわれ、過去、現在、未来の時間も相互に浸潤しあい、ディブック（Dybbuk）、リリス（Lilith）、ゴーレム（Golem）、死者の霊魂などの精霊や呪力に人間が慴伏させられ、また、それらを克服するのである。そこでは通念的な範疇の枠組など、まるで撤去されたかのように、シンガーは融通無碍に筆を運んでいる。ドイツ哲学者ハンス・ファイヒンガーの「かのように」の哲学に心服するシンガーは、一般常識の規定する既成の範疇が、まるで現実には存在しないかのように創作活動を続けている。彼の作品にうかがえる豊饒で力強い現実感をもたらすものは、逆説めくけれども、この「かのように」の現実認識に基づく虚構づくりの操作である。

シンガーにとっては、物質の世界も死者の世界もすべて精神エネルギーの遍満する世界なのであり、どのような不可能事にしても、それはただ一時的なかりそめの制約を受けていることの謂にすぎない。従って、彼は現実と超現実の境界を自在に出入りし、瞬時のうちに飛揚から失墜へ、失墜から飛揚へと転換する人間の姿を描くことができた。みずから「精神速記術」と名づけたこの記述方法と、その凝縮した文体を通じて、シンガーは総体的人間の精神活動とその顕現を表現しようとしたのだ。

シンシア・オジック（Cynthia Ozick: 1928-　）は、『コメンタリィ』誌の一九六九年十一月号に短編「羨望、またはアメリカのイディッシュ」（"Envy, or Yiddish in America"）を発表し、渡米後四十年を経た一イデイッシュ詩人が、当時の読書界で流行しているイディッシュ小説家を羨望し、自作の詩を適切な英語に翻訳してくれる訳者の不在に悲歎する姿を描いた。羨望の相手がシンガーであることは歴然としており、シンガーはその時点でパロディの対象になりうるほど、文学の世界で揺るぎない地位を確保していたわけである。

一九七八年、七十四歳の年齢でノーベル文学賞を授与されたシンガーは、受賞記念の講演を、「…イディッシュはまだ消滅しておりません。それにはあなたがたの目に触れていない宝が秘められています。それはかつて殉教者や聖者、夢想家やカバリストの言葉であり——おそらく人類が決して忘れることのないユーモアと記憶に富んでいます。比喩的にいえば、イディッシュはわれわれすべてにとって賢明にしてつつましい言語で、恐れと希望を抱く人間の用語であります」という発言で締めくくったが、その表明の中ににじみでている、自己の言語と文学に対する鞏固な信念と期待の姿勢には、あらためて敬意を表さざるをえないのである。

（一九八三）

# イディッシュひとこと
## ——アイザック・シンガー理解のために

前略

先日は電話をいただき、そのさい、いろいろと質問を受けまして、私のほうも、そのため何かと刺激され、触発され、有難く思っております。あのとき、あなたは、私が十四年まえに翻訳したアイザック・シンガーの英文の短編「ヤチドとイェチダ」（晶文社刊『短い金曜日』所収）の教科書版をつくりたいというご意向のようでした。電話を受けながら、私は、この物語が教科書になるとすれば、よりいっそう正確さを期するため、題名の「*Jachid and Jechidah*」からして検討しなおさなくてはなるまいと思い、そうした懸念をおつたえしたはずです。というのは、〈ch〉の綴りがハシディズムやハイム・ポトクの綴り（Chasidism, Chaim Potok）に使用される〈ch〉と同一のもの、つまりイディッシュのアルファベットの〈khes〉かもしれないと考えていたからです。いうまでもなく、この短編はもともとシンガーがイディッシュで書いたものを、作者じしんとエリザベス・ポレットとで英訳したわけですが、私はイディッシュ原文をもっていませんので、比較検討するてだてがなく、あのさい、たんなる憶測を述べたにすぎなかったのです。そこで、確実なところを知るため、私は、日本で最初のイディッシュ文法入門書を、近々、発刊される予定の、イディッシュについてはきわめて造詣の深い、高知市在住の上田和夫氏に、このことを問い合わせてみました。

有難いことに、しかし、私にとっては、またそれが頭痛のタネにもなったのですが、上田氏はこの短編のオリジナルを全文送ってくださり、題名は「ヤヒドとイェヒダー」が適当であり、これらの名前はともにヘブライ語で〝孤独なもの〟の意味をもち、男性形ヤヒドの女性形がイェヒダーであるというご教示もありました。ところが、この題名をラテン文字に翻字すると、ヘブライ読みでは「*Yakhid un Yekhidah*」となり、イディッシュ読みなら「*Yokhid un Yekhideh*」になるという示唆もつけくわえてあり、私の頭は混乱の度を増すばかりでした。

この物語は、あなたもお読みになったように、天上界で神を冒瀆し、否定したネショメ（たましい）の女性イェヒダーが、天上界の観点からすれば墓場の世界、つまり〝死〟の世界であるこの地球上に陥落させられ、〝死〟の世界（地球の概念からすれば、生の世界）で、やはり地球に落とされてきた、かつての天上界での愛人ヤヒドと出会って、ただちに結ばれるという、いわば霊の領域と生の領域の逆転した玄妙なややこしい筋立ての短編でした。

私は、送られてきたイディッシュ原文と私が翻訳に使った英文とを比較してみて、文章の持ち味、物語の感触がかなりちがっているような気がし、所有している唯一の辞書（Uriel Weinreich, *Modern English-Yiddish / Yiddish-English Dictionary*）を頼りに苦労しながら原文解読を試みてみたあげく、その第一印象が見当ちがいでなかったことをさとりました。あなたから受けました、英語式のラテン文字表記によるイディッシュ辞典はないのかという質問ですけれど、それは二、三冊あるにはあっても、非常に語彙がすくなく、ものの役に立ちませんから、本来のヘブライ文字によるワインライクの辞書を使ういがい拠りどころがないのです。

そこで、私の悪戦苦闘したあとをこの手紙にしるしてあなたにお示しすることにしました。というのも、電話では文字の概念を説明することが不可能に近く、どれほどああだこうだとしゃべっても意が通じにくく、結局、不十分な通話のやりとりに終わってしまうのではないかと心配するものですから。

まず、視覚的に頭にはいりやすいことを考慮して、私は原文をラテン文字に転写してみました。ところが、このヘブライ文字をラテン文字に転写する方法が、また、じつにまちまちで、例えば有名な作家ショロム・アレイヘムにしても、ヘブライ文字では同一の綴りなのに、Sholem Aleichem, Shalom Aleichem, Shalom Alaichem, Sholem Aleykhem, Sholom Aleichem といったように、翻字するひとの好み（?）に従ってさまざまなのです。私は、ワインライクが依拠しているＹＩＶＯ（Yiddish Scientific Institute）の採用した標準的な表記法で転写してみました。ちなみに、ＹＩＶＯは一九二五年、リトアニアのヴィルナで創立され、四一年にはニューヨークに移り、アシュケナジ系ユダヤ人の歴史、イディッシュの言語・文学・演劇の文献収集をふくめ、幅広いイディッシュ学の活動を続けている学術機関です。

ともかく、つぎの紙面に、この短編の冒頭の一節について、原文とラテン文字転写のコピーを並べて載せますので、目を通していただけたら幸いです。右から左にむかって読まなくてはならないヘブライ文字の文章はさておき、転写したほうの文章はドイツ語に堪能なひとなら、多少は文意をたどることができるかもしれませんが、私はドイツ語にきわめて弱いものですから、なんど眺めてみても、概略さえ、つかみかねるような始末でした。
それでも、やみくもながら蛮勇をふるってイディッシュの原語に沿い、強引に和訳をしてみたのが、次の文章です。

そこの連中が地球と呼んでいる場所、つまりシェォル（聖書によると、死者の棲む処）へ降りてゆく宿命のたましいたちが待機している殿堂のなかで、イェヒダーという女のたましいがただよっていた。イェヒダーは栄光の座から落ちてきたこの世界で罪を犯したのである。たましいたちは自分らの根源を忘れてしまっている。忘却の天使プラーがエン・ソフ（あらゆる事物の創造のもとになる、無限の定義不可能の原質）いがいの全領域を支配しているからである。プラーは吝嗇で、エン・ソフの顔を隠蔽しているのだ。イェヒダーは、あらゆる女の天使たちが、彼女の恋人ヤヒドと情を通じているものと懐疑し、さまざまな無礼をはたらき、神を冒瀆し、否定さえした。彼女の誤った考えによると、たましいは何かの目的のために創造されたのではなくて、もっぱら自分じしんで生まれてきたにすぎず、心もなければ目標もないのだから、掟とか裁判官といったものはありえない、ということらしかった。その領域をつかさどる判事たちは怒りをおさえ、疑わしきは罰せずのつもりだったが、結局、裁判はおこなわれ、イェヒダーは死の宣告、つまり小惑星の地球に落とされる宣告をうけた。

# יחיד און יחידה

א.

אין אַ היכל ווו ס'וואַרטן נשמות אָנגעברייטע אַראָפּצונידערן אין שאול, אָדער ווי אַנדערע רופן עס: ערד, האָט געהויערט אַ נשמה פון ווייבערשן מין, יחידה. יחידה האָט געהאַט געזינדיקט אין דעם עולם וווהין זי איז אַראָפּגעקומען פון כסא הכבוד. נשמות פאַרגעסן דעם שורש. פורה, דער מלאך פון שיכחה, געוועלטיקט אומעטום אויסערן אין־סוף. פורה איז צימצום, הסתר פנים. יחידה האָט געמאַכט סקאַנדאַלן, חושד געווען יעדע מלאכטע אַז זי האָט עסקים מיט איר געליבטן, יחיד, געלעסטערט גאָט, אַפילו געלייקנט אין אים. ס'איז אויסגעקומען לויט איר גרייזיקער השגה, אַז די נשמות ווערן נישט באַשאַפן מיט אַ תכלית, נאָר קומען אויף פון זיך אַליין, אָן אַ זינען און אַ צוועק, און ס'איז לית־דין ולית־דיין. די שופטים אין יענע מקומות פאַרלענגערן דעם צאָרן און זענען דן לכף זכות. אָבער ס'איז געקומען צו אַ מישפט און מ'האָט יחידהן פאַרמישפּט צום טויט, דאָס הייסט: אַראָפּצוזינקען צו דעם פּלאַנעטל ערד.

Yakhid un Yekhidah

1

In a heykhl vu s'vartn neshomes ongebreyte aroptsunidern in Sheol, oder vi andere rufn es:erd, hot gehoyert a neshome fun veybershn min, Yekhidah. Yekhidah hot gehat gezindikt in dem oylem vuhin zi iz aropgekumen fun kise hakoved. Neshomes fargesn dem shoyresh. Purah, der malekh fun shikhkhe, geveltikt umetum oysern eyn-sof. Purah iz tsimtsem, hester ponem. Yekhidah hot gemakht skandaln, khoyshed geven yede malekhte az zi hot asokim mit ir gelibtn, Yakhid, gelestert got, afile geleyknt in im. S'iz oysgekumen loyt ir grayziker hasoge az di neshomes vern nisht bashafn mit a takhles, nor kumen oyf fun zikh aleyn, on a zinen un a tsvek, un s'iz les-din veles-dayen. Di shoftim in yene mekoymes farlengern dem tsorn un zenen dan lekaf skhus, ober s'iz gekumen tsu a mishpet un m'hot Yekhidahn farmishpet tsum toyt: aroptsuzinken tsu dem planetl erd.

つぎに、対照のため、英語の文章（これはあなたもおもちですから、コピーを添えません）から私が以前に重訳したものを転記してみます。

シェォル——そこの連中は大地と呼んでいるが——へ行く予定のたましいたちが破滅の時を待機している牢獄のなかで、イェチダという女のたましいがうろついていた。たましいたちは自分の出自なんぞ忘れてしまっている。神の力の及ばぬところでは、神の光を消散し、神の顔を隠す忘却の天使、つまりプラーが全滅を支配するのである。イェチダは栄光の座から転落することなどいっこう無頓着に、罪をおかしてしまったのだ。彼女は女の天使たちがみんな、自分の愛するたましいヤチドと情交しているのではないかとうたぐり、神に冒瀆の言葉を吐いたうえに、神を否定した。たましいは神に創られたものではなく、無から進化したものであり、だから、使命も目的もあるはずがない、と彼女はいってしまったのだ。検察の権威筋はきわめて気ながに寛容をもってのぞんでくれたが、結局のところイェチダは死刑の宣告をくだされた。法廷は彼女をあの地上と呼ばれる墓場へ転落させる時期を決定した。

比較しておわかりいただけるといいのですが、英語からの訳文では、オリジナルの文章に瀰漫《びまん》しているカバラ的な雰囲気は、さりげなく消去されており、原文の強力な虚構性や玄遠な晦冥性、そして数多く使用されているヘブライ語のもつ一種のおごそかさなどは、そぎ落とされています。また、原文によりますと、天上界の天使であるイェヒダーは、天上界よりも上位にある世界、いっそう霊性の高い世界、すべてのものの根源の根源であるエン・ソフという原質にいっそう近い世界、から天上界へ落ちてきたネショメ（たましい）であることがわかるのです。

シンガーの作品の英語訳については、原文の持ち味を生かしたまま翻訳されている、といわれていますけれども、作品が非現実的な、神秘的な、秘教的な、カバラ的な、ハシディズム的な世界をあつかっているばあい、かならずしも原作の蒼古性、幽昧性は十分、忠実に翻訳しきれていないのではないか、という発見をこのたびできたようなわけです。

シンガーの短編のことで、ヘブライ文字やカバラに触れましたついでに、一言、書き添えて、あなたにもぜひ読んでいただきたい英語の作品をひとつ紹介したいと思います。それは『一九七八年度O・ヘンリ賞受賞短編集』（*Prize Stories* 1978–*The O.Henry Awards*: Doubleday, 1978）に収録されているカート・レヴァイアント（Curt Leviant）の「皆さん、これがヘブライ・アルファベットの秘音です」（"Ladies and Gentlemen, The Original Music of the Hebrew Alphabet"）という物語です。

作者はこのなかで、第二次大戦を奇跡的に生きのびたブダペスト在住のユダヤ人フリードマンを登場させ、この男に、自分は知恵の天使ラツィエルがアダムに打ち明けたヘブライ・アルファベットの始源的な楽音の秘密を、創世の時代以来ひきつがれてきた伝誦によって受け継ぎ、みずからそれを体得しているといって吹聴させます。たまたま国際音楽学会に出席するため、ハンガリーを訪問していたユダヤ系アメリカ人のガンツ教授は、研究論文の主題にするため、この秘密の音律を聞きだそうと、躍起になってその披露をフリードマンに懇願します。けれどもフリードマンは、悠遠の歴史をもつと自称するその秘音を容易には打ち明けず、もったいぶった理屈をながながと展開し、ガンツ教授をじりじりさせるのです。

じつは、この作品の興味あるところは、フリードマンが繰りのべるまことしやかなヘブライ文字談義のうちにあり、その談論のなかで、彼は、ヘブライの十二の単音文字（煩雑なので列記しません）が、白鍵七つと黒鍵五つが発する絶対的に確定した十二音音階の楽音を内蔵し、三つの母文字（アレフ、メム、シン）と七つの複音文字を合わせた十個の文字が、あらゆる創造の根基である十個のセフィロト（エン・ソフから流出する属性で、有限の宇宙と無限の神とを連結するかけはし）に相応して、天界の微妙音を内包するのであり、これらの二十二文字がひとつの全体、つまりヘブライ・アルファベットを構成して神聖な旋律を秘匿するにいたったことを力説しているのです。

そのほかにも、彼はヘブライ文字の筆記体がロンドと関連する半円形を基本にして表記されることや、文字の書体に発想記号のデクレシェンドやグリサンドを暗示する流れが象徴されていることを講釈し、ガンツ教授を煙にまくのです。

いずれにしても、この人物がカバラ思想の基本概念をまぜあわせながら、ヘブライ・アルファベットの音楽性を説いてゆく語りくちは、じつに技巧に富んでおり、また、ガンツ教授の期待を衒学的、幻惑的な弁舌によって、再三再四、はぐらかしてゆくその演技は、マラマッドの「魔法の樽」に登場するザルツマンの知性版を見るような印象をあたえられました。

あなたがイディッシュに多少とも関心をおもちでしたら、この作品をいちどお読みになってみれば、なにか裨益《ひえき》されるところがあるのではないでしょうか。作者のレヴァイアントについては、私も詳細には知りませんが、ニューヨーク在住の作家で、長編小説『イェーメンの少女』（一九七七年）の著者でもあり、また、シンガーと並んで世界最大のイディッシュ作家と称されたChaim Grade（1910-82）——ハイム・グラーダと発音するそうです——の小説『アグナー』、『イェシヴァ』などを英訳している碩学のイディッシュ文学者でもあることを、ご参考までにみじかく紹介しておきます。

不一

一九八五年三月三十一日

河原安美様

（一九八五）

# I・B・シンガーの「ゴーレム」とH・レイヴィックの『ゴーレム』

——そのカバラ的背景

「有名なカバリストのラビ・レイブが、古都プラハでラビの役務に就いていた時代、ユダヤ人たちは迫害に苦しんでいた。皇帝ルドルフ二世は、学問好きではあったが、カトリック信者いがいの者には不寛容であった。彼はプロテスタントの信徒を迫害し、ユダヤ教徒にたいしては、いっそう激しく迫害した。ユダヤ人はパスオーヴァ（過越し祭）のマツァー（酵母をいれないで焼くパン）に、キリスト教徒の血を使用しているという非難をしばしば蒙っていたのだから。……」という書き出しで、アメリカのユダヤ系作家アイザック・B・シンガーの短編小説「ゴーレム」（"The Golem"）は始まっている。

この物語は、一九六九年にイディッシュ新聞『日刊フォワード』（イディッシュでは『デル・フォルヴェルツ』と呼び、現在は週刊新聞）に掲載された。八一年、シンガーはこの作品に多少の手直しを加えながら、イディッシュから英語に翻訳し、八二年、U・シュレヴィッツの挿絵をいれ、八六ページの一冊本として発行した。

物語は十六世紀の終わりごろ、放逸な生活にふけっていたブラティスラフスキ伯爵が、好きなトランプ遊びの賭けで膨大な借金をかかえこみ、プラハ在住の金持ちユダヤ人レブ・エリエゼルに金銭を貸してくれと強要することが発端となっている（レブとは、……さん、……氏に相当する尊称だが、苗字とではなく、常に名前とともに用いられる）。

それまでの多額な貸し金もいまだに返済されていなかったエリエゼルは、伯爵の強請にたいし、それを拒絶する。伯爵は怒って奸計をめぐらし、官憲にエリエゼルを逮捕させ、裁判の場で、エリエゼルが自分の娘の少女を誘拐して殺し、その血をマツァーづくりに使おうとしている、と告訴する。伯爵の館に侵入し、少女を袋にいれて運びさるエリエゼルの姿を目撃したという二人の証人さえ買収のあげくに用意していたのだった。

エリエゼルは投獄され、ユダヤ人たちは不吉な黒い影の到来を予感しておびえはじめる。季節はユダヤ暦でニサンの月（通常の太陽暦では三月ごろ）、その十五日から八日間は、エジプトでの束縛状態からの解放を祝う過越し祭で、その最初の二日間の夜に行われるセデルという食事の祝祭儀礼の準備に心いそがしいのがユダヤ人たちの通例だけれども、彼らはこのたびの事件の結末が不安で、ユダヤ暦年で最大の祝祭を迎える準備にも気が乗らないような始末だった（ちなみに、この祝日は、ヘブライ語でペサフ＝神の庇護、またはハグ・ハ・マツォト＝マツァーの祭日、と呼ばれる。したがって〝過越し〟は誤用。また、マツォトはマツァーの複数形）。

このような事態のとき、同族ユダヤ人の受難に心痛して、深夜、祈禱に専念していたラビ・レイブの許に、乞食のようなみすぼらしい衣服をまとった小柄な老人が出現し、「粘土でゴーレムをつくりなさい。彼があなたを助けるでしょう」といい、ゴーレムの額に刻みつけるべき神の名を、祈禱書の表紙にヘブライ文字で書きとめ、煙のように姿を消す。

突然に来訪したこの老人が、三十六人の隠れた義人（聖人）のひとりであることを感知したラビ・レイブは、その教えにしたがい、シナゴーグ（ユダヤ教の会堂）の屋根裏で、ゴーレムつまり人造人間の創造にたずさわり、それに成功する。最後の仕上げとして、ゴーレムの額に神の名を刻みつけて生命を与えたラビ・レイブは、「つぎの裁判の日までに、伯爵の娘を探しだしておき、判決のくだるその日、法廷に娘をつれてきてくれ」と命令する。

命令どおり、ゴーレムは、伯爵じしんが自分の館の地下室に閉じこめておいたその少女を連れて、断罪の行われる直前、法廷に現れる。レブ・エリエゼルの濡衣は晴れて釈放され、逆に伯爵のほうが絞首刑の宣告を受けることになってしまう。

ラビ・レイブがシュノレル（乞食）のような姿をした老人のうちに義人を感知したということは、ユダヤ人がタルムード時代（二世紀から七世紀ごろまで）以来、ずっと伝承してきた伝説や民話上の人物、ラメド・ヴァヴ・ツァディキムのひとりが、苦難に遭遇しているユダヤ人を救うために出現してきたことを意味する。イディッシュでは、ラメド・ヴォヴニッケスと呼ばれるこの人物たちは、居住の場所も知られていない、無名の靴屋とか仕立屋とかのつつましい生活を送っている人物だが、ユダヤ人に危機が訪れると、救済のために現れてくれると信じられている存在なのだった。

カバリストたちが、宇宙の創造・進化を説明するとき必ず援用するセフィロト（数の潜勢力）理論によると、「まだ顕れていない神」であるエン・ソフ（無限、不定）が流出の過程を経過して、十番目にマルフト〈王国〉と呼ばれるセフィラを流出して宇宙、物質、人間をつくりだし、無からの創造を完結することになっている。この最終のセフィラ〈マルフト〉は、別名セヒナー〈神の臨在〉とも呼ばれ、ラメド・ヴァヴ・ツァディキムには、そのセヒナー〈神の女性的側面でもある〉が宿っており、それが世界に存在しているからこそ、世界は崩壊をまぬがれているのだ、とも考えられている。

したがって、シンガーの作品中で、プラハのユダヤ人が受難をまぬがれたのは、ツァディクの出現がその契機であったことを示しているといえるだろう。また、周知のように、二十二のヘブライ文字のアルファベットは、それぞれの文字がそれぞれ数値を表しているのだから、ラメド＝30、ヴァヴ＝6を加算すれば36になり、ラメド・ヴァヴ・ツァディキムは、そのまま三十六人の義人という意味の言葉となっている。

ところで、シンガーの「ゴーレム」には後日譚がある。それは、ラビ・レイブの家の中庭にある巨大な岩をめぐっての言いつたえに関係している。往時、そこにはユダヤ人の錬金術師が住んでいて、大量の黄金をつくりだしては土に埋め、機会あるごとに運搬人に託し、その黄金を聖地のカバリストのためのイェシバ〈タルムード学院〉に資金として送っていたのだが、それに目をつけたボヘミアの暴君が錬金術師に冤罪をかぶせて処刑し、その黄金を没収しようとした。しかし、処刑のあと、天から巨大な岩が落下してきて敷地をふさいでしまった。岩は巨大すぎて、そのご、いかなる労力をもってしても動かすことはできなかった。

ラビ・レイブは、妻ゲネンデルが貧民救済の慈善資金にその黄金を使用したいから、カバラによるゴーレムの腕力を利用したいという懇請にほだされ、ゴーレムに岩を移動してくれと命令する。が、ここでゴーレムは、「ノー」といって頑強に命令をこばむ。所期の目的いがいにゴーレムを利用することは許されていなかったことに思いいたったラビ・レイブは、焦燥のうちに、ゴーレムの額の神の名を削除しようとするが、ゴーレムは断じて頭を下げようとはしない。

時日の経過とともに、ゴーレムは少しずつ成長し(?)、人間に近い感情を抱くようになり、自分の強大な腕力を使って牛馬をもてあそんだり、公開の銅像をかつぎまわったり、人家の食べものを食べつくして満足したり、といったふうに、プラハの街で一種、手におえない存在に変貌する。

たまたま、ラビ・レイブの妻は孤児の少女ミリアムを自宅に引きとって養い、家事の雑用に使っていたのだが、ゴーレムはこの少女に愛情をおぼえるようになる。その成行きを見逃すことのなかったラビ・レイブは少女に頼んでゴーレムを地下室に案内させ、貯蔵してあった葡萄酒を飲めるだけ飲ませて泥酔させる。ラビはミリアムに、ゴーレムが横臥したら、その額の神の名を消しとってくれと命じておいたのだけれど、ゴーレムを好きになっていたミリアムには、それが相手の生命をなくする行為とわかっていたから、ついに実行できなかった。

「ゴーレムにソウル(崇高なたましい)はないんだ、ただネフェシュ(動物に宿っているたましい)があるだけなんだ」とミリアムに教えていたラビは、横になって眠ったゴーレムの額から神の名を除いて、粘土人間をもとの土にかえしてしまう。

そのあとのある夜、驚くべき事件がラビの家に起こる。ミリアムが就寝前にシェマ(〝聞け、イスラエル〟で始まる朝夕の祈り)の祈りを唱え、翌朝早く、川のほうへ歩いて行き、そのまま姿を消してしまったというのだった。愛するものどうしの精神が、どこかで合一したのかもしれない。シンガーは、物語の最後を、「おそらく愛は、聖なる名前よりもずっと強力なものなのだろう。愛はいったん心に刻みこまれたら、決して消されることはない。それは永遠に生きるのだ」と結んでいる。

神の名がどんな名前だったかは、シンガーは作品中に書いていない。おそらく、それは、二十世紀最大のカバラ研究者ゲルショム・ショーレム（Gershom Scholem: 1899-1982）の『カバラとその象徴的表現』（小岸昭・岡部仁訳、法政大学出版局、一九八五年）に収録された論文「ゴーレムの表象」のなかにある、つぎの文章が説明してくれるであろう。

……その額には「真理《エメト》」（אמת←）なる文字が記されており、ゴーレムは日ごとに体重を増やして、最初のうちこそ小さかったのに、家じゅうのほかの誰よりもたやすく大きく強くなるのだ。となると、彼らはゴーレムに恐れをなして、最初の文字を消し去ると、「彼は死んだ《メト》」（מת）しか残らないことになって、その結果ゴーレムは瓦解し、ふたたび粘土にもどるのである。

エメトの綴りは、アレフ（א）、メム（מ）、タヴ（ת）の三文字であり、最初の文字を消すとは、アレフ（א）の削除を意味している（エメトには、神の印という意味もあり、なお、ヘブライ語は右から左にむかって読む）。義人にせよ、ゴーレムにせよ、ガルート（追放）とゲウラ（贖い）の境涯を生きのびてきたユダヤ民族にとっては、危機から解放してくれるそのような救済の主を悲願し、切望することは宿命といってもいいほどの強い内的要請であったろう。じじつ、さまざまに異論もあるのだが、ゴーレムのような彼ら（?）はメシアになぞらえられることもあり、夥しい数の伝説、民話の素材となって流布されてきた。

H・レイヴィック（H. Leivick: 1888-1962）の、八場に分けて構成された、かなり長い韻文劇『ゴーレム』（一九二一年作、英語版は一九二八年）も、その代表的な作品のひとつだが、この戯曲は、世界がそれによって統御される物理的な力の原理を重んじる神父と、心情的な慈悲の原理を信条とするプラハのラビ、マハラルとの葛藤、神父による〝第五の塔〟（余りにも古くて、名前の由来さえもわからない、廃墟に近い建物）からのユダヤ人シュノレルたちの追放、ゴーレムによる神父殺害、神父死亡のあと、十字架を背負った男の登場、その男のユダヤ人たちとの融和合流、しだいに人間的な生命を身につけてきたゴーレムの、マハラルにたいする傲慢な態度、さまざまな精霊の出現などが織りこまれた、複雑で難解な神秘と奇跡と苦悩と贖罪の議論劇となっている。

マハラルとは、さきのラビ・レイブのことで、ヘブライ語の Morenu ha-Rav Leib（われわれの師、ラビ・レイブ）の頭字語 MaHaRaL で、ユダヤ人の高名な学者は、例えば、タルムード註釈者のラシ（Rashi = Rabbi Shelomoh Yitzhaki）、哲学書『迷える者への手引』の著者ラムバム（モーゼズ・マイモニデスのことで、Rambam = Rabbi Moses ben Maimon）のように、頭字語で呼ばれることが多い。

H・レイヴィックは、白ロシアのユダヤ小村落《シュテトル》に生まれ、夙《はや》くから地下組織のブンド（労働者総同盟の党）に属し、革命運動にもたずさわっていたため、一九〇六年、ツァーリの官憲に逮捕され、六年間の重労働を強制されたあげく、シベリアへ追放された。しかし、数ヵ月後、危険と苦難の密行を重ねたあげくシベリアを脱出して、翌年一九一三年にアメリカへの渡航を果たすことができた。

そうしたきびしい体験を嘗めたのであってみれば、レイヴィックの『ゴーレム』に、苦渋と激情と怨恨の気配が濃厚な、黙示的で夢幻的なメシア渇望の象徴表現が満ち満ちているのは当然のことといえるだろう。

ところで、ゴーレムの概念は、三世紀から六世紀にかけて成立した文書で、カバラ思想の始源資料ともいえるセフェル・イェツィラ（『創造の書』）の魔術的解釈や、そこに説かれている、言語ならびに文字にそなわった、ものを創り出す力の概念に由来しているといわれている。同書によれば、世界の被造物や諸存在は、二十二のヘブライ文字の組み合わせや順列を基体にして生みだされ、言語にたいする強度の精神的傾注（デヴェクトと呼ばれる）によって、ものの創造が可能になる、と説かれている。

だからこそ、つぎのような伝説もうまれてきたのであろう。「ラビ・ハニナとラビ・オシャヤは、毎安息日には、脇目もふらずに『創造の書』を研究して、普通の大きさの三分の一の仔牛を一頭造り、これを食べた」（この挿話は、タルムードのサンヘドリン文書にあるもので、根拠は明確に述べられていないが、魔術とは区別されて許されうる行為とされており、これは前記「ゴーレムの表象」からの引用）。

それはともかく、シンガーの小説にしても、レイヴィックの詩劇にしても、ユダヤ人の追放と贖罪を扱った象徴表現の作品であり、ゴーレムの創造という具体的な形象化も、なにか秘的で深遠な内実を描出するために採用されたひとつの手法として解釈すべきものであろう。私としては、両方の作品に見られるゴーレムの生命の変質、もしくはたましいの変化という現象のなかに、カバラ思想におけるたましいの位階、段落、もしくは格付けの理論が表象されている点に興味があった。

つまり、カバリストによれば、たましいには三つの段階、ネフェシュ、ルアフ、ネシャマがあるとされている。ネフェシュは、本能や肉体的欲望にかかわる粗笨な要素、ルアフは、倫理的価値観や善悪の識別能力をもつ段階のたましい、ネシャマは、さまざまな定義づけがあるのだが、とにかく至高のたましいで、人間のうちに宿る神の精神、とそれぞれ定義されている。さらに、これらのたましいの三段階を、宇宙創造の諸段階にも対応、相応させて、ネシャマ＝創造《ベリア》世界、ルアフ＝形成《イェツィラ》世界、ネフェシュ＝物質・行為《アシャー》世界というようにもカバリストたちは関連づけている。

翻訳書によると、ネフェシュ＝魂、ルアフ＝霊、ネシャマ＝霊魂と訳している例もあるけれど、どうも日本語としては馴じめない。内実にそくしていえば、ネフェシュ＝動物的たましい、ルアフ＝知的精神、ネシャマ＝至高のたましい、とでもいうほかはなく、英語では単なるソウル(Soul)という言葉で一括されてしまう。

さきにも挙げたセフィロト理論によると、カバリストたちは、ネフェシュをセフィロトの第三番目の三つ組、ネツァフ(忍耐)、ホド(威厳)、イェソド(基盤)に相応させ、これが物質世界・人間行為世界を表徴するものとしている。順次、ルアフは第二の三つ組、ヘセド(慈悲)、ゲヴラ(力)、ティフエレト(美)と倫理・道徳世界に、そしてネシャマの段階は、第一の三つ組、ケテル(王冠)、ホフマ(英知)、ビナー(理解)と知性世界に、それぞれ相当するものとされている。

これら九つのセフィロト(セフィラの複数形)が、相互交流もしくは相互反映の流出過程を行い、最後に第十のセフィラ、マルフト(神の王国)つまり〝この世〟の創成が成就する、というのがカバラ思想の宇宙創造論だった。セフィラとは、数の潜勢力だとさきに述べたけれど、これは実にさまざまな呼称で表現されていて、つまりは神の属性、側面、形象、エネルギーのことであり、また、光、段階、連鎖、根、王の衣裳、王冠といった象徴、イメージによっても説明されている(誤解を避けるために書くと、ユダヤ教には、王たる資格をもつのは神いがいにはない、という考えがある。また、現代ふうにいうなら、セフィロトは神にそなわるさまざまな放射能でもあろう)。

このような説明に照らして、シンガーの前記の作品中の叙述を反芻してみると、その背後に隠された意味がいっそう明確に浮かびあがってくる。つまり、ゴーレムの横暴に手を焼いたラビ・レイブは、家事手伝いのミリアムに、ゴーレムが彼女を抱きあげて愛撫するとき、額の神名を消しさってくれと依頼するのだが、その際、「ゴーレムにソウルはない、あるのはネフェシュだけだ」と教訓を与えている。

これは、ネフェシュだけのゴーレムをこの世から抹消しても殺人とはならないことを、ラビ・レイブがミリアムに納得させようとしたのであり、レイブは、ゴーレムが物質世界にとどまっていないで、つぎのルアフの段階に上昇しはじめた(人間に似てきた)のを冒瀆現象として痛感し、物質は物質に、土は土にかえすべきだと決断したことを表している。ネフェシュ存在がさらに高次の段階の存在に変わってゆくのを拱手傍観《きょうしゅぼうかん》したのでは、秩序破壊の逸脱を許すという冒瀆のわざにつながると考えたからこそ、レイブはゴーレム消去のゲウラ(償い)行為にでたものといえる。

H・レイヴィックの戯曲のばあいは、登場人物どうしの非常に複雑な議論がたたかわされており、調和と対立との角逐とでもいうべき図柄が濃厚に描きこまれているようにみえる。力の原理に依拠してユダヤ人の放逐をはかるカトリック神父と、慈悲の原理に基づいてユダヤの村落を持続させようとするマハラルとの対立は、ルアフが支配する人間行為世界の段階におけるゲヴラ(力)とヘセド(慈悲)の葛藤をあきらかに象徴しており、ゴーレムによる神父抹殺の結果、善と悪の区別が厳存するルアフ段階の倫理世界で善・悪の調和、均衡が保たれ、ユダヤ人ガルート（追放）の暗雲が払拭されることになっている。

カバラ的思考によると、ゲヴラは別名ディン（裁き）と呼ばれ、厳格な審判をくださないではおかない属性をもったセフィラであり、ヘセドは寛容に満ちた慈愛のセフィラであった。そして、裁きのセフィラが慈愛のセフィラよりも過剰に流出して、そこに不均衡状態が生じると、ディンの激しい譴責、懲戒が行われ、世界生命の破壊が始まる、といわれる。これが悪の側面であり、シトラ・アフラ（別の側面・裏側）と呼ばれる。善と悪とは、ルアフ段階では併存しているのであり、カバラ書のなかには、「セフィロトの火花はガルート（追放）の状態にあるため、なんらかの善をふくまぬ悪はなく、なんらかの悪をふくまぬ善もない」という言明があることを踏まえておく必要もあるだろう。

詩劇『ゴーレム』には、ユダヤ人部落の現状を深刻に憂慮して、死者の復活とメシアの到来を待望しながら、焔を発する神のチャリオト（馬車）の幻像を常に思い描いている老人タンフムも登場している。これもまた、カバラ的伝統の最も古い傾向、メルカバ神秘思想を連想させる人物であった。メルカバとは、神の玉座であるチャリオトのことを指し、メルカバ神秘家は献身的祈りのなかにあって、天界の七つの宮殿を通過し、神のチャリオトに到達することを夢想し、渇望したのだが、タンフムという登場人物に、このメルカバ型の傾向が投影されている。

この作品は、一九二一年に発表されるとすぐ、多数のユダヤ人たちによって愛読され、その内容に孕まれている諸問題が、活発な討議の対象になったという。つまり、世界の解放とユダヤ人の贖い、贖いにおける物質と精神の役割、ユダヤ的メシアとキリスト的救世主、創造主と創造、などの諸問題が。

カバラ思想は、十六世紀に入って、ひとつの偉大な理論的達成を果たした。それは、イサク・ルリア（Isaac S. Luria: 1534-72）の提出した三つの重大概念、ツィムツム（収縮）、シェヴィラート・ハ・ケリム（器の破壊）、ティクン（修復）の所説であった。ルリア理論を簡単に解説すれば、つぎのようになるだろうか。まず、無限と充満の神は、宇宙創造にあたり、被造物をいれるためにからっぽの空間を最初に造りださなくてはならなかった。そこで、神はみずからを収縮《ツィムツム》させて原初空間を用意した。その原初空間にむかってセフィロトの流出、放射がはじまった。が、ここで破局が起こった。用意された器が、神の諸エネルギー（つまりセフィロト）を平和と協調のうちに収容することができず、器が破壊されてしまう。この過程が、器の破壊《シェヴィラート・ハ・ケリム》と呼ばれる。これには、先述のディンとヘセドとのあいだの不均衡も、原因のひとつとなっている。器の破壊によって神の光は砕け散り、悪魔の領域であるケリポト（殻という意味のヘブライ語）に陥ちこみ、そこに閉じこめられる。この拡散、捕囚の状態にあるセフィロトを救出し、神本来の意図のなかにある調和の世界を回復《ティクン》することが、人間の責務として賦課されることになった。こうして、ルリアにより、カバラの秘的象徴体系は、人間活動を要求する精神運動体系へと高められたのであった。

シンガーの小説、レイヴィックの戯曲、そのどちらもが、このルリアの三段階過程の理論を連想させるかたちで構成されている、といってもあながち牽強付会ではないだろう。

つまり、ラビ・レイブ通称マハラルは、最初、みずからの非力を自認し、身を縮めた謙虚、敬虔の態度でゴーレムを制作または招喚した。しかし、ゴーレムは力の原理に従って一定の活動を果たし終えるが、もともと、そのけたはずれに巨大な体駆と、ネフェシュしか吹きこまれていない段階の精神存在であってみれば、人間世界の諸基準と平和裡に調和を保つわけにはいかない。不均衡状態はゴーレムを狂乱《アモック》の所業に追いやり、人間社会にたいする破壊が行われるようになる。だが、器たる世間の崩壊を人間は食いとめなければならない。そこで、ラビ・レイブは、ついにゴーレム抹消の決意をかため、神の名を削りとるか、呪力をもった命令言葉（レイヴィックの作品では、聖なる言葉で抹消する）でゴーレムをもとの土にかえし、ここでゴーレム物語は終わることになっている。

最後に、蛇足かもしれないが、ゴーレムの原義は、無定形のかたまり、未完成のもの、であり、イディッシュではゴイレムという発音になることをつけ加えておく。

（一九九一）

# I・B・シンガーの死からS・アンスキの『ディブック』へ

一九九一年七月二十六日、日本の日刊新聞がアイザック（イツハク）・バシェヴィス・シンガー（一九〇四年生まれ）の、二十四日死亡の記事を載せた。週刊誌『タイム』（八月五日号）は、〝物語の最後の語り手〟という標題で、彼の死亡と文筆歴を報道した。

彼の最近の刊行本『スカム』（*Scum*）を、私はアメリカの読書クラブに申しこんでおいたのだが、それが手許に届いてから数日後の訃報だった。なんとなく暗合めいたものを覚え、ちょっとした感懐にふけった。

彼の肉体は、それこそ屑か滓みたいに、やがては現実社会とは無縁なものに分解して、滅びさってしまうのだろう。しかし、たましいのほうは天上のしかるべきところに安楽の休息場所を見つけられるだろうか。それとも、彼にはまだまだ物語りきれなかったものが大量に残っていて、そのたましいはディブックのように、宇宙のなかを漂いつづけるのだろうか。とりとめもなく、そんなことも思ってみた。〝スカム〟には、浮き滓とか屑とかの意味があり、また、シンガーはディブックにまつわる物語を、じつに数多く書いていたのだから。小説『スカム』も、ディブックに取り憑かれたある中年男の物語であった。

四十七歳のマックス・バラバンダーは、多数の不動産を所有しているブエノス・アイレス在住の金持ちユダヤ人で、二年まえ、ひとり息子のアルトゥロに頭の病気で急死された。そのあと、妻のローレは悲歎の思いがつのるばかり。やがては胆石の症状も悪化して手術を受ける。ついに、性的不感症におちいり、マックスの接触をかたくなに拒否するようになる。

そのため、マックスまでが性的不能者になってしまう。ほかの女性と性交渉を試みてみても成功しない。種々、療法をほどこしても、全然、効果がない。結局、医者のすすめもあって、若さと活力の復活をねがう回春の旅にでかける。が、パリでもベルリンでも、女性との性交は不首尾のままに終わる。

やがて、彼は青少年時代を過ごした故郷の街ワルシャワへ二十三年ぶりにあらわれる。昔、彼はこの都市で小泥棒や女たらしの無頼生活に明け暮れしていたことがある。しかし、このときは一九〇六年の夏。彼はホテル住まいをしながら、昔なつかしいユダヤ人街の居酒屋を訪れてみる。

そこで彼はさまざまな手合いと近づきになり、いろいろな女性と交際するようになる。すでに孫もいるパン屋の女房の中年女、聖職者ラビの若い娘、暗黒街の三流ボスの情婦で手練手管に長けた悍婦、その情婦が引き合わせた下働き女中で十九歳の田舎娘、初老の透視術者に縛られていやいや情婦になっている三十三歳の霊媒女性など。

マックスは、性交の完遂をめざして、金銭の濫費と虚言の濫用でもって、これら女性と同時的に交際をつづける。が、どの女性とも性交寸前に失敗してしまう。最後、三流ボスの情婦がやっと、彼をベッドに引きこんでくれて、ズボンを脱がせにかかったとき、彼の護身用拳銃が暴発し、彼は殺人のとがで投獄される。

『スカム』は、マックスの生涯そのものが、屑か滓のようにはかないものだということを痛烈に皮肉るとともに、屑の集積でもあるかのような、ワルシャワ内のいわばシュテトル（ユダヤ集落）の生態を、価値観の棚あげされた無記の視点から活写した小説だった、といえる。

そこでは、一九〇五年の五月革命が挫折したあとの不安定なポーランド社会の情況、ワルシャワの市街と家屋、そこにうごめくユダヤ人たちの衣・食生活や宗教慣習などの詳細が、シンガー特有の、ときには読者を喰ったような、一見、放恣ともいえる無頓着の乾いた語り口で叙述され、当時のユダヤ人都市生活の猥雑な側面の再現に成功している。

その成功とうらはらに、主人公マックスのほうは執拗に格闘したにもかかわらず、交接不能の障碍を克服することはできなかった。なぜだろう。どうやらシンガーは、その原因を、若死にした息子アルトゥロのディブックの働きとして描いたように思えるのだが。

じじつ、作者は小説中で二度、ディブックに触れている。まず一個所は、ラビの若い娘に結婚ばなしをもちかけるときだった。

「……ぼくがご両親に話すよ。きみと結婚したいんだってことを、ね」それは、まるで彼（マックスのこと）の内部からディブックが喋ったかのようだった。

もう一個所、マックスがホテルの朝風呂をつかい、鏡のまえで自分のからだを観察している場面の説明がある。

……すこし太ってきてはいたが、筋肉はまだ堅く、体液はまだ流れていて、以前の能力が出番を待っていた。昔の体力からすれば、僅かに後退はしていた。何かが彼のたましいに、がっしり固着していたのだ。悲哀、悔恨、恥辱が、ディブックみたいに彼に取り憑いていた。

マックスも妻ロヘーレも、息子の死以来、そのディブックに憑依され、翻弄され、通常の夫婦生活を逸脱した人生を送らなければならなくなった、というわけだろう。

ディブックについては、ゲルショム・ショーレムの著書『カバラ』（*Kabbalah* 英語版、1974）に、「ユダヤの民間伝承や民衆信仰にあって、生きた人間の中にはいりこみ、そのたましいに取り憑き、精神上の病気を起こし、その人間の口を通して喋り、分離した異質の人格を演じるよこしまな精神《イーヴル・スピリット》、または不運なたましいのことをディブックと呼ぶ」という定義がある。ヘブライ語の動詞〝ダヴォク〟（固着する）に由来し、カバラ文献では、イーヴル・スピリットと肉体との係わり、つまり憑依と同じ意味だとされている。

ディブックの物語は、第二神殿時代（BC五二〇～AD七〇）から存在したのだが、目立って民話や教訓物語に登場してくるのは、中世以降であったらしい。はじめ、ディブックは病んだ人間の肉体にはいりこむ魔ものと考えられていた。のちには、死後も休らうことができないまま魔ものに変化した人間精神と見なされるようになった。カバラの発想では、他人の善なる資質を強化するため、また、ユダヤ民族そのものを支援するため、他人のたましいに結合する義人のたましいを指すこともあった。

人間世界の具体的に生起する事象を足がかりにするだけで、人間の全的な動きを説明、描写しつくせるという考えは、それなりに一個の確立した観念であろう。しかし、人間に知覚できる一方的な要素だけをたよりに、人生、宇宙を測ることに限界を感じ、目には見えない、隠れている要素の存在や作用を思考しようとする性向も、人間のうちには宿っている。

憑依現象などは、それこそ屑か滓みたいに、とるにたりない唯識的妄想にすぎないとする観点からすれば、『スカム』も、欲求不満のセックス人間がいたずらに狂奔する荒唐無稽の物語として一笑に付して終わることさえできようが……。

ディブックという言葉で、すぐに連想されるものに、イディッシュ作家S・アンスキ（S. Anski: 1863-1920）の戯曲『ディブック』（*The Dybbuk*）がある。この作品は、最初ロシア語で書かれ、スタニスラフスキが読んで、種々示唆をあたえたといわれている。書き直したイディッシュ脚本がワルシャワで初演になったのは、アンスキの死後一ヵ月経ってからだった。二年後、ニューヨークとモスクワで上演されるが、モスクワではヘブライ語の脚本だった。英語では、一九二五年に、ニューヨークで舞台にかけられている。

イディッシュ文学で三人の古典作家（メンデレ・M・スフォリム、ショロム・アレイヘム、イツホク・L・ペレッ）と呼ばれる人物のひとり、Y・L・ペレッツも、ハシド家系における伝統の継承を主題にした、彼の代表的戯曲『黄金の鎖《ゴルデネ・ケイト》』（*Di Goldene Keyt*, 1903）を、まず、別題でロシア語によって発表し、数回イディッシュに書き替えている。だから、アンスキやペレッツを、単純にロシア作家、イディッシュ作家、ヘブライ作家というように一元的には規定できない困難さがある。

シンガーについても、似たようなことがいえよう。すでに発刊されている彼の単行本は膨大な数にのぼるといってもいいが、それらはほとんど英語版だった。短編集も十冊、出版されていて、総数一八〇にも達する作品が収められているけれど、原語イディッシュでは、僅か三冊しか出ていない。その三冊に含まれる作品数も四〇数編にすぎない。連作長編『荘園《マナー》』（*The Manor*, 1967）『地所《エステイト》』（*The Estate*, 1969）などは、原語の発行本はないらしい。『スカム』も、一九七〇年ごろ、日刊『フォルヴェルツ』に連載されたものの英訳だから、最新刊行ではあっても、彼の最新作とはいえなくなる。彼を単純にアメリカ・ユダヤ系作家として括ることには、もともと無理があった。結局、彼はアメリカに住んで、イディッシュで作品を書き、その大半は原語に先んじて英語本で出版され、そのため広い層の読者を獲得できたユダヤ系の作家とでも呼ぶほかはない。

それはともかく、S・アンスキの戯曲『ディブック』（英語版）は、十九、二十世紀の変わりめと推定される時代、ウクライナ辺境のミロポリエ周辺で起こった結婚問題に係わる事件を素材にしたもので、構成は四幕となっている。人物は、効果を引き立てるために登場する、貧困な村人の集団を除いても、きわめて多い。

開幕時の舞台は、ユダヤ教の古い会堂《シナゴーグ》。そこに安置された聖櫃《アーク》のまえで、三人のバトレン、伝達使《メシュレ》者《フ》、タルムード研究生たち、カバリストのホノンなどが、ハシディム（ユダヤ教敬虔派）のワンダー・ラビの逸話に関連して、奇跡、たましい、神の名、呪文、サタンについて、激しい議論をたたかわしている。村の金持ちレブ・センデルが婿さがしをしていることも話題にのぼる。ホノンがゲマトリアを使い、その婚姻のことで、謎めいた予言を語ってみせる。その間、センデルの娘レアが祈禱のため会堂に訪れる場面もある。やがて、センデルが会堂にはいってきて、娘の婚約が成立したことを堂内の連中に披露する。が、ホノンがその事実を聞いて失神し、そのまま絶息してしまうところで第一幕は終わる。

ここですこし説明を加えると、〝バトレン〟とは、定職をもっていず、宗教上の研究に専念するだけで、もっぱらユダヤ集落の慈善にたよって生活している者であり、伝達使者は義人《ツァディク》つまり奇跡《ワンダー》ラビによって各地のユダヤ集落に派遣され、資金などの援助を求める使者兼情報提供者のことらしい。また、奇跡ラビとは、原語で〝名前の主《バール・シェム》〟であり、それを英語では、ワンダー・ラビまたはミラクル・ワーカーと訳すのが慣例となっている。

第二幕からあとの経緯を簡単にたどると、第一幕から三ヵ月ののち、さまざまな準備の行事もすんで、いよいよ婚儀がはじまろうとする。しかし、儀礼に従って、式の直前、花婿メナシェが花嫁レアの顔にヴェールをかけたとたん、レアはそれをはねのけ、突然、男性の声に変わったその奇妙な声で大きく叫ぶ。「おお！　きみはぼくを埋葬してしまった！　だが、ぼくは宿命できめられた花嫁のところへ戻ってきたんだ、決して離れやしないんだ」と。豪勢な祝宴をまえに、参会者に立ちまじっていた伝達の使者が、「花嫁は、ディブックに取り憑かれたぞ」と声を発する。

取り憑かれたレアを浄化するため、ミロポリエのレベ（ハシド派のラビを特にレベと称する）、アズリエルケが、自宅のなかで、種々魔もの払いの儀式に心をくだく。七つの角笛《ショファル》を鳴らし、七つの黒い蠟燭をともし、七つの聖なる巻物をまえに、レア（じつはディブック）を相手に、祈禱や問責を行うが効果はない。

あげくの果て、集落の公認ラビ、シムション（ハシドではない）が呼び迎えられる。シムションを呼んだことで、そのラビに夢告のあったことがわかる。昔、センデルの友人であって、すでに死んでいるニセン・リヴケが三度、夢にあらわれ、センデルの裁きを要請した、というのだった。最終幕の裁判の場では、ラビが衝立の向こう側に〝リヴケ〟をあの世から召喚し、二十年まえにとり交された誓約をセンデルが破ったことにたいし、その〝リヴケ〟に赦しを求める。誓約とは、センデルとリヴケがお互いに子供をもうけ、それぞれ男児と女児だった場合、必ずふたりを結婚させるというものであった。

しかし、リヴケはその直後、遠隔の土地に移住し、音信不通のまま二十年が経過していた。ホノンはリヴケの息子だったが、それをセンデルと話しあうことはなかった。けれども、センデルが富と地位のそなわった家庭のメナシェをレアの婿に迎えることは、かつての聖なる契約にたいする重大な違反だった。

シムションが死んだリヴケのたましいを代弁するかたちで、裁判の問答が進行する。そして、センデルがその財産の半分を貧者にほどこす条件で判決がくだされ、違背についての和解は成立したものと判断される。リヴケによる赦免が終わったことを確信するアズリエルケは、レア（じつはディブック）

と激しい議論の末、ディブックに、レアの肉体から離れるという約束をとりつける。安堵したアズリエルケは、杖でレアの周囲に結界の円を描いて呪縛しておき、花婿出迎えのため、裁判の立会い人たちと一緒に退場する。

しかし、〝ホノン〟はレアの肉体から分離したものの、まだ、その周辺に漂っていた。そうした気配のなかで、レアと〝ホノン〟はお互いに話を交わす。「ぼくのところへ来てくれ！」と求める〝ホノン〟の声に答えて、レアのたましいがホノンのたましいと結びあう。はるか遠くのほうから、レアの声が流れる、「偉大な光が私のまわりを流れています。私はあなたとひとつになったのです。宿命で結ばれていた花婿のあなたと。一緒に、高く、高く、昇っていきましょうよ」と。

やがて、その場に戻ってきたアズリエルケは、たましいの分離したレアを見て、「手おくれだったか」と歎く。そばで伝達の使者が、「真理の裁きに栄光を《ボレフ・ダイエン・ハ・エメス》」（真理は、イディッシュでエメス、ヘブライ語でエメト）と唱えて幕が降りる。

この戯曲は、英語版の解説によると、ポーランド、スウェーデン、ブルガリア、ウクライナ、フランス、セルビア、日本などの諸言語によって上演され、テレビ、映画、オペラの分野でも発表された、という。ユダヤ演劇のなかで、最も回数多く演じられた作品であることにまちがいはない。

なぜ、そのように国境を越えて広汎に鑑賞されたのであろうか。物語の背景は局地的、偏狭的であり、筋立ては単純であり、人物の大多数は、ユダヤ教のうちでも特別な一派ハシディズム集団に所属している。狭い環境内に発生した生活上の破綻を劇化したものであり、暗黒の力を素材にとって観客に訴えたにすぎないとして、否定的な評価を受けたこともある。

にもかかわらず、国際的に広く翻訳され、上演されたのは、戯曲中に、ユダヤ社会の民俗、ユダヤ教徒の、とりわけハシドたちの宗教信仰と思考様式、彼らの宗教儀礼などが、詳細に、しかも総括的にとりいれられ、彼らの生活と思想の実質がどんなものであるかを、観客がユダヤ民族であると否とを問わず、啓蒙的に、概観的に理解させてくれるという特徴をもっていたからであろう、と私は思う。じっさい、劇のなかの動きと科白のうちに、作者は、古代や当時のユダヤ聖人たちの伝説・逸話、タルムード談義、ユダヤ密教のカバラ、賛歌の朗唱、ユダヤの民間迷信、ゲマトリア、死霊鎮魂のカディッシュ、場合に応じて変奏されるさまざまな角笛《ショファル》の吹奏法など、きわめて数多いユダヤ的要素を盛りこみ、それらを手際よい、説得性のある技法で舞台上に表現しているのだった。たしかに総花的、通俗的なところもあるけれど、いっぽう、そこに見られる包括性と啓発性のためにこそ、民族の枠組を越えて、広く世界に受けいれられた理由があったのは、まちがいのないところであろう。

ただ、この戯曲を英語の文章で読むかぎり、すぐには理解しにくいような部分も、多少はある。そのなかのひとつにゲマトリアがあり、これは二、三の個所で、カバリストのホノンが科白にのせて披露している。彼が聖櫃にむかい、沈思の表情で内心を吐露する部分を英語の文章から訳してみると、つぎのようになる。

……（トーラの巻物をかぞえる）一、二、三、四、五、六、七、八、九。巻物は九つある。〝真理〟(truth) の文字がもつ数値と同じだ。それぞれの巻物に四つの把手があり、それぞれが〝生命の木〟(Tree of Life) と呼ばれる。これも、また、その数値は三十六。この数に遭遇してから、まだ、

ゲマトリアの説明

Tree of Life = ע ץ   ה י ם ←

‖ ‖ ‖ ‖   ‖ ‖

40・10・10・5   90・70

36＝4＋1＋10＋5＋9＋7

---

Leah = ל א ה ←

‖ ‖ ‖

5・1・30

36＝5+1+30

---

ה׳ לא 読み替えלאה ←

ה׳ はאה (God)の省略、לא の意味は(not)

従って（לאה׳）は not God の意味

---

Khonnon = ח נ ן ←

‖ ‖ ‖

50・50・8

36×3＝108＝50+50+8

---

「わたしはとどまった」はヘブライ語で「גרתי」

י (10)+ת (400)+ר (200)+ג (3) = 613

---

(wine) יין ←   (mystery) סוד ←

‖ ‖ ‖   ‖ ‖ ‖

50+10+10=70   4+6+60=70

一時間も経っていない――それが何を意味しているのか、ぼくにはわからない。しかし、ぼくの求めているすべての意味が、その数に籠められているような気がするんだ。三十六は〝レア〟(Leah) という名前の総数だ。三十六を三倍すれば、〝ホノン〟(Khonnon) の数値だ。〝レア〟は、また"not God"とも判読できる。神の加護がないんだ。(からだを震わせる) なんと恐ろしいことか――だのに、ぼくはそのことに強く惹かれるんだ。

これでは、ホノンが独善的に何かたわごとでも喋っているようにしか聞こえない。しかし、原語に照らして解読すれば、不明はすぐに氷解する。〝真理〟は אמת ←であり、それぞれの数値が א = 一、מ = 四〇、ת = 四〇〇だから零を除く整数を加えれば、九という数になるわけだ。その他のゲマトリアについては、ヘブライ文字の印刷が困難なので、写真版で示すことにしたい(前頁)。

ところで、ゲマトリアとは、ギリシア語に由来する術語で、要するに数による秘学、占いのことであり、非常に古い時代からバビロニアやギリシアで行われていたが、ユダヤの場合は、第二神殿時代から利用されはじめたらしい。

聖書解説の規則のひとつであり、文字の数値に沿って言葉や語群を説明する方法であった。アルファベットを数字に置換する方法を、記憶術の助けにしたり、言葉のもついっそう深遠な、その奥底に隠された意味を開示する手段に利用したのだった。

ゲマトリアは、簡単なものから、きわめて複雑なものまであり、特にカバラの世界では、この操作に長じた人物が、秘学の権威者として、または、深秘な数的解釈により聖書や神の真理に迫ることのできる奇跡的聖者として、民衆の尊崇を受けたことも事実だった。

一例を挙げると、『創世記32・5』の「わたしはラバンにとどまった」の「わたしはとどまった」が、数値六一三であり、これは〃よこしまなラバンのところにとどまったけれど、六一三の戒律は守ったのです〃と解釈して、説教に援用する学者もあった。六一三は、トーラに見いだされる戒律の総数であり、それが神聖視された数であることはいうまでもない（写真版参照）。

それほど深刻ではなく、気軽に利用される場合もある。〃ワイン〃（yayin）と〃秘密〃（sod）の数値がともに七〇であるところから、「ワインを飲めば、秘密がわかる」という言葉遊びも、一例といえるだろう。

とにかく、こうしたゲマトリアの技術を使って、ホノンは、レアの現実世界での結婚は成就しないこと、自分の名前の数がレアの名前を因数なみに包含し、たましいの領域でふたりが合一することを予告したのだった。隠されている秘義を発語することで、それを顕在化してみせたのだ、ともいえる。隠在の密義を顕在の数字で開示してみせるというこのような操作が、閉ざされた境遇に生きていたユダヤ人たちのあいだで、たましいの深奥に強く訴えかける啓示のわざとして受容されたであろうことは容易に想像できる。

S・アンスキは、『ディブック』だけでその名を文学史にとどめているような作家ではあるが、早くからユダヤの民族主義や民間伝承に深い関心をもっていて、それを主題にした民話、説話、詩なども数多く残している。手持ちの『イディッシュ文学アンソロジー』（*Antologye fun der Yidisher Literatur*, 1976）にひとつだけ彼の文章「警《いまし》め」（“Oyf der Vakh”）が収録されているが、そのなかで、彼はユダヤ社会の重要な素因として、「裁きの判決《グザル・ディン》」、「慈善《ツドゲ》」、「悔悟《トウシュヴェ》」、「祈り《トウフィレ》」の四つを挙げている。これらの要因は、彼の文学の中心主題であったにとどまらず、おおざっぱにいえば、ユダヤ系文学の全般にわたって、最も重要視され、形象化された主題でもあった。

（一九九一）

# イディッシュ文学

# 概説イディッシュ文学

イディッシュ文学の表現手段であるイディッシュ語は、ユダヤ人（いわゆるアシュケナジム）が今日まで約千年にわたって話してきた口語である。そしてユダヤ社会ではヘブライ語と並び重要な媒体として民謡、民話、非公式の祈禱に用いられ、十六世紀に一応の完成に達した言語である。十九世紀、ユダヤ社会内に近代ドイツ語への転換を図る啓蒙運動が起こったが、東欧ユダヤ人の間ではその反動としてイディッシュ語の洗練化運動が旺盛になり、ユダヤ人の大量東方移動もあって、イディッシュの機能範囲は東欧で大幅に広がった。

近代のイディッシュ文学の基礎を築いたのは、記述言語としての基本文型を確立したメンデレ・モヘル・スフォリム（Mendele Mocher-Sforim: 1835-1917）であり、続くショロム・アレイヘム（Sholom Aleichem: 1859-1916）、イサク・レイブ・ペレツ（Isaac Leib Peretz: 1852-1915）の精力的な創作活動を通じてそれは着実な開花、発展を見ることになった。メンデレは『不具者フィシュケ』（*Fishke der Krumer*, 1888）、『ベンジャミン三世の放浪』（*Masot Binyamin ha-Shelishi*, 1878）で貧困にあえぐ男や夢想に取り憑かれた男の遍歴譚を描き、ユダヤ社会にわだかまる観念主義や偏見を諷刺し、ショロム・アレイヘムは『イディッシュ人民文庫』（*Di Yidishe Folksbibliotek*, 1888-89）発行によってユダヤ文学興隆に貢献するとともに、『メナヘム・メンドル』（*Menakhem-Mendl*, 1892）、『牛乳屋テビエ』（*Tevye der milkhiker*, 1894）など、連作の諸短編でロシア圧政下の小村落に住むユダヤ庶民の姿をユーモアと哀感のあふれる文章で活写し、多数の読者を獲得した。ペレツはハシディズム信奉の強固な伝統主義と新しく勃興した近代進歩思想の相克するはざまに立って、神秘性・宗教性を帯びた多くの民話や短編、さらに戯曲『黄金の鎖』（*Di Goldene Keyt*, 1911）、『古い市場の一夜』（*Baynakht Oyfn Alten Mark*, 1914）で、ユダヤ民族に課された複雑な状況に対し鋭利な内省的検討を加えた。これらのいわゆる古典的三大作家の影響を受け、多数の有能な若手作家が輩出し、一八六〇年代から第二次大戦前までの期間、イディッシュ文学はリトアニア、ポーランド、ニューヨークにおいて黄金時代を迎える。小説分野ではユダヤ性の本質を重視したD・ピンスキ（David Pinski: 1872-1959）、悪漢、殉教者、転向者など多様な登場人物を作品化したS・アッシュ（Sholem Ash: 1880-1957）、壮大な規模の社会小説を手がけ、アメリカ亡命後はイディッシュ演劇界にも大きく寄与したI・J・シンガー（Israel Joshua Singer: 1893-1944）、ユダヤ底辺層の道徳的崩壊やローマによる神殿破壊時の民族指導層が陥る苦境を克明にたどったJ・オパトシュ（Joseph Opatoshu: 1886-1954）などが顕著な活動の担い手だった。

　演劇方面では、ゴールドファデン（Abraham Goldfaden: 1840-1908）が、一八七六年に初めて一般民衆を対象にしたイディッシュ劇場をルーマニアに創立し、ゲットー生活に染みついた迷信や愚行を諷刺する軽歌劇からシオニズム志向の歴史劇に至る諸戯曲の創作・演出に従事し、大衆の娯楽や教養の水準を高めた。一八八〇年代以降の東欧ユダヤ人大量移民は、アメリカでのイディッシュ演劇の台頭をうながした。ロシアでの弾圧を避けて渡米したJ・ゴルディン（Jacob Gordin: 1853-1909）は、偏狭性を脱した普遍的・現実的課題を含む『ユダヤのリア王』（*Der Yidisher Kenig Lir*, 1892）、『神、人間、悪魔』（*Got, Mentsh un Tayvl*, 1903）の上演により演劇界の隆盛を導き、一九一八年、ニューヨークにイディッシュ芸術劇場を開設したM・シュワルツ（Maurice Schwartz: 1890-1960）は、オデッサで劇団活動を推進していたP・ヒルシュベイン（Peretz Hirshbein:1880-1948）の参加を得て、その創作劇上演に成功し、その後五十年の劇場閉鎖時まで多彩な演目の提供に力を注ぎ続けた。ヒルシュベインは戯曲以外に長大な旅行記『世界一周』（*Arum der Velt*, 1927）、小説『赤い原野』（*Royte Felder*, 1935）を書き残したが、彼に強い影響を及ぼしたのは、ユダヤの民族的詩人と称揚されるビアリク（Chaim N. Bialik: 1873-1934）であった。被抑圧民族の胸底に内蔵される微妙な理念、喜悦、悲哀を鋭い想像力によって格調高い詩作品に定着したビアリクは、イディッシュ語でも創作したが、主として表現の器はヘブライ語だった。しかし彼がメンデレ、ペレツ、アレイヘムとともに後進作家の集団に働きかけ、イディッシュ文学の育成と向上に貢献した功績は大きい。

これらと並ぶ特異な詩人としては、若年期から急進的活動家だったH・レイビック（H. Leivick: 1888-1962）が目立ち、彼は獄中体験を素材に『鉄錠の裏側』（*Hintern Shlos*, 1918）、『シベリアの道』（*Oyf di Vegen Sibirer*, 1940）の詩集を発表し、苦難にあえぐ人間たちの幻想や魂の救済を歌ったし、また、ソ連で活躍したマルキシュ（Peretz D. Markish: 1895-1952）は共産主義に深く傾倒すると同時に、同胞民族に対する残虐行為への痛恨を『人民と祖国』(1943)、『戦争』(*Milkhome*, 1948) などの叙事詩で吐露したのだが、イディッシュ語作家粛清の難に遭って処刑された。

十九世紀の後期以後、その高揚期を現出させたイディッシュ文学は、第二次大戦中のユダヤ人大量虐殺や、戦後建国されたイスラエルのヘブライ語公用化のため、新たな筆者・読者層の世代形成は必ずしも容易でない現状にあるが、にもかかわらず東欧からそこへ入国した作家たちにイディッシュ語復興の気運が兆しているのも事実であり、一九六〇年代以降イスラエルでのイディッシュ語刊行物はその数を増し、季刊文芸誌『黄金のきずな』(*Di Goldene Keyt*) は順調に発行されている。現在、イディッシュ文学に関して特筆すべき点は、とりわけそれがアメリカ文学の世界に及ぼした影響であり、一九六〇年代からとみに際立った活動を示しているS・ベロー (Saul Bellow: 1915-2005)、B・マラマッド (Bernard Malamud: 1914-86)、P・ロス (Philip Roth: 1933- ) などユダヤ系アメリカ作家の描く人間像には、イディッシュ作品に頻出するシュリマゼル (不運な人間)、シュレミール (善良な愚者) の原型像が二重写しの形で顕在的・潜在的に表現されている。また、一九三五年にナチスの恐怖を逃れてアメリカに亡命したI・B・シンガー (Isaac Bashevis Singer: 1904-91) は、表現媒体としてイディッシュ語に固執し、ポーランド・ユダヤ人の境涯を素材にとっておびただしい作品群を創造しているが、彼を含めたユダヤ系文学の世界を支持、普及させている基盤は、ニューヨークで発行されている諸イディッシュ語新聞の読者層と、評論家I・ハウ (Irving Howe: 1920-93) を筆頭にイディッシュ語の英語翻訳にたずさわっている文学者集団の存在であることを見逃すわけにはいかない。

(一九八五)

# Y・L・ペレッツと啓蒙思潮

## ――戯曲『古い市場の一夜』と『黄金の鎖』をめぐって

### 1

　およそ五十八種類の役割をふり当てられる多数の登場人物、怪奇な彫刻をほどこされた樋嘴（ガーゴイル）をもつ井戸、カトリック教会の壁龕に立つ石像。それらのものが生物であれ、無生物であれ、古い市場を想定している舞台上で、韻文調の科白をたがいにとりかわしたり、秋の一夜のユダヤ人集落の夢幻的な死者の舞踏を見物したりする、深秘的で超現実的な戯曲『古い市場の一夜』（*Baynakht Oyfn Alten Mark*）を、ユダヤ人作家のイツホク・レイブシュ・ペレッツ（Yitskhok Leybush Peretz: 1852-1915）が書いている。

　一九九二年三月号の『コメンタリィ』誌に、その英語訳を発表した雑誌の広告が載っていた。早速、米国在住の友人に頼み、版元から直送してもらい、一読はしてみたものの、読後の印象が散漫だったので、本棚に放擲したきりになっていた。ところが、このたびペレツの『黄金の鎖』（*Di Goldene Keyt*）という戯曲を、半知半解のまま、イディッシュ原文で読み終わったので、併せて一文を草してみた。ジョンズ・ホプキンス大学出版の『プルーフテキスツ』誌（一九九二年一月号）は、『古い市場の一夜』特集号であり、翻訳者H・ハルキンの〝あとがき〟と、A・ノヴェルシュテルンの批評文が併録されている。

ところで、この戯曲には、筋らしい筋はない。場所や時代の限定もない。ただ、重く暗い過去の苦難の記憶の跡を、心にもからだにもとどめている、種々雑多なユダヤ人たちが主要な登場人物であり、彼らまたは彼女らが、入れかわり立ちかわり、舞台に現われては、二言三言、科白をしゃべって退場する。

けれども、単に消えるというわけではない。ときに応じ、ふたたび登場し、舞台中央（これが、つまり市場であるという想定）に居残っている適当な、または不適当な相手を物色しては、なにか謎めいた象徴的な、なにか理屈っぽい予言者ふうな言辞を、悲観、楽観のまじった口調でとりかわす。

色とりどりの配役とは、放浪ユダヤ人、若い恋人どうし、鶏卵、果物などの行商人、酔っぱらい、民衆詩人、夜番、金持ちハシド（敬虔な人という意味）たち、貧乏ハシドたち、樵夫、娼婦、盲目の元植字工、軽騎兵、学者たち、飢えた労働者、敬虔な女性信者、少年や少女の集団、情報屋、肉屋、朗唱先導者（ハザン）、管理人（シャマシュ）、カバリスト、ブロドの歌手たち、死んだ殉教者たち、楽師たち、など、など。

数十種の職業や地位を代表する登場人物を、全員、ここに列挙することは避けるけれども、これらの諸人物は、それぞれ、ユダヤ人の社会・歴史の光と影の部分が、多少とも、その心身に沁みついていて、彼または彼女の語る言葉のはしばしには、複雑なユダヤ的特徴の一端を象徴する表現が、にじみだし、洩れだしている。

市場の中央に設置され、怪奇な容貌の樋嘴が突き出ている井戸は、以前から蓋を密閉されたままになっている。かつて（十九世紀後半であろう）貴族の宴会で遊興のお相手をつとめ、そのあと悪酔いのあげく、つぎつぎとその井戸に身を投げて死んだ楽師たちがいたという。

井戸をふくめた市場の周縁には、ユダヤ教の会堂（シナゴーグ）、学び舎（ベス・ミドラシュ）、町の公会堂、居酒屋、商店の家並、教会の建物、荒廃したあき地などがあり、遠景には小さな作業場、墓地などの装置がしつらえてある。こうした舞台環境は、開幕前に、演出家、舞台監督、物語り手、詩人の四者が、掛け合い口上で説明するという仕組になっている。

いわゆるユダヤ人の小集落（シュテトル）を構成する素材、人物のほとんどすべてが膳立てされているるポーランドの田舎町と思われる、仮空の、しかし、東欧のどこにでも存在したであろう閉鎖空間のなかで、韻文と韻文の会話が対話者のあいだで競合する四幕ものの戯曲（前口上と結び口上の部分が加わる）。それが『古い市場の一夜』であり、英語の訳文で七〇ページにすぎないのだが、手軽に紹介、説明することはじつにむつかしい。

この作品は、一九〇七年に発表され、翌年には〝ヴィルナ劇団〟が上演し、その後、ルーマニア、ロシア、アメリカなどでも、たびたび舞台にかけられている。が、この演劇については、評者の意見がさまざまに分かれ、毀誉褒貶こもごもの議論が沸いたらしい。その原因は、筋の欠如と、韻文の科白があまりにも簡潔なために、発語の意味するところがあまり明瞭ではなかったからであった。

第一幕では、夜が訪れた市場の空間で、現世の人間である民衆詩人、隠遁者、娼婦、商店主、労働者、学生などが、高邁、卑猥、希望、絶望、追憶などの要素をこめた対話を乱雑にとりかわしている。少女の集団が輪を組んで踊っている。学び舎からは、学生の討論の声が聞こえ、居酒屋からは酔っぱらいが、ふらつきながら出てくる。

ところが、第二幕では、前幕の終わりに登場した夜番が壁にもたれて居眠りを始め、それ以後の舞台の時間空間は、〝煉獄〟の時空に変わり、ここでは、生者の衣裳をまとってはいるが、じつは煉獄で裁きを受けている、馭者、文化人、カバリスト、植字工、鞣し職人、軽騎兵、朗唱先導者などが登場し、議論めいた会話の応酬をおこなう。

第三幕、第四幕では、墓場から現実世界の市場に現れ出た〝死者〟たちが、死者どうし、または現世の人物たちと、鎮魂、悔悟、怨念、聖俗、戒律、懲罰などにかかわる短い会話の投げ合いをするのだが、簡潔な言説のため、その晦渋性、曖昧性は、読む者の解釈や判断を容易には受けつけないほど大きい。それを皮肉るかのように、第四幕のはじめでは、物語り手が幕のそとに登場し、死者の追悼の祈りでもあるカディッシュをヘブライ語で唱える。――「イィスガダル　ヴェイィスカダシュ　シュメイ　ラボ……（神の偉大なるみ名よ、高められんことを、聖別されんことを……）」

つぎに、僅かばかり、戯曲の断片を摘出してみよう。（括弧のなかはト書）

（切られた首を両手にささげもってよろめき出た鞣し職人と軽騎兵が出会う）

軽騎兵　＝お前は、おれに怒っているのか？

鞣し職人　＝わしは……しゃべれないんだ。なぜこんなことになったんだ？

軽騎兵　＝でも、それは事実なんだ、おれがお前の首を刎ねたのは！

鞣し職人　＝どうしてだい？

軽騎兵　＝そんな気がしていたのさ！　お前は街で赤旗を振っていた。「武器をとろう！」ってことだろ。命令がくだった――兵士の手が命令に従った……気にしてくれるなよ。

鞣し職人　＝お前の剣の動き。目にも止まらんうちに！

軽騎兵　＝そのあと、おれも銃殺されたのさ。おれには、それを了解するひまがちょっとあったけど。

学者Ⅰ　＝生命と死と――それは何だ……

学者Ⅱ　＝お前は阿呆だ！　存在するものは受諾するしかないんだ。

学者Ⅰ　＝人間知性のことなんだな――

学者Ⅱ　＝……役には立たんよ。無用なんだよ。そんなもの、腐らせろよ！

学者Ⅰ　＝しかし、つまり……何でもかでも記号論で片づくってもんなら、何だい、真理なんて？　知るもの一切合切が呼び名のとおりだなんて、愚の骨頂さ、そんなもの！

学者Ⅲ　＝ぜんぜん、そんなこっちゃないんだ！　苦難が現実、ということ、それだけは否定できないんだ。

学者Ⅰ　＝哲学には興起と衰亡があった……

カバリスト　＝隠秘の数字があり、秘奥の計算がある！　昔は――（ゲマトリアに言及している：筆者註）

ハシドⅠ　＝踊りこそは、力強きもの！　考える必要などはない！　知る必要もない！　からだの外《そと》に踊り出て、からだを離れなくっちゃ！

ハシドの集団＝ボム――ボム！

ハシドⅡ　＝踊りこそは、力強きもの！　あらゆる功徳がこもってるんだ！　踊れば、疑念は消えてゆく。有頂天に舞いあがる……

ハシドⅢ　＝踊りは力の強さ、というもの！　神を信じて足を踏むんだ！　霊の世界に踏みいろう。あらゆる罪が善なるわざに変わるだろう……

民衆詩人　（荒れはてた会堂を指さしながら）＝あの聖なる壁のすがたよ。勝利の日を、この目で見よう！　やがては、大なる英雄、大なる功業が訪れるんだ……

芸人《バトフン》　＝もう訪れているさ。廃墟のなかで、もたついているだけなのさ。（廃墟に向かって叫ぶ）よう、きみたち、新しいマカベア一家よ、出てきてくれたら、どうなのさ！（死を連想させる青白い光につつまれた廃墟から、殉教者たちが道をまさぐる格好で、通路のほうへ現れ出る）

殉教者たち（傲然と哀悼の詞を唱えながら、ひきずり足で会堂に向かう）＝あばらは、ぜんぶ二つに砕けた！　篩《ふるい》のように、からだじゅうは、穴だらけ……

芸人＝おう、大いなる新時代！　まっさらさらの英雄だっ！

まったく恣意的に、いくつか科白のやりとりを紹介してみたのだけれど、非常に数多い登場人物が舞台上で出会う、その取り合わせは、偶然でもなければ、でたらめでもない。交換される科白の背後では、ユダヤ人の苦難と栄光、悲歎や怨念、救世主待望や現世での背信、啓蒙思想と伝統墨守、情念優先志向と知性尊重志向、聖地帰還翹望《ぎょうぼう》と現住地への同化意識、規制（ディン）と慣例（ミンハグ）、社会主義革命と近代的順応主義、などの契機が葛藤しつつ、ときに協和の雰囲気をかもしだし、ときに非同調の気分を盛りあげる、といった効果を舞台に漂わすのが、この戯曲の特徴となっている。

これは、ポーランド・ユダヤ人集落の過去、現在にわたるほとんど全歴史を圧縮し、そのいろいろな素因を何もかも、簡潔化された韻文の科白にのせて展開してみせようとした一つの野心的な象徴劇ともいえる。なにしろ、演劇における三統一の法則などは完全に無視されているし、幽鬼たちと現実世界の人物との対話、キリスト教会の騎士や司祭の石像が、現世の人物とも冥界の人物ともとれる芸人とさし向かい、〝神〟について宗教問答をたたかわすし、また、ブロドの歌手たち（十九世紀の中期以後、洗練されたイディッシュ歌曲を、東欧各地に広めた合唱団）が登場するだんになると、ユダヤ女性たちにまじって、そのキリスト教の石像たちがいっしょに輪舞する場面も生じるのだから、ある意味では、かなり荒唐無稽の要素もはいりこんでいる。

だが、一読、乱脈をきわめているような、紛糾、錯雑のこの戯曲を、かろうじて〝狂気のうちにも筋をとおしたものにしている〟のが、芸人（バトフン）の役割を演じる人物であり、その科白は劇中で最も多く、最も長く、また、この芸人は登場してくる各種各様の人物にそれぞれ対応し、皮肉、諷刺、嘲弄、罵倒、批判、訓戒、使嗾《しそう》、激励、勧誘などの傾向や、隠喩、換喩、提喩などの表現をふくんだ言辞を自由奔放に活用しながら、もろもろの対話の進行をつかさどっている。じつにこのバトフンこそが、作者ペレツの分身なのであろう。

ここで少々脱線し、バトフンについて説明をしておきたい。モシェ・クレインの著書、『イディッシュ発達とイディッシュ文学発展の起源――十九世紀中期まで』（*Oyfkumun Antwiklung fun Yiddish un fun der Yiddish-Literatur bizn Mitn Naintzetn Yorhundert*, 1991）によると、イディッシュ文学草創期は〝吟遊詩人時代〟（シュピルマン・トクフェ）と呼ばれ、それはドイツ語の呼称を受けついでいる（しかし、ユダヤの歌人はゲットー内でしか歌うことは許されなかったから、この呼称の使用については異論がある）。ユダヤの歌人は、家庭内、会堂の庭、市場、結婚式など祝儀の場で朗唱することができるだけであった。十三世紀のラビ・エルヨフ・ベン・イツホクは、彼の時代、ユダヤ社会では、道化（レツ）、つまりふざけ屋たちが世に登場し、機智と冗談とで、世間の素朴な男女や無学の人たちを楽しませていた、という話を残している。

十六世紀には、道化が、おどけ者（ナル）、道化師（マルシャリック）に変わった。当時の道化師は、こんにちの余興芸人（バトフン）、ギャグ芸人（シュパス・マッヘル）と違い、特別の役割をもっていた。マルシャリックは中世宮廷時代の元帥（マルシャル）に由来し、舞踏会など祝儀の場で、片手に元帥杖をもち、儀式や踊りの先導をつとめたのであった。

そういった歴史的な原像をもつ道化師を、ペレツじしんが自分の分身として舞台に立たせ、複雑に揺れ動くみずからの心理や思考を、その道化（英訳ではジェスター）に仮託して表現した作品が『古い市場の一夜』なのだろう。

この戯曲そのものの時代は、世紀の転換する変わり目とその直後だと推測できるが、発表時が一九〇七年なのであれば、作者はすでに一九〇五年のロシア革命挫折の現実は知悉していたはずだ。また、そのころは、一八九七年、ヴィルナ（ヴィリニュス）で結成されたブンド（リトアニア・ポーランド・ロシア・ユダヤ人労働者総同盟の略称）の労働運動が弾圧の憂き目に遇いながらも、徐々に庶民のなかへ滲透、拡張しつつあった時代でもある。そして、また、十八世紀中期から十九世紀末期にかけては、西欧的近代性をユダヤ社会に普及、定着させることを目途としたハスカラ（啓蒙）運動がドイツで発生し、東欧に向かって広がっていた時代でもある。

ハスカラによる近代化運動の影響によって、ユダヤ教の伝統が毀損、消滅させられるのではないかという危機感から、十九世紀中葉には、さらに、ムサール運動の波が発生する。ムサールとは、ヘブライ語で〝倫理〟の意味。イディッシュでは、ムセルと発音されるのだが、この倫理的実践をめざす動きは、伝統的ハラハ（ユダヤ法）の誠実な遵守を重んじ、世俗化や物質的欲望を否定し、当時、貧困と道徳的堕落に沈淪していたユダヤ底辺層の向上を図る運動であった。

以上のような諸思潮や民衆運動が交錯し、輻輳していただけでなく、また、庶民のあいだには、十八世紀中期に、イスラエル・ベン・エリエゼル（バール・シェム・トヴとも呼ぶ）の創始したハシディズム（イディッシュではフシデスと発音）という、信仰にたいする喜悦の情念と現世の生活肯定とに重点を置き、精神的指導者ツァディク（ハシド集団のラビであり、レベと呼ぶのが正確）を絶対的に信奉する宗教集団が東欧各地に存在していた。じじつ、東欧ユダヤ人の半数はハシドだった。

『古い市場の一夜』は、これらもろもろの社会思潮や動向の一端を代表する雑多なユダヤ人が、時間の枠組を超越し、仮想空間の市場という場で遭遇し、喜怒哀楽の情感をそれぞれの言葉にのせて吐出し合い、祈念、願望、憤懣、慷慨、嘲笑、瞋恚《しんい》、貪婪《どんらん》、癡愚《ちぐ》、信仰心、さまざまな主義主張、難詰、論駁、宥恕《ゆうじょ》、和合などにかかわる言辞を発声し合う、にぎやかな対話劇でもある。極端な文言と、その反対極端の文言がとびかう、両価併存の気配も感じられる、いっぷう変わった戯曲でもある。

近代化と伝統固守、生者と死者、生本能と死の本能、ユダヤ教とキリスト教、堕罪と贖罪、信仰と棄教。反対極端を象徴する多様な人物のあいだを、道化が、終始一貫、前後左右に移動しては、彼や彼女と接触し、言葉をとりかわしているのだ。作者ペレツは、それらの言葉のなかに、時代精神のさまざまな揺れを注ぎこみ、混迷と不安定の状態にあったユダヤ社会の状況を〝近代的〟手法で表現しようと懸命に努力している。

死者　（消沈して）＝でも私たちは死んでいるんだ！
道化　＝きみは自分のニセ観念に迷わされているよ！　きみが何を信じていようと——その

信念だけが存在しているものなのさ。何であろうと、否定しさえすれば、それは雲散霧消するものなのさ。死に向かっては、否といえよ、生に向かっては、全力あげてそれを信じろよ――そうすりゃ、きみは今のままさ。誰だって、この場からきみを動かすなんて、できゃしないのさ。

終幕近くでは、つぎのような長口舌もある。

道化　（後悔の口調で、隠者に向かい）＝こんどは全くやりすぎたよ――顔をブッつけて怪我はするし！（楽師たちを見て、おびえる）行け！　沼地の家へ帰れ！　何もかもオシャカにしてやるんだ！（楽師たち、消える。道化は樋嘴のところへ行く）水を吐くのをやめろ、べらぼうめ！（空を指さす）上のほうでは、お目ざめだぜ。目玉も口も閉ざして、おれのいうことを聞け！（樋嘴、いわれたとおりにする。道化は、街路でまごついているキリスト教の石像たちに近づく）壁龕にもどれよ！　お前らの役目にだけ、くらいついてりゃいいのよ！　聞いたり見たりしたことは、何もかも忘れるんだぜ！　ゆうべは、全く日常茶飯のことがあっただけなのさ。（石像たち、命令どおりに動く。道化は会堂の屋根の風見のおんどりに向かう）お前は正しかった、お前の宣鳴は正確だったよ！　おう、鳥よ、お前は象徴そして言葉。おれの罪は大きい。もう、繰りかえしたくはない。必要とあらば、お前のためにいのちを投げだしてやろうよ！　これからおれはユダヤ連中の目をさまさせ、祈りをあげさせてやろうよ……（槌で門戸を叩く）一軒……二軒……よろしい。（歩きながら、つぎつぎ門戸を叩いてゆく）やがてまもなく、誰もかれもが、ゆうべ、おれたちの味わった死のことを思い知るだろうさ。

ユダヤ教の原理原則に執着している旧弊な隠遁者も、会堂への出入りを繰りかえしながら、しばしば対話にも参加する。

隠者　＝何もかもが空の空……（放浪のユダヤ男に出くわす）生きてゆくこと、できるのはそのことだけ。流浪すること、望むのはそのことだけ。陽のもとに、新しいものは何もない！　昔、あったもの、それはこれからだって、あるだろうよ。

放浪の男　（びっくりして）＝それでも、わしの内部で、何か新しいものが！　何かが、わしを引きずりだし、わしをうながしている。そとへ、そとへと……だけど、いったいどこに向かって、なんだろ？

物語り手　（きっぱりと）＝そいつは筋書のうちに、はいっちゃいないんだ！

演出家　（舞台の袖に登場）＝幕に注意するんだぞ！（放浪の男と隠者、いそぎ後方にしりぞく。幕が降り始める）

放浪の男　（隠者にしがみつく）＝あんたにも分からんのかい？

隠者　＝分からん！（幕、降り続ける）

道化　（幕の背後から）＝ユダヤ人よ、行け、シュル（シナゴーグ）へ！　ユダヤ人よ、行くんだ——

（作業場の汽笛が響き、あらゆる物音や動きを呑みこむ）　（幕、降りる）

終焉まぎわに、曙の光を暗示するような会話はあるものの、墓地は依然としてほの暗い霧に蔽われたまま、死者たちは忽然と墓穴にはいりこむ。道化は、朝の祈禱を唱えさせるため、ユダヤ人の家々をまわって起床をうながし、一晩じゅう壁ぎわで眠っていた夜番に向けて夜警用の笛を投げかえす。夜番はハッと目ざめ、笛を拾って退場する。

暗示、象徴を過剰に意識した、この不分明なイディッシュ劇を創作させた動機、動因は、いったい何だろう。その説明には、世紀末とその直後の時期——当時の社会情勢は既述のとおり——に、イディッシュの受けていた評価と、作者ペレツの内面で燃えていた近代化、啓蒙化への熱い精神衝動を考察しなければならない。

帝政ロシアの過酷な政治支配下にあったポーランド。衰滅寸前のポーランド貴族階級（シュラフタ）の搾取下にあったポーランド庶民層。そういった条件をもつポーランドのなかで、異民族として生き、生かされていたユダヤ人。一九〇三年、モルダヴィアのキシネフで起こった虐殺（ポグロム）をふくめ、近隣の諸領地に発生するユダヤ人迫害のかずかず。こうした状況下、ユダヤ人一般には、二重、三重の圧力を身にこうむりながら、兢々として生活していかなくてはならない側面もあった。

当時は、また、前述のように、ユダヤ知識人の層から、倫理意識や民族精神を重要視し、民族の地位向上と精神的統合をめざす啓蒙活動に進む人物たちも輩出していた。これは、ユダヤ人世界の、いわば〝文化闘争〟ともいえる現象だろう。しかし、そのころの学問、知識という精神上の糧を吸収する媒体の役を果たす言語は、ヘブライ語であり、ドイツ語その他のヨーロッパ語であった。東欧ユダヤ人の庶民層は、日常生活ではイディッシュしか使用しなかった。それは、知識人の層から、女・子供や無学のものが使う卑俗語（ジャルゴン）として、軽蔑され、嘲笑される言葉でしかなかった。単純、粗雑な、たわごとじみた言語と見なされていた。

けれども、一般大衆に向かって啓蒙運動をおし進めてゆくためには、まさにそのジャルゴンを通じて意志を伝達してゆくしか手はなかった。ために、当初、有識の人士たちは、不承不承、その粗笨な言葉によって、自分の意図するところを書き、そして発表せざるをえなかった。

皮肉な現象がいくつかある。十九世紀中期、啓蒙運動の担い手だった作家のイスロエル・アクセンフェルドやアイジック・メイル・ディックは、ハシドたちに反対する立場をとり、イディッシュを俗語として軽侮していながら、ハシディズム批判の文章を書くには、ハシドたちの専用する言語を使うほかはなく、結果として、イディッシュの言語・文学を洗練し、その発達に貢献することとなった。

右のような、ハシディズム反対のユダヤ人をミトナゲド、またはミスナゲド（反対者の意）という。ここで、また脱線するけれど、ミトナゲドがセファルディ（スペイン・ポルトガル系）の読みかた、ミスナゲドがアシュケナジ（ドイツ・東欧系）読みであり、これはヘブライ文字〝ת〟（タヴ、ソフ、トフの三様の呼びかたがある）の読みかたの違いに由来する。安息日が、サバトであろうがシャベスであろうが同じことであり、ヘブライ文字をラテン文字に翻字する方式も、まったくマチマチで統一はなく、どれが正しく、どれが誤りであるかは、問題とするにあたらない無意味な詮索なのだ。

ところで、ペレツじしん、若いころは、啓蒙家の側、つまりミトナゲド的な環境のなかに身を置いていた。先祖は十六世紀の末、ポーランドのザモシチに渡来したセファルディのマラノ（スペイン語で〝豚〟の意。キリスト教に偽装改宗したユダヤ人にたいする蔑称）だったといわれている。父親も、早くから啓蒙的、世界的思想に共鳴しており、息子の成長期には、ヘブライ語、ロシア語、ドイツ語の家庭教師を雇って息子の教育にたずさわらせた。当の息子イツホク・L・ペレツのほうは、マイモニデスの諸著作やカバラ関係の諸文書に感銘を受け、さらに、デュマ、ユゴーなどの浪漫小説をフランス語で読んでいた。

啓蒙思想、合理主義の支持者を、ヘブライ語でマスキル（知識人）と呼ぶのだが、そのマスキル家庭の娘と、ペレツは結婚し、約六年後、二十四歳のころ、その女性とゆえあって離婚し、ワルシャワからザモシチに引揚げ、そこで再婚し、それから十年間は、弁護士の仕事に従事していた。文筆活動は、そのころから本格的におこなわれ始めた。

その出自や略歴から想像できるように、彼の内部では、当然、伝統的ユダヤ思想と革新的近代精神が同棲し、角逐し、もつれあっていたと思われる。だからこそ、ペレツは『古い市場の一夜』で、破壊、建設、否定、肯定の諸傾性を包懐する言辞を撒き散らす、彼の他我としての道化を、舞台上の中心人物に据えたのであろう。

安直な終末論を下敷にして裁断するわけにもいかないし、救世主をひたむきに待望する信仰復興の受難劇とも短絡的に判定はしかねる、とにかく厄介な戯曲であることに違いはない。世紀転換期の不安（アングスト）の気配がおぞましく揺らぎ漂うなか、何か新しい型の救済、贖罪のありかたを索捜する人物像の形象化も、作者の意図のなかにはふくまれていたであろう。結果として、数多くの登場人物の、終末と再生、崩潰と萌芽の契機を同時に示唆するていの、短縮された科白が縦横に往復する一種奇妙な不条理劇ができあがったのであろう。

## 2

ペレツの戯曲が難解なのは、その科白があまりにも短縮され、簡略化されているためでもあった。『古い市場の一夜』は、すくなくとも四、五回は書き直され、H・ハルキンの英語訳は、ペレツの死後、一九二二年に発表された最終版を底本にしている。ペレツは、斧正に斧正をかさね、削除に削除を繰りかえし、みずから必要最少限と判断した言葉だけを残し、自分が納得できる最終の極限にまで、韻文の科白を短縮したのだろう。それだけ、読む側にとっては、解説の労苦が増幅されることになった、といえよう。

彼が一九〇三年に発表しているもう一つの戯曲も、発表後、四回にわたって書き改められた。これが、彼の全創作のなかで最も有名な『黄金の鎖』であり、最初はヘブライ語で書かれ、『ツァディクの家の崩壊』（*Khrbm Beys Tsadek*）の題で、ヘブライ語雑誌に発表された。イディッシュで書いた初版は、

『誘惑』（*Nisoyen*）という題であり、第二版が『黄金の鎖』の題で、一九〇七年の『世界』（*Di Velt*）誌に掲載された。これは『古い市場の一夜』の発表年とかさなっている。一九〇九年、やはり同題の『黄金の鎖』が、無韻詩（ブランク・ヴァース）で書き直され、一九一二年ごろに最終版が発表された、といわれている。ペレツは、じつに十年間、この作品の練り直しに従事したことになる。一九八六年、ニューヨーク市の「コングレス・フォア・ジュウイッシュ・カルチュア」社から出版された書物、『ハシディクと黄金の鎖』（*Khsidish un Di Goldene Keyt*）では、書籍末尾の八一ページぶんを、この戯曲の掲載に充てている。

作品は『古い市場の一夜』と異なり、起承転結の筋はこびが明確な、比較的曲折のない三幕ものであり、四世代にわたるハシディズム系統のツァディク（レベと尊称される）一家の衰頽、危機、信仰復興の推移の様態が、あるレベの住居を舞台にして演じられる。

時代は十九世紀の初期であろう。ある安息日の一日が終わりに近づこうとしている夕方、レベ・シュロイメ老人の部屋に集っているハシドたちは、これからどうしていいか、その去就を決めかね、当惑と混迷の状態で、たがいに身を寄せ合い、さかんにいい争っている。シュロイメが安息日の終結を宣言するハヴダラー（聖と俗を区別するという意味）の儀式を、いっこうにおこなおうとしないからであった。そとでは雪が強風に舞いながら降り続いている。会衆の連中は、寒さにも閉口しているし、明日からの仕事や商売の準備もあり、早く切りあげて帰宅したがっている。

しかし、神の栄光を讃美し、神の恩寵を確信し、恍惚状態で信仰の祈りをささげることが、神にたいするハシド的（敬虔）な献身の生きかたであり、そうした生きかたこそ人生肯定の究極のすがたであるという固い執念を抱いているシュロイメは、いつまでたっても、会衆に向かって説教することをやめない。

シュロイメ　＝安息日は続けなければならない！　私はやっとこをもって、安息をしっかとつかんで離さない！　……この世はあがなわれなくてはならない。シャベスは続けなければならない！　耕してはならぬ、蒔いてはならぬ、建ててはならぬ、縫ってはならぬ、商ってはならぬ……

近親者のハシド＝それじゃ、世界が崩壊するじゃないですか？

シュロイメ　＝世界は壊れなくてはならぬ！　ところが、われわれは安息の民、祝祭の民、高邁のたましいを授かるユダヤ人、破壊なんぞは超越しよう……（安息日には、超越的な浄化されたたましいが授けられる、というユダヤ教の信仰がある：筆者註）

ミリアム（シュロイメの孫で、モイシェの妻）＝レベ、どこに向かって？

シュロイメ　＝神に向かって、だ！　神に向かって、われわれは歌おう、われわれは踊ろう！……求めてはならぬ、すがってはならぬ、誇り高きわれらユダヤ人！〝もはや、われらは待てないのです〟と唱えよう！

啓蒙思潮による汚染（?）を極端に嫌悪、憎悪するシュロイメは、熱烈な没我情念が溢流させる高揚の科白を、独白調で語り続ける。〝栄光の雲の座〟とか、〝神聖な玉座〟とか、その他カバラの神秘説を連想させる言葉が、たびたび説教のなかにはいりこんでくる。シュロイメにとっては、あまりにも現世的、物質的なことがらにのみ関心を傾ける会衆の連中が、宗教的、精神的には、廃墟そのもののすがたとしか感じられないのだ。なにしろ、ハシド集団の指導者ツァディクは、俗界の信者を天界の神にとりなす絶大の権威、権限を授けられているのだから、超自然的な影響力でもって、つき従う信者たちを、聖の世界に誘導しなければ、神にたいしても、自分にたいしても安息できないのだ。

会衆の動揺と不安は、やはり続いたままであるが、孫のミリアムがシュロイメをなだめるようにして、椅子に落着かせる。会堂の役職者イスロエルが、シュロイメの息子ピンホスをうながして、ハヴダラーの儀式をおこなってもらい、そこで第一幕は終わる。

第二幕は、第一幕と同じレベの部屋ではあるが、内装は以前より荒れており、衰亡の気配が漂っている。シュロイメはすでに死亡しており、ミリアムにもやつれが目立っている。ただ、そとの庭には、のどやかな春の陽光がふりそそいでいる。

父に反逆したあげく、ツァディクの地位を継いだピンホスは、ハシディズムの狂信的側面を体現する頑強な信仰者となっているが、父親の脱自的精神至上主義は軽視している。伝統儀式に、あまりにも固執することで、狷介孤高の生活を送り、家の空気を重苦しいものにしている。信者の出入りもほとんどない。祝禱をあげてくださいといって頼む一信者にたいしても、安易には同調しない。

他の集落のハシド＝あなたは、世の中を壊してしまったんですよ！
ピンホス＝是が非でも、そうでなくちゃならないんだ！　〝わたしは火をもって、銀のように世界を浄める〟と、神もいわれたのだ！　神は風を送りこみ、風が罪という罪をぜんぶ吹き散らした……そして、嵐が歌った、茨は引き抜かれ、悪い草は枯れ果てた！

ピンホスは、一家の者をみずからの狂信的な意志に服従させようとする姿勢を固守している。ために、息子のモイシェは、かえって、気弱で、逡巡がちな、消極的な態度しかとれないでいる。加えて、モイシェの娘のレアがハスカラー思考の権化ともいえる、自然科学重視の医者ベルグマンの生きかたに心酔し、結婚するための家出も企てている。

この恋愛問題もまじえ、宗教書の勉学に余念のないヨナタン（モイシェの息子）、ピンホス、モイシェ、レア、ベルグマンにより、宗教、家系、伝統、近代科学、知性、情緒、自己犠牲、懲罰、天国、地獄、光、影、悪魔、予言者など、などの課題をめぐって討論がおこなわれる。

第三幕は、数年が経過したという設定で、場面は同じくツァディクの部屋だが、この場合はトーラの巻物を納めた聖櫃、祈禱用着衣（タレス）や雄羊の角笛（ショファル）を入れた物入れが見える。部屋は改造され、小規模なシナゴーグを連結した間取りになっている。ぜんたいに、破壊と修復の跡が歴然としている。

前幕でほとんど出入りのなかったハシドたちが登場し、多少、ツァディクの家らしい様態をとりもどしている。しかし、厄介な問題がもちあがっている。家出していたレアが帰ってきたのだが、彼女の産んだ子供が盲目であるといっては歎き、父や兄に救済を求めようとするのだった。ヨナタンはレアに向かい、お前は、知性、法律、自然科学の価値を信じるベルグマンに魅惑され、納得づくで結婚したのではなかったか、と難詰する。レアは、せめて私の顔だけでも子供に見てもらいたいんです、と痛恨の心情を披瀝する。

ヨナタン　＝レア、お前はどこから来た？
レア　＝遠いところからよ……
ヨナタン　＝どこへ行くんだ？
レア　＝あなたのところへ……
ヨナタン　＝いったい何を求めて？
レア　＝助けを求めて、よ！
ヨナタン　＝お前が――われわれに、だって？　……罪をおかして、光のほうに向かって行ったんだろう？
レア　＝光は――冷たかったのよ……とても冷たかったの……

厳然としてレアをとがめるヨナタンと、誇りも自負も失ったレアとの対話は続く。ヨナタンにそっぽを向かれたレアは、父モイシェに救済と贖罪の祈禱を乞う。モイシェは聖櫃の蓋を開いてかがみこみ、何かつぶやいて、静かに歎きの声をあげる。

モイシェ　＝お前のために私は祈ろう――私の娘で、ミリアムの娘でもあるレアのために！　私はとても弱い人間なんだから、こんなに落ちこんでいるんだから、そして、鎖のなかで一番弱い環なんだから、黄金の鎖の弱い環なんだ――父祖たちからの助けを求めよう――先祖であるあなたたちといっしょに！　父よ！　私はあなたの弱い息子のモイシェ――私は、あなたの孫娘のためにお願いする――

モイシェは過去へ過去へと遡及し、祖父から曾祖父へと救いを求め、ながながと祈りの言葉を唱えるけれども、父祖は沈黙したまま、奇跡の声は響いてこない。やがてヨナタンが父のそばに歩み寄り、父と聖櫃の中間につっ立つ。

ヨナタン　＝神を試みることは、禁じられているんだ。
モイシェ　＝レア、もうだめだよ！
レア　＝ピンホスおじいさん、ピンホスおじいさん……
驚きの声　＝鎖が切れたんだ、切れたんだ！
イスロエル＝いや、違う！　今はヨナタンがレベなんだ！
レア　＝ヨナタンが？

ミリアム　＝わたしの息子がねえ。
イスロエル＝みんなの意志だ、みんなの指名なんだ！
ミリアム　＝みんなが……
レア　　　＝そのとおり！　これからも！
ヨナタン　（決然と）＝ぼくが引き受ける（イフ・ビン）！
（幕、降りる）

ツァディク一家の父子相承の鎖は、ときには一個、二個の環が銹《さび》におかされて切れそうになる。しかし、やがて厚い箔の鍍金によって補強され、そのつながりが回復する。新しい技法で、新しい粧いの環が装着され、鎖そのものは連続性を保ってゆく。そのような影像が浮かんでくる読後の印象であった。

ユダヤ小集落の特殊な集団内で発生した、過去と近代の価値観が衝突する些細な出来事を綴った作品。ハシディズムにかかわる家庭の内輪の確執を主題にし、宗教観、世界観の瑣末な相違に焦点をしぼった、すこしややこしい戯曲。そのように片づけることもできる。

しかし、じつはすこし違う。ペレツの戯曲は、強弱さまざまな潜勢力をもつ時代精神のうねりがユダヤ社会の庶民層を揺さぶっていた、その外面と内面の多様なありようを克明に描出している彫心鏤《ちょうしんる》骨《こつ》の創作であった。作品のややこしさは、ユダヤ社会内部の屈曲した諸動向と、外部にたいする感受性の針が微妙な振幅の違いをもって揺れるペレツじしんの諸性向とが絡み合って作品がうまれたところに、そのややこしさの種子がひそんでいるのだ。

啓蒙運動の実体には、ユダヤ人が居住するその国の言語・文化を習得し、教育を充実し、世間的知識や、周囲の非ユダヤ的環境の諸様式を大きく採りいれ、その結果、ユダヤ民族の地位向上をめざす意図が内在していた。

しかし、普通の庶民すべてが啓蒙唱導者にたやすく同調するわけではない。先述のように、マスキルたちは、最初、ユダヤ人大衆に向け、意志に反してイディッシュを使いつつ、文化活動をおこなわなければならなかった。ペレツじしんも、イディッシュは芸術的に高度な創作をうみだすには適しない言語である、という不満を初期にはもっていた。しかし、ある時点から、ハシドたちの生活実態と、彼らが引き継いできている豊かな民族的伝承に触れ、それらを観察、精査するなかで、自分の描くべき真実の対象を見いだし、以後は、その言語によって創作することに精力を傾注したのだった。

とはいえ、ハシド集団について考察してみても、ことは簡単でない。ハシドたちは、その反対派であるミスナゲドたちから、セファルディの典礼によって宗教儀式をおこなっているなどの理由で破門の宣告を受けたこともあったし、代表的ハシド指導者が投獄されるという事件さえあった。両派ともにユダヤ教正統派であり、アシュケナジ系なのだから、内部の事情は、じつにややこしいといわざるをえない。

ペレツはハシディズムやハシディム（ハシドの複数形）を精細に調査研究し、それらの伝統、伝承、現実生活、深層心理などを、技法を凝らした表現で活写してみせた。このことは、散文で書かれた彼の諸短編でも、みごとに実証されている。

しかし、彼はハシディズムの信奉者ではなかった。ハシド的ではあったが、ハシドではなかった。

ハシドと非ハシドの両世界、また、近代と非近代の両精神に、あまりにも広く通交し、あまりにも深く通暁していた。そして、あまりにもさまざまな方向量（ヴェクトル）をになったユダヤ人たちの群像を舞台にのせて、さまざまな感想や意見を開陳させた彼の戯曲は、ややこしいユダヤ社会や複雑なペレツじしんの内面を反映し、昏晦《こんかい》の読後感さえ残すような結果となった。

ふたたび、しかし、ペレツはイディッシュ文学近代化の父と呼ばれてもおり、その彼の業績を範例として、後継者ともいえるD・ピンスキ、P・ヒルシュベイン、Sh・アッシュなどが、いっそうの近代化、啓蒙化の創作活動にたずさわってゆくことになる。

（一九九四）

# ユダヤ系文学の背景

## ユダヤ人とはなにか

この集（現代世界文学の発見第4『亡命とユダヤ人』解説、学藝書林、一九七〇年）のなかに、その論文「ユダヤ人憎悪の根源と変遷」を収録したエーリッヒ・カーラー（Erich Kahler: 1885-1970）が、一九六七年に『諸国家のなかにおけるユダヤ人』（*The Jews Among the Nations*）という英語版の著作を発行しているが、そのうち「ユダヤ人とはなにか?」というエッセイの冒頭につぎのような文章がある。

或る日、わたしが著名なオーストリア・ユダヤ系詩人のリチャード・ビア＝ホフマンと、反ユダヤ主義の問題を論じていたとき、彼はこういった、「彼らが私たちを憎悪したり迫害したりする事実にたいして、私はちっとも驚きはしない。けれども、私に理解しかねることは、なぜ彼らのほうでもっともっと私たちに驚きの目を向けないのか、という点です」と。

ところで、ユダヤ人の特異な現象に驚きの目を向ければ、当然、ユダヤ人の歴史にかんするなんらかの知識、ユダヤ的運命についてのなんらかの一般認識、とかかわりが生ずるであろう。そして、そのような知識や認識がありさえすれば、それほど憎悪したり迫害したりすることはありえないだろう。けれどもわたしにとってもっと驚くべき点、ときには憂慮に耐えない点は、ユダヤ人じしんが多くのばあい自分たちの歴史について健全な知識をもっていないこと、ユダヤ人じしんが自分たちの歴史の記録や、こんにちユダヤ人として現前しているという純然とした事実に驚歎の目を向けようとしないこと、自分たちがさししめす特異な現象について真の自意識をいだいていないらしいことなどである。現代という重大な時期にあって、ユダヤ人が自分たちはどういう存在であり、数千年にわたりなにを表現してきたかについて徹底した自覚をもつことは、焦眉の必要課題であると思う。

ここでわたしのいう自覚とは、或る種の偏狭なユダヤ的自己愛や自己惑溺と同一視されてはならない、たしかにそういう特徴も明白すぎるくらい存在してはいるけれども。だが、わたしの念頭においている自覚とは、わたしたちが世界を前にして、世界のために担っている特殊な責任、わたしたちじしんの歴史的存在の観念を前にして、そのために担っている責任を認識するのに必須不可欠の条件として追求さるべきものである。

カーラーもいっているように、そしてまた、サルトルも有名な論文『ユダヤ人』(*Reflexions sur la question juive*, 1947)のなかで主張するように、ユダヤ人の本質とか本性というものは、ありえないと考えるのが妥当であろう。ありうるもの、そして、ありえたものは、ユダヤ人の歴史、ユダヤ人のそこにおかれた状況だけである。

　サルトルは「ユダヤ的存在を信じている者こそ、じつはユダヤなのだ」という意味のことを書いている。これは、〝ユダヤ〟という言語記号のなかへ、自分が生理的、感情的に嫌悪する属性のすべてを投影し、そこにひとつの固定観念をつくりあげ、自分では確固不動であると誤信するその抽象観念の枠から一歩も踏み出そうとしない頑迷な人間のことであり、自分の固執する判断尺度を決して変えることなく、他者を測りつづける人間のことである。自者、他者のいずれに向かっても、人間が当然もつべきあの崇高な条件、つまり変革の条件、を認容しない、永久に凍結したような存在。そういう存在こそ、「ユダヤは存在する」と信じている者のありかただといえるだろう。彼のほうがじつは、自分で嫌悪しているつもりのまさにその属性をかかえこんでいる堕落存在なのである。

　もともと、すべてのユダヤ人に共通しており、ユダヤ人しかもっていない、というような特別な性格はありえないのだ。にもかかわらず、特殊な幻影を仮構し、膠着した前提をもとにして或る対象(民族)に向かったところから、憎悪や迫害がうまれてきたのであり、結果的にいえば、憎悪や迫害の事実が、歴史が、ユダヤ人というものを強制的に存在させるにいたったのだ。あくまでも消滅させなければならないのは、迫害や圧制の事実であって、ユダヤ人のほうではない。

　だが、歴史はつねに犠牲の羊をつくりたがる、比較的近い過去をながめるだけで、その実例をいくつも発見できるだろう。たとえば、帝政ロシア体制のもとで、一八八二年五月に発布された悪名高い「五月法」。ユダヤ人はこの法律によって、「居住地の枠」内にあっても、いっさいの村落、農村から追放されることになる。フランスでは一八九四年に、参謀本部づきのユダヤ人、ドレフュス大尉がじつは無罪であったにもかかわらず、軍事機密を漏らしたかどによって告訴される。一九一一年にも、バイリスというユダヤ人労働者が、ユダヤ教祭儀のためキリスト教徒の子供を虐殺したという嫌疑で、キエフにおいて逮捕される。そして、一九三三年以来、ナチのためユダヤ人に加えられた「冷たいポグロム（大量虐殺）」の歴史の残酷さは、あらためて書くまでもないだろう。

このようにして、ユダヤ人は好むと好まざるとに関係なく、迫害の歴史に生き残らなければならず、流浪の運命に耐えなければならず、亡命の生活を余儀なく送らなければならなかった。

彼らユダヤ人は歴史における正の遺産や負の遺産を背負い、いわば、やむをえない状況、避けることのできない状況を生き抜いてきたわけである。したがって、彼らの形成してゆく文学作品も、そのような状況と彼らの認識主体が接触しあう接点のところにうまれてきたもの、といちおう考えてよさそうだ。彼らは、あるいは強烈な自己主張をふまえて、作品のなかで自分の存在証明をあかしだてようとするだろう。あるいは外部世界の文化形態や生活様式に適応同化しようとする努力のなかで形象化をおこなうだろう。

逆説的ないいかたになるけれども、ユダヤ人はやむをえず押しつけられた反状況のなかにあったから、文学の形象化においてはかえって有利だったとみることもできるのだ。はっきりとした意味をもっている現実、厳然とした認識対象として把握できるような現実、に対決するとき、表現への志向が刺激され、作品化への希求がうみだされるものとすれば、彼らユダヤ人には、歴史、社会、身分、文化、倫理、宗教、慣習など、あらゆる人間事象の面で、外部が自分たちに敵意をいだいていればいるほど、それだけ明確に意識の対象としうる現実が存在することになるのだ。じじつ、そのような事情も作用しているのではあるまいか、ひとくちにユダヤ人の手になる作品といっても、それは思い浮かべるのに気が遠くなるほど尨大な量が書かれているのだ。

状況の面から、ユダヤ人の精神活動、文学活動についていえば、たしかに右のように概論できる。しかし、それでは一方的な見かたでしかないのであり、ユダヤ人の内面のがわから見る必要もあるだろう。いまさらいうまでもなく、ユダヤ人は二千年にもわたり、国家という政治組織体も、国土という土着の場も所有しなかったのだが、そのような具体物から無縁であっただけに、かえって同族――カーラーは部族と呼びたいらしいが――の精神的伝統に深い関心をもつことができたのだ。そして、彼らは、意識するとしないとにかかわらず、いわば目に見えない精神共同体のなかで活動することにもなるのだ。このような不可視の、定義しにくい精神共同体とどのていどかかわりをもつか、あるいはどのていどかかわりをもたないかにより、いわゆるユダヤ系作家たちの通念的なユダヤ臭の度合いが決まるのであろう。

一般的にいって、ユダヤ人の境位は、或る国家内における村落共同体の成員、或る都市におけるゲットー（隔離居住区）の住人、というかたちをとっていた。これは現代ふうにいうなら、一種の国内亡命者のすがたである。あるいは、それを疎外された者のすがたともいえよう。そして、疎外とは言葉の素朴な意味において、或るもののそとに立たされることだ。いやおうなく或るもののそとに立たされた者が、その対立存在を不可避的に、不必要なほど強く意識せざるをえないのは当然のことだろう。だから、ユダヤ系作家の作品ではつねに周辺にたいして気を配る傾性が濃厚であり、同時にそういった傾向と対応するように、自己を深く配慮する姿勢が目だってくるのだ。彼らの作品のなかに、自己苦行、自己内省、自己防衛などのモチーフを見いだすことはきわめてかんたんであり、あるいはその裏がえしとして自己犠牲、自己諷刺、自己宣伝などのモチーフを発見することもまた容易である。本集におさめた、ヨーゼフ・ロート（Joseph Roth: 1894-1939）の「放浪のユダヤ人」（*Juden auf Wanderschaft*, 1927）なども、ヨーロッパ全域のユダヤ人分布図のなかで、自己の位置を確認しておこうという配慮から書かれている。

いずれにしても、ユダヤ系の作家は外部からのやむをえない圧力を受けとめながら作品をえがく。それら作品は彼らの自己投影として外部のほうへ投げかえされる。その投影を受けた外部は、ふたたび微妙に変異した圧力を彼らにはねかえす。このような連鎖反応の過程が、ユダヤ人とその周縁とが相互に関連しあう対応図なのである。いわゆる非ユダヤ人《ジェンタイル》がユダヤ人をどのように判断、解釈したか、どのような対応感情をいだいたか、その一端を垣間見るために、ここではマーク・トウェイン（Mark Twain: 1835-1910）のエッセイ「ユダヤ人について」（"Concerning the Jews", 1896）と、ルイ・フェルディナン・セリーヌ（Louis-Ferdinand Céline: 1894-1961）のパンフレット的エッセイ集『死体派』（"L'École des Cadavres", 1938）の一部を抄録した。

前者は七十年以上もまえに発表されたものだが、トウェイン特異の皮肉やユーモアをまじえながら、いわば好意的《プロ》な視点で、いくつかのユダヤ人にかんする具体問題を未来的に論じているけれども、その炯眼な洞察はこんにちにおいていささかも古びていないような気がする。後者は悪夢的な状況のなかからうまれた、もちろん反対的《コン》視点による、ユダヤ人攻撃の一種のアジプロ的文章だけれども、そこには反コミュニズム感情、反アメリカ感情も根づよくからみあっており、単純に、ユダヤ人の人種や宗教に向かって投じられた憎悪だと割りきることのできない複雑怪奇さがただよっている。

ユダヤ人の国外亡命一般について語る資格は、私にまったくない。さまざまな個々のケースが思い浮かべられるだけだ。ここでもまた、ユダヤ人特有の亡命の様態などは想像できない。あるいは、ウクライナのヘブライ詩人ビアリクや、かつてオーストリアの小説家だったS・Y・アグノンのように、流浪の志向とシオニズム的動因から、早期にイスラエルの土地に避難した作家もいる。あるいは、ショロム・アレイヘム、ショレム・アッシュ、イスラエル・ヨシュア・シンガーなど、いわゆる東欧のイディッシュ作家のように、ロシアやポーランドの激動を避けてアメリカやイギリスに亡命した者もいる。あるいは、周知のように《第三帝国》の圧迫によって、ドイツやオーストリアなどの諸国から脱出しなければならなかったユダヤ系作家の数はきわめて多い。さらにいえば、アイザック・バーベリ、ペレツ・マルキッシュなど一群のソヴィエト＝イディッシュ作家は、一九四八年ごろ（?）にスターリン粛正により、文字どおり命を亡くしているのだ。

だが、このように羅列してみたからといって、亡命とはなにか、ユダヤ人における亡命の文学とはなにか、という問いにたいする結論がかんたんにみちびきだせるものではない。その困難さに関連し、ここにM・ライヒ＝ラニツキの編集した、亡命作家たちもふくまれている短編アンソロジー『やむを得なかった歴史』（学藝書林）から、編者のあとがきを引用しておこう。

今日でも一九三三年から四五年の時期のドイツの文学の二分ということがよくひき合いにださ

れる。多くのことがこの見解の正しさを証明しているし、少なくともぼくらはそのおかげでひとつの快適で見通しのきく図式をもつことができる。また事実もしぼくらが《第三帝国》内の作家と亡命中の作家の生活条件や仕事の可能性をたがいに比較しようとしたりしたら、それこそ理不尽なことであろう。それぞれ違う前提、違う体験と経験は、また違う結果をひきださずにいなかったのである。（中略）

いずれにしろこの《やむを得なかった物語一九三三－四五》をみるときここには、文学的生命の暴力的なひき裂きにもかかわらず、またドイツのそして一九三八年以降はオーストリアの文学的社会がみまわれたテロにもかかわらず、ともかくなにか意義あることを、あるいは少なくとも、とりあげるにたることを――その故郷においてであれ、追放先においてであれ――なしとげることのできた作家たちの仕事において、分割するものよりもっと強く共通なものが前面にあらわれてくるのである。すでに一九三六年にトーマス・マンは、手ごろな、しかし表面的な分割という考え方にたいし警告を発している。「……だからドイツの亡命した文学と亡命しなかった文学とのあいだにそうやすやすと国境はひけないのだ。この国境は、知的な意味では、国家のそれとそのまま重ならないのである」（中野孝次訳）

ドイツ文学のみにかぎっても、このように安易な範疇化はいましめられている。とすれば、ましてやユダヤ人と非ユダヤ人のあいだにおける亡命の相違を、また、おなじユダヤ人のなかにあっても、いわばナショナルな社会主義からシオンを目ざした人間と、インターナショナルな社会主義の立場から亡命を決意した人間と、あるいは、個の自由と尊厳を擁護するためにみずから追放の境涯をえらんだ人間と、それらの相違をあげつらうことはただ煩瑣の一語につきるだろう。

しかし、ここで単純化の危険をおそれずにいえば、イスラエル国家が建設された現在にあっても、世界に分散したユダヤ人が一種の二重国籍者としてのモメントをかかえもっていることは否定できない。そして、なにも黙示録的ないいかたをするわけではないが、万が一にも、彼らをとりまく状況がきわめて異常な状態におちいったとき、この追放されてあるモメント、いわば潜在的な亡命のモメントが表面化しない、という保証はどこにもない。この問題をもっと先取りしていえば、つぎのようなことも考えられる。つまり、さきに触れたように、じっさいにはユダヤ人の〝本質〟などありえないのだけれども、異常な状況のもとで、偏見に満ちた迫害、差別、嫌厭の事実が、或る特定の人間にたいしてつきつけられるなら、そこには新しいかたちの〝ユダヤ人〟がでっちあげられてゆくかもしれず、ふたたび架空のユダヤ的本質が捏造されるかもしれないということである。私たちが警戒しなければならないのは、そのような現象であろう。

だが、それにしても、また新たな問いが発生してくる。それは彼らユダヤ人の人種としての中核的意識の消衰、実体喪失の問題だ。彼らは世界各国にちらばって、その国のいわば市民論理のうちに生きてはいるが、かならずしも全面的にそれらの国に同化しきることもできない。なにかそこには、一種の根なし草的な、国籍喪失者的な契機がのこっているのだ。しかし、こうした人種的な痕跡のしるしを、いちがいに固陋な意識だときめつけるわけにもいかないのである。かつてイギリスのユダヤ系作家、アーノルド・ウェスカーは「私はユダヤ人であり、ユダヤ人であると感じている。そして、私はユダヤ人であるから、ユダヤ的に感じ、ユダヤ的に書くのだ」といいながら、いっぽうで、「最近のイスラエル旅行ちゅうに私の苦しんだ最大の不満は、その国において、けっきょく私はひとりの外国人であると感じたことだ」と洩らしたことがある。このようにユダヤ系作家における「血」と「根」の領域は、かんたんには境界線をもって分断できないけれども、あえていえば、そのような振幅をもった精神の振子運動こそが濃密な文学作品をうみだすこともじじつであろう。

そして、これはおもにアメリカについていえるのだけれども、ユダヤ系作家の実体とその喪失にかんし、ひじょうに興味ある現象がみられる。つまり、ユダヤ系作家たちが自己のうちにまつわりついている人種性を外部に向かって切り売りし、伝統的な自己の存在証明を徐々に喪失していったそのあいだに、こんどはアメリカの外部社会のほうが、いってみれば〝ユダヤ的〟な状況の衣裳を身にまとうようになっていった現象だ。現代のような後期産業社会の諸傾向が高度に進行したアメリカ社会では、どのような作家、思想家も、社会によっていっそう理解され、いっそう組みいれられてゆく形勢が増大する。そして、ついには疎外という状況さえが待ちのぞまれる対象に化してしまう。疎外という仮面をかぶった順応のすがたが問いなおされはじめる。やや飛躍めいた表現だが、ユダヤ性とアメリカの社会性は奇妙にも重なりあってきたのだ。現在のアメリカでユダヤ系作家たちが活躍している大きな一因はそのあたりにあるといえよう。

そういった趨勢を肯定的に利用した、というより、さらに一歩超越した位置から、いわゆるユダヤ的な条件——しかし、ほんとうは頑固な思考一般——を鋭く諷刺するフィリップ・ロスの「ユダヤ人の改宗」（"The Conversion of the Jews", 1959）といった作品が書かれているのも現状である。

あるいは、またいっぽうで、「人種意識は階級意識に対立する」という観点もある。すべての不合理な差別を消滅させるためには、階級革命の意識に徹することで、少数者的な人種意識はのりこえなければならない、という考えかただ。ルーマニアからアメリカへ避難してきた両親のもとで、ニューヨークのユダヤ・ゲットーつまりイースト・サイドに育ったマイケル・ゴールドは、貧民街の汚辱にまみれながら、しだいに階級意識を高揚させてゆく過程を『金なきユダヤ人』(*Jews Without Money*, 1930)にえがきこんでいる。

一九三五年にナチの暴圧をのがれてアメリカに亡命したアイザック・シンガーはニューヨークに居住しながら、イディッシュ語でしか書かない奇現象的な存在だ。しかも、えがく対象はほとんどすべてポーランドのユダヤ村落共同体のすがたである。『父の法廷』(*In My Father's Court*, 1966 英語版)は、ラビ職にある父の家——ユダヤ小村落ではラビの家が、その共同体の宗教・民事裁判所を兼ねる——を中心にひろげられる人間のうごきを回想録ふうにつづった物語だが、本集には第一次大戦の勃発によってシンガーの家庭が離散と流動につきうごかされる経緯に触れた、さいごの約三分の一の部分だけを訳載した。イディッシュ文学の父祖のひとりと称されるI・L・ペレツの「死の町」は、ユダヤ共同体に向かって啓蒙的な作品をのこした彼の、ブラック・ユーモア的なにおいもある原型的短編として収録したものである。

さいしょに引用したカーラーの文章にもあるように、私たちがユダヤ人の文学についてなんらかの認識をもつということが、けっきょくは特定の対象にたいする偏見を消去させる道に通ずるのではないか、と私は考えている。ユダヤ人にかんするおぞましい独断や先入観は、ユダヤ人のがわの自覚とユダヤ人以外のがわの自覚とがたがいに対面しあう場において、つまり、たがいに自覚しあった人間と人間との向きあう場において、あとかたもなく消散すべきものであると思う。

（一九七〇）

## ニューヨークのハシド派ユダヤ人

――リス・ハリス『聖なる日々――あるハシド家庭の世界』

かなり以前のことになるけれども、アメリカのユダヤ系作家アイザック・B・シンガーが、「極端なユダヤ人」と題して、『ハーパーズ・マガジン』誌の一九六七年四月号に短文を載せ、ニューヨーク市ウィリアムズバーグ地区のユダヤ教ハシドたちの集団《コミュニティ》の宗教信条や生活様式について若干の紹介と感想を述べたことがある。

「私の目のまえに、ニューヨーク・ブルックリンのウィリアムズバーグ地区の信仰厚いユダヤ人の写真が数十葉ある。毛皮縁《ぶち》のラビ帽、長い外套、豊かなあごひげ、揉みあげの毛髪、若いころの私がワルシャワにいた時でさえ、すでに時代遅れのものだったかつらやボンネットをかぶった女性たち、などが写っている。こうした姿の人たちを眺めると、ユダヤ人であれ、非ユダヤ人であれ、そんな姿はいったいどんな意義をもっているのだろうか？ と知りたがるのではなかろうか。……何か特殊なユダヤ人セクトに所属しているのだろうか？ 改革派《リフォーム》でもない、保守派《コンサーヴァティヴ》でもない。正統派《オーソドックス》の礼拝に集《つど》うユダヤ人さえこんな服装ではない——とすれば、これらの人たちはどんな集団に所属しているのだろう?……」という疑問から、シンガーは筆を起こしている。

シンガーの叙述では、ナポレオン戦争のあと、ユダヤ人世界に訪れた解放、啓蒙、同化の風潮によって、大多数のユダヤ人は近代化、世俗化されたユダヤ教の教線に沿って、その生活様式を変移させることになるけれども、ハシディム(ハシドはヘブライ語で〝敬虔な人〟の意味。ハシディムはハシドの複数形)は、そうした動向をあくまでも否定、排斥し、その趨勢に対立する信仰生活を厳守しているのであり、彼らハシディムにとっては、コミュニスト、自由思想のシオニスト、改革派や保守派の宗団に属する会衆、そしてイスラエル・ユダヤ人も、真のユダヤ慣習を実行しないで、それを改変しようとしているから、すべては異端者である、ということになる。ハシディムにとってはユダヤ社会内部と外部の双方から危険が迫っているので二重の警戒が必要となる。どちらに妥協しても、たちまち放縦、同化の過程に陥没してしまう。だから、彼らはその歴史的役割を維持し、自分たちの生活様式を継承する世代を育成するため、いっそう厳格な手段をえらびとらなければならないのである。

そういう事情だから、シンガーは、「世俗的ユダヤ人が短い衣服をまとうなら、敬虔なユダヤ人は長外套の着用を固守しなければならない。世俗的ユダヤ人があごひげや揉みあげ髪を刈ってしまうのだから、ハシディムができるだけそれを長く伸ばさなくてはならないわけだ」と説明の文を結んでいる。

私は、やはり以前のことだが、ハイム・ポトクの小説 *The Chosen*, 1967(邦訳『選ばれしもの』早川書房、一九七一年)を翻訳したとき、それがユダヤ教正統派の家庭の少年とハシド派の家庭の少年との曲折した交友関係を描いた教養小説であり、おそらくアメリカ小説としては最初にハシディムの家庭を詳しくとりいれた作品だったので、五里霧中ながら、手もとのユダヤ百科事典やユダヤ教解説書を参考にした記憶がある。また、ハシディムが所依とする教義的原理のハシディズムは、本来、十七世紀後期のサバタイ・ツヴィなどに具現される偽メシア思想の反措定として発生し、その基礎には、ラビ・イサク・ルリア（Isaac S. Luria: 1534-72）を代表とする後期カバラ神秘思想が存在している、とされているので、少しばかりカバラ関連の文献に当ってみた経験もある。

しかし、玄妙、錯雑にして、霞に巻かれたような夢幻性をもつカバラ思想への理解は、自分じしんの非力のため、いまだその縁辺をはかなく迷走しているにすぎない状態にいるが、それはひとまず措くとしても、ハシディム集団なるものの興起盛衰の具体的な実態を解説し、ともかくも把捉し易い知識としてこちらに提供してくれるような文章に出会うことすらなかった。いってみれば、シンガーの文章「極端なユダヤ人」も、部外者の位置からウィリアムズバーグ地区のハシド派を観念的に望見したものにすぎず、また、極めて丁寧懇切で、自伝的要素もまじる平明なユダヤ教紹介書ともいえるハーマン・ウォークの『ユダヤ教を語る』（*This Is My God*, 1959）にしても、ハシディムについては、僅か二ページ少しの記述しかないのだった。

ところが、昨一九八五年の暮、リス・ハリス（Lis Harris）という女性の筆による『聖なる日々――あるハシド家庭の世界』（*Holy Days–The World of a Hasidic Family*, 266pp, Summit Books）が発行され、有難いことに、ブルックリンのある大学で教職に就いている私の友人が、その本を今年のはじめ、航空便で送ってきてくれた。いままでハシディム集団の実情については一知半解の域にとどまっていただけの私は、夏休暇のあいだにこの本を通読したあと、少なからぬ満足感を覚えることができた。というのは、通常のアプローチでは到底、気やすく参入することのできない、外にたいして頑なに閉じられた、一種の異様な宗教集団の家庭と、数年にわたって交際をつづけた著者ハリス女史の、微にいり細にわたる探訪の文章が、ハシディムの歴史や生活や信条について、私の目を大きく開いてくれたし、同時に、かつてハシディムを素材にとって創作されたいくつかの小説について、その背景や含意の把握をいっそう深めてくれたのだから。

「世俗的ユダヤ人のわたしは、ユダヤ人ではあるが、長年のあいだ、ハシディムは探ってみたい秘密の部分であるという感じを抱いていた」と言明するハリス女史は、つてを通じて、ブルックリンのクラウン・ハイツに居住するルバヴィチャー・ハシドで、彫金師を職としているモシェ・コニッグスバーグ氏の家族と接触することに成功する。外部の社会からはいりこんで、観察や詮索の目を働かすような人間は、ＫＧＢ諜報部員ではないかと警戒されかねない閉集団の世界であるにもかかわらず、なのである。白ロシアの一地域に結団の起源をもつこのルバヴィチャー・ハシディムは、東欧、白ロシア、ガリチア、ウクライナなどの各地に点在するシュテトル（ユダヤ小村落）のそれぞれの拠点である地名を冠して呼称される数十のハシディム集団のなかのひとつで、最も数多くの信奉者を擁する一派といわれ、十八世紀、シュネウル・ザルマンを始祖として発足し、六代目の指導者《ツァディク》のとき、反セム主義の迫害を避けて、一九四〇年にクラウン・ハイツに亡命、移住してきた集団なのである。

ちなみに、この一派は、ゲルショム・ショーレム著『カバラとその象徴的表現』（小岸昭・岡部仁訳、法政大学出版局、一九八五年）のなかで、「ユダヤ教神秘主義から例をあげるとすれば、白ロシア・ハシディズムのハバド派の有名な宗教冊子《トラクト》に見られる、陶酔と忘我の諸段階についてのハシディズム的カバラの分析が同じ様相を呈している」と紹介されたそのハバド派の教義を継承、遵守している集団のことで、ハバドとはヘブライ語の英知《ホフマ》、理解《ビナ》、知識《ダアト》のアクロニムであるという。また、マーティン・ブーバーの著書『ハシディズム』（平石善司訳、みすず書房、一九六九年）では、「ハシディズムのもっとも重要な体系家ラビ・シュネウル・ザルマンは祭儀律法の著者であった」という記述もある。

が、それはともかく、先祖が一八七〇年代にロシアから移民としてアメリカ東北部に渡来し、いまではアメリカ的様式に同化しているユダヤ家庭の出身であるハリス女史は、旺盛な知的好奇心と、自分の血族のルーツを致《きわ》めようとする強い意欲に駆られ、マンハッタンの自宅からクラウン・ハイツのハシド家庭に足繁く通《かよ》って交際を深めてゆく。コニッグスバーグ夫妻も、祭日や集会などの行事にわだかまりなく女史を招待する。こうして、女史は安息日《サバス》、過越し祭《パス・オーヴァ》の聖餐《セデル》、新年の祭《ローシュ・ハシャナ》、贖・罪の日《ヨム・キプール》、仮庵の祭《スッコート》、律法の祝典《シムハット・トーラ》、男性嬰児の割礼、結婚式、レベ《ツァディク》と尊称される七代目の指導者メナヘム・シュニァソンの説教集会《ファルブレンゲンス》などを、ハシディムの人たちと一緒に体験し、それらの行事や儀式の進行過程をつぶさに記述してゆく。彼女がいわば局外の人間であるだけに、ハシディムの宗教慣行が珍しく新しい現象として捉えられており、その詳細な観察の文章を読んでいると、一種の異質、異様な世界、フィクションの世界を案内されているような気持ちにさえさせられる。そういった部分は、昨今、流行のニュー・ジャーナリズムのジャンルに属する秀作と称しても過言ではない。

じじつ、彼女はコニッグスバーグ家のモシェとシェイナの夫妻に、挑戦的な質問をつぎつぎとぶつけて解答を求め、相手側の宗教信念を披瀝させ、閉じられた宗教共同体の人間像を浮き彫りし、ニュー・ジャーナリズムのめざす、作品のドラマ化という点にも成功している。例えば、律法《トーラ》とハシディズム信条以外に真理はないと確信しているモシェとの対話。

「ところで、役に立ちそうな、とお思いのハシディズムにかんする本がありますでしょうか？」と女史。

「ありませんね」とモシェ。

「ないんですって！　ねえ、どういう意味ですの？　ハシディズムについて書かれた本は、何百もごぞんじなのに」

「ハシディズムのことを書いた本は、いつも事実を曲げてるんです。いいかげんなやりかたで、真理を歪曲し、変更してるんです。……」

また、ハシディムの会堂《シナゴーグ》で男女の席が厳格に峻別されている規制に関連し、これは女性蔑視の現象ではないかと疑惑を投げかける女史にむかい、主婦のシェイナは、「……シナゴーグがユダヤ的生活の中心ではないのよ。家庭が中心なの。しかも、このコミュニティにいるたくさんの女性がね、家庭の陰に身をひそめているわけじゃないってこと、あなたにもおわかりのはずよ。……わたしたち女が行なってること、その多くは人目につかないだけなのよ。でも、わたしたちの人生では、〝人目につかない《プライヴ》〟ことは、〝地位が低い《インフェリア》〟ってことじゃないんだわ」と応じている。

ことほどさように、鞏固なハシディズム信仰に裏打ちされたモシェ夫妻の応答は、何かにつけ、いくぶん意地の悪い懐疑的な質問をむけるハリス女史にたいし、とりつく島もないほど毅然とした揺るぎない態度と語調で表明されてゆく。しかし、探究の熱意に強くつき動かされている女史は、あくまでも肉薄の姿勢をくずさず、平静、慎重にハシディムの生活慣習の内奥に身をひたそうと努力している。

その結果、正統派の宗規によると、女性は月のものの生理現象が終わったあと、儀式沐浴《ミクヴェ》で身を〝清め〟なくてはならないという戒律があるのを知っている女史は、新しく建てかえられた儀式浴場に赴いて、みずから〝みそぎ〟の儀式を体験してみるのだ。その入浴の繁雑かつ厳密きわまりない手続きを克明に記録してゆく緻密なルポルタージュの個所は、まことに圧巻の文章であり、読む者に直接、肌で味わうような鮮明な臨場感を湧きあがらせてくれる。雨水と水道水を半々に混ぜあわせたお湯の浴槽は、エデンの川の象徴であり、彼女はそこに裸の全身を沈めて胎児の姿勢をとり、昔、同じ儀式に参入したであろう祖母のことや、かつてわが子宮内に同じ格好でサスペンドしていたわが息子のことに思いを及ぼすのである。ユダヤ律法は三つの範疇、〝判決〟、〝証明〟、〝命令〟に分別され、〝判決〟はひとびとに殺生、詐偽、偸盗《ちゅうとう》を犯させず、調和の共同生活を営ましめるための倫理的な法であり、〝証明〟はユダヤ人に生活上の中心的な真理を銘記させる儀式と祭日のこと、また、〝命令〟は、飲食律《カシュルート》と同じく、明らかな理由こそ示されてはいないが、とにかく神の戒律として従うべき法とされている。そして、彼女が実践した儀式沐浴はこの最後の範疇に属していたわけである。

ハリス女史は、域外の人間からすれば奇異とも頑固とも感じられるハシディムの生態を詳しく具体的に紹介し、一種の秘められた世界の内情をたんに読者側に開示しているだけではない。ヘブライ語もイディッシュも知らずに、熱い知的好奇心からこの集団に接近していったにすぎない、と洩らしてはいるものの、やはり、雑誌『ニューヨーカー』のスタッフ・ライターという彼女の職能がら、ハシディズムにかんする著書は相当幅広く読破したあげく、かなり深い造詣をもっていて、本書『聖なる日々』の各個所に、ユダヤ神秘思想、ハシディズムの歴史的流れ、ルバヴィチャー・ハシディムの家系《ダイナスティ》などについて、解説、感想、批評の文章を織りこみながら敍述を進めているのだが、それらの発言がハシディム世界のなかで直接に体得された現実感によって補強され、いっそう読みでのある効果を打ちだしている点は、大いに称揚できる特徴であろう。

論議にかかわる記述のなかで、ハリス女史がハシディムの成員そのひとの思考・信仰を代弁している個所には、ものの考えかた、受けとりかたについて、刺激や啓発の火花を放射してくるような言説もあった。例えば、ハシディムの思想と伝説について二十世紀最大の普及者であるマーティン・ブーバーも、クラウン・ハイツの住人たちにかかっては、ベシュト（本格的なハシディム宗団の最初の創設者）の神託も、ハシディズムの本質も誤って解釈し、伝説の面を余りにも強調しすぎ、カバラ教義の面を余りにも軽視している人物にすぎない、ということになる。その点は、神秘思想研究の碩学ゲルショム・ショーレムも意見が一致しており、ブーバーの解釈では、ハシディムが歓喜を見いだすのは〝世界そのまま、人生そのまま、人生の時々刻々のなか〟ということになっているが、それこそブーバーの弱点である、ときびしく指摘している。ショーレムの論評はさらに続き、「歓喜を見いだすのに利用される方法は、人生そのままから神の永遠の生命を抽出、いってみれば蒸留することだ。歓喜されるべきは、はかなく流れさる〝いま、ここ〟の現実ではなく、超越せるものの永久的統一と存在なのである。ブーバーが呈示しているのは、何がなされるべきかの教えを認識せず、強い緊張性をもっぱら強調するようなハシディズムであり、したがってハシディムにとっては一切を意味するトーラや戒律への言及が、ブーバーの表現では極めて曖昧なものになっている」と判定している。ハリス女史はこの論説を引用したうえ、自分では、ハシディムの生活を観察したところ、ショーレムの見解のほうが当を得ているようだ、と述懐するのだけれど、そのショーレムでさえ、ハシディムにいわせると、彼の無秩序《アナーキック》な知性のゆえに嫌悪すべき人物なのだそうである。

なにか面倒でややこしい感じがしないでもないが、それでも、神秘思想の学究・ハリス女史・ハシディムそれぞれの思考をめぐる関係図式が漠然とながらも想起できるのは、本書のもたらす功徳のひとつにはちがいない。

現代のアメリカ社会で生活していながら、十八世紀以来の信仰形態を固守し、世俗社会の価値観を峻拒し、献身的な集団連帯意識の防壁内に生きるハシディムのありようは、いわば反・文化、反・現実の体現であるわけだが、ユダヤ系アメリカ人のほとんどはそのような生活様式を採ってはいないのである。だとすれば、彼らハシディムにとって、現代文化の諸観念、個性というものについての概念、また、ユダヤ神秘思想を世俗化してみせることに成功したといわれる非ユダヤ的ユダヤ人のフロイトなどは、いったいどう映るのであろうか？　当然のことながら、女史はそうした疑問も提出している。

この疑問に関連して男権や女権の問題に言及する女史は、ユダヤ社会では伝統的に〝家事の女神〟的な座をあたえられていたがために、かえって精神面では、女性が、あの有名な〝ユダヤの母親《イディッシェ・マメ》〟という冗談の標的にされたのではあるまいか、と推論する（これはつまり、ヘンリ・ロスの『眠りと呼んで』

や、B・J・フリードマンの『母のキス』などに描かれた、アメリカ社会のなかで場ちがいな、ぎごちない生きかたをしたり、息子に倒錯した愛情をそそぐユダヤ母親像に反映されている）。

同じように、男性の場合も、往時、ヨーロッパで、若いタルムード学者が研鑽の旅の途上にあるとき、安息の日《サバス》には、見知らぬ人から宿や食事を提供される慣習があったけれど、これも冗談めいた〝ユダヤの貴公子《プリンス》〟像をうみだす温床だったのだろうか、と自問したうえで、「多数のユダヤ人読者がフィリップ・ロスの『ポートノイの不満』――前述のふたつの原型にあてられたびっくり館《ファン・ハウス》の鏡――を面白がり、興味をそそられるのはなぜだろう」と文章を結んでいる。

フロイトについては、ジョン・M・カッディ（John M. Cuddihy）の著書『礼儀の試練』（*The Ordeal of Civility*, 1974）を援用し、「非ユダヤ人のリビドーである秘奥の自我も、ユダヤ人のそれも全然、同じものであり、ディアスポラの境界線はもっとも逆行的な反セム文化圏いがいではまったく見いだし難い、とフロイトは明言して、自分の民族の孤立を永久に克服したのである。ヨーロッパの心理上の賤民《パリア》であるYid（ユダヤ人）は、こうして万人の社会的賤民《パリア》である id になった。フロイトは非ユダヤ人の人格構造のなかに id-Yid の素因を入れこみ、あらゆる非ユダヤ人を〝名誉あるユダヤ人〟に転向させることで、非ユダヤ社会の不透明さを払拭したわけである」という愉快な理屈を紹介している。

しかし、有限なものから無限なものをつかみとる精神運動に大きな力点をおくショーレムの言説や、リビドー説を人類一般に適用したフロイトの解放理論を、ハシディムの心性解析の手段として利用し、ハシディズム思想におけるアーキタイプや、集団・個性にたいする観念をどれほど定義づけしたからといっても、ハシディム側からいわせれば、それらは神の意志を曲解し、倒錯させた定義にすぎないとして、にべもなく反撥されるのがオチで、その点はハリス女史も認めている。したがって、女史がつね日ごろ抱いていた疑問——I・B・シンガーやその他のユダヤ系作家が好んで描く、ハシディム世界の極端、法外、愚昧で過敏症の狂気じみた人物像の性格にかんする疑問——を、あるルバヴィチャー・ハシドに向けたときも、「それは手の込んだ想像力の作りごとです。そんな人物がどこにいるというんです？」と逆に反問されるだけで、結局、ハシディムにとっては、シンガーもゲルショム・ショーレムと同様に、無秩序《アナーキック》で、いっそうたちが悪く、ハシディムの秘密を不敬な態度で物語る小説家として片づけられてしまうのである。これは、部外者側の視点からすればクレイジーと観じられる集団も、当の集団内の規準から見れば、かえって外側のほうがミシュゲー《ミシュゲー》に映るという事情のあらわれかもしれない。

話はちょっと国内のことにとぶけれど、今年一月、米谷ふみ子氏が「過越しの祭」で芥川賞を受賞した。この小説で、女主人公の〝わたし〟は、夫の実家であるユダヤ家庭の過越し祭・聖餐に招待される。食事のあいだに行なわれる「奇妙な仕来り《しきた》」に、〝わたし〟は釈然としない異和感を味わされ、その鬱屈した心情の描出が作品ちゅうに頻出するが、もし、その実家がハシディムの家庭だったら、〝わたし〟の感情と仕来りの奇妙さとの軋轢、相克はいっそう熾烈なものになるだろうに、というあらぬ想像を抱きながら、私は米谷氏の小説を読んだ。

とにかく、ハリス女史は主としてルバヴィチャー集団のこまかな内実を探訪記録にものしてくれたわけではあるが、記録はそれだけにとどまらず、他の諸集団、つまり、奇蹟の現出に重きをおくベルツァー派、秘法を中心的に考えるブラツラヴァー派、戦闘的ウルトラ正統派ともいえるサトマラー派などの知識提供にもやぶさかではない。そうした配慮のおかげで、私は、ハシディムの指導者《ツァディク》がなぜgrand rabbiとかwonder rabbiと英語で呼称されるのか、その所以も知りえたし、さらに、サトマラーの成員によってルバヴィチャーの成員に加えられる肉体的暴行事件の記述などには瞠目せざるをえなかった。それは、ルバヴィチャー派の進出に嫉妬と憎悪の念を燃やすサトマラーの連中が、現在のニューヨーク内で、対立派の一ラビの事務所を襲って破壊し、そのラビのあごひげを切り取ってしまう事件である。同じウルトラ正統派どうしでありながら、このサトマラー派はイスラエルの独立を承認せず、したがって反シオニストであり、反啓蒙主義《ハスカラ》で、ひたすらメシア待望の教線で行動し、他派との協調を否定する過激ハシディム集団のようだ。冒頭で紹介したシンガーの「極端なユダヤ人」とは、ウィリアムズバーグ地区を拠点にするこのサトマラー派だったのであり、ひとくちにアメリカ・ユダヤ人の正統派と呼ばれる宗団についても、それを概括化することの困難さを痛感させられた。

このような背景がわかってきたからといっても、それは小説の鑑賞にとっては無用無縁のことかもしれない。が、それでも、フィリップ・ロスの「狂信者イーライ」は、ルバヴィチャー派がアメリカ渡来の初期のころ、ニューアークにヘデル（ヘブライ初等教育の学校）を開いたときの奇現象を作品化したものであろうとか、マーク・ヘルプリンの「エリス島」で、マンハッタンに架かる橋の上を、法悦にひたって歓喜乱舞しながら行進するハシディムの情景が描かれているのは、サトマラー派の行態から示唆を受けたのではあるまいかとか、具体に即した推測のよすがをあたえ、作品にたいする現実感を深めてくれたのも本書だった。

そのほか、ハリス女史がさまざまな祭儀に参加したときの儀礼の意義を逐一、解説したり、また、ハシディズムの根底に奥深く秘蔵されている思想――イサク・ルリアの〝神の光〟の収縮説《ツィムツム》、十のセフィロート（神の属性またはエネルギー本質）の秘的概念などを平明に叙述したりしている文章を読むとき、私としては、日本の密教や修験道における教学、修法、あるいは一遍智真に随従する時衆の遊行、また、ヴァスバンドゥの宇宙論における器世間（自然界）の所説などをなんとなく連想させられ、ハシディズムとこれらの事象との比較考量の作業に好奇心をそそられるのだが、いまは、その能力の幅も、時間の余裕もなく、いたずらに他日を期したいという気持ちで終わるしかない。

（一九八六）

# Ⅱ

稲田武彦

# ユダヤのアイデンティティ

# バーナード・マラマッドの世界
## ——苦難とマジック・イマジネーション

バーナード・マラマッド（Bernard Malamud: 1914-86）は最近の短編「抽出しのなかの男」（"Man in the Drawer"『アトランティック』誌、一九六八年四月号）で、ソ連を旅行するアメリカのユダヤ系作家と、タクシーの運転手をアルバイトにしながら作品を書いているやはりユダヤ系の男の話を扱っているが、作者自身去る一九六五年ソ連へ旅行しているだけに、ここには体験的な要素を通して彼の主張が出ているように思う。

ソ連へ入国するとすぐ、携帯した詩のアンソロジーを一時没収され、道をきいても答えてもらえず、不快と不安の念に陥っているわたし（アメリカ作家）が、モスクワでひろったタクシーでこの自称作家のレヴィタンスキーと知り合い、彼から半ば強請的に原稿の批評と、海外での公刊をたのまれる。彼の作品はソーシャル・リアリズムになっていないとされ、自国での発表が絶望的だからだ。作品の水準は一応認めるものの、スパイ容疑などの悶着に巻込まれるのをおそれて固辞するわたしに、レヴィタンスキーは非難がましい態度でつきまとう。ついにその勇気にうたれ、帰国間際わたしは自分から原稿をあずかってもよいと申しでる……。この漠とした不安状態のなかのやりとりには、従来のイタリアものといわれる諸短編に通ずるものがあるが、問題は国家と作品発表の自由とのあいだのディレンマのなかで苦悩する作家の姿であり、近年海外での出版のため物議をかもした共産圏の作家裁判を頭においたものであるのはあきらかだ。ソヴィエト革命を評価すればこそ、国家の健全性のため、言論、出版の自由を主張するのだというレヴィタンスキーの言葉には、同じユダヤ系という以上に作家としてのマラマッドの共感がこめられている。

これは同じく取材のチャンスを得たと思われるソ連旅行の翌年発表され、一九六七年、ピューリッツァー賞とともに作者にとって二度目の全米図書賞受賞となった第四作長編、『修理屋』(*The Fixer*, 1966)の意図とも重なっている。ただ、この話題作は題材の上では、もっとはっきりと歴史上の事件を下敷きにしているだけに、ユダヤ人にたいする迫害＝ユダヤ人の血の問題があまりにも前に出すぎて、主人公の獄中での抵抗も小説的現実とかみ合ってこないうらみがあるのだが、これまでも、ユダヤ人の苦難というテーマはマラマッドの作品の唯一ではないにしても主要な核であって、このユダヤ人裁判の素材に、彼がユダヤ系作家として意欲をそそられたのは当然かもしれない。

キリスト教徒の少年を殺したという濡衣をかぶせられ、キエフの官憲にとらえられた貧しいロシア・ジュウのヤーコフ・ボックは、ユダヤ人の復権を叫び、身の潔白をあかすための裁判を要求して、検察官の強要する自供書への署名を拒み通す。この積極的抵抗の姿勢は、ヤーコフをユダヤ民族の英雄にみせないでもない。しかし、彼はみずから閉鎖的ユダヤ人村を脱出し、ユダヤの神への信仰もすてきている。復権の叫びは、一個の人間としてのユダヤ人の立場からなされてもいるのだ。

さらにたとえば、長編第二作『アシスタント』(*The Assistant*, 1957)のユダヤ人食料品店主モリスの場合がある。わずかな客のため病身をおして早朝から店を開き、自滅にも等しい苦の奉仕を通して、彼は死後、その苦の発する光輝とでもいうべきものによって、非ユダヤ教徒である手伝人のフランク・アルパインを改宗させまでする。ヤーコフが英雄なら、モリスは聖人、あるいは殉教者ともいえるかもしれない。だが、このモリスも、死後ラビの語るように、ユダヤ教の伝統的戒律にではなく、ユダヤ的経験に生き、おのれに欲するところを他人にも欲するという人生の本道に忠実だったが故に、真のユダヤ人だとされている。この評価にはむしろ博愛・人道的ひびきが感じられるのだ。

その他、とくに主として都会におけるユダヤ系下層階級をとりあげ、その苦の様相をうかびあがらせた作品は、作者のこれまでの二つの短編集、『魔法の樽』(*The Magic Barrel*, 1958: 一九五九年全米図書賞受賞)と『白痴が先』(*Idiots First*, 1963)にもよくでてくるのだが、かならずしもその苦の世界のリアリスティックな描出に終わるものではなく、マラマッド特有の手法と視点によって、より広い人間的主題を暗示し、あるいは文学的効果を生んでいる。子供とは別れ、店を焼けだされて無一文となり、重病の妻を抱えてみずからも病苦にあえぐ仕立屋の受難(「天使・レヴィン」)、この厄病神にとりつかれたようなマニシェヴィッツの前にあらわれるのは、ユダヤ系ニグロで天使と自称するあやしげな黒人レヴィンであり、その真偽と救済をめぐるやりとりがこの短編のねらいをなしている。また老齢と病苦のため亡妻の墓石の費用が捻出できず、それをかつての移民仲間のパン屋に借りにきて断わられる老職人の話(「借金」)では、パン屋の女房の渡米までのソ連やナチスから嘗めた辛酸と、かまどで黒焦げになったパンの〝死体〟の巧みな結合のなかに人生の悲哀を漂わせる。商売の不振を打開するためカケ売りしたのが仇となって店をたたむハメになるイタリア系の老夫婦（「つけ」）。彼らを苦境におとし入れるのは、皮肉にもこれまた身を粉にして働かざるをえないアパートの管理人シュレーゲル夫妻なのだ。シュレーゲルが返済の決意をした矢先、夫に死なれたパネッサ夫人は、娘たちに邪魔者扱いされながら大都会の生活の波にのまれていく。都会の貧民街の袋小路においつめられた、貧しいもの同士の傷つき合いをえがいている作品といえよう。さらに、モリスのように同業のストア開店におびやかされる食料品店主の不安の心理を、店の窓を通してうきあがらせた「生活の代価」のようなものもある。

もちろん、「湖上の美人」の痛烈なドンデン返しに刻みつけられたナチスの収容所の入墨の痕、ユダヤ教徒に改宗した故国の妻をナチスに銃殺され、自らも死に追いやられるユダヤ系ドイツ人で、アメリカへ亡命したジャーナリストの苦悩、移民による辛酸を背景にした靴職人や仕立屋の心情をえがいたものなど、ユダヤ人たることの生の悲惨さ、重苦しさが作品の一つの大きい要素、ないしは作品全体の色調になっている場合も否定できない。その意味で、ベローやロスよりユダヤ的要素の濃い作家といえるかもしれないが、たとえユダヤ人問題を扱っても、「ジュウ・バード」という次のような短編には、マラマッドの特性と力量がよくでているのではなかろうか（ついでにいえば、彼の本領はいまのところ短編にあるとみてよい）。

冷凍食品のセールスマン、コーエン一家のところへ、ある日、ジュウ・バードというユダヤ語をしゃべるからすのような鳥が舞い込んでくる。コーエンに毛嫌いされながらも彼の息子の勉強をみてやったりして、母親からはひそかにかばってもらえる。しかし、ついに堪忍袋の緒をきったコーエンは、猫をけしかけたりしてさまざまないやがらせのあげく、みんなの留守に、ジュウ・バードを追い廻し外へ放りだしてしまう。雪のとけたあと、子供が探しにいくと川のそばの空地に、羽根は破れ、首をねじられ、眼玉をくりとられたその鳥がみつかる。子供に答えて、母は反ユダヤ主義者の仕業だという。

コーエンはジュウ・バードの体臭を嫌い、あるいはその正体をうさんくさいものに思って追い出すのだが、ジュウ・バードがコーエンの妻にむかって、

「人はだれだって、においがするんです。その思想のためににおいがしたり、どういう人間かということでにおいをたてるものだっているのです。わたしがくさいのは食物のせいですよ……」

というところには、ただユダヤ人であることだけで嫌悪される彼らをめぐる問題が、ストーリーの寓意風な設定のなかで、きわめて自然に、また端的に表わされている。小説作品でのこのような主題処理上の工夫、一種のデタッチメントは、作者の現代ユダヤ系作家としての立場とも関連してくるだろう。

ここで、マラマッドも含めて、現代アメリカ文学の主流の一つである、いわゆるユダヤ系アメリカ作家の背景を考えてみると、第一次大戦直前（マラマッドの生年に重なる）に移民の数はピークに達し（このなかにはヤーコフの志したように、ヨーロッパでの迫害や生活難をさけてやってきた東欧系のユダヤ人が多いといわれる）、一方、それらの移民を安い労働力として、自国の資源開発に必要とした米資本主義体制があった。また、それに伴う社会現象として、都市への人口集中と人種の多様化、その流動と摩擦が始

まり、アメリカ社会における同化の進行に世代の交替が絡み、逆に同化を含むことでアメリカ社会そのものの変質がおこってきている。このようにして、多様化と都市化の傾向にあるアメリカの現代大衆社会なり文化のなかで、ユダヤ的なものの普遍化（その典型的な例は「疎外状況」であろうが）、ないしは拡散化がみられ、それがユダヤ系作家の文学上の主題と結びついてくる。黒人的なものとジャズの関係に似た面があるといってよいだろう。

マラマッドも、移民の大波にのって渡ってきたユダヤ系ロシア移民の子としてブルックリンに生まれ、大不況のなかを苦学しながらカレッジを終えると、さまざまな職業を経て教職についている。食料品店をひらいていたという父親との生活や、自分自身が国勢調査局の事務員だったことなどから、彼が題材にたいし、単に状況設定の見地からだけでなく、体験的なものを交えていることは疑いないが、それにもかかわらず、C・A・ホイトのいうところに従えばユダヤの普遍性、人間の受難の共同体意識においてマラマッドはユダヤ小説作家なのだ。ちょうどジェーン・オースティンが家庭小説作家と呼ばれるように。冒頭の短編でユダヤ人のことがどうしてそうよく書けるのか、ときかれたレヴィタンスキーは、アメリカ作家のわたしにこう答える。

「……わたしの作品は想像力の作品なんです。ユダヤ人のことを書くと、それで物語ができてしまう、だからユダヤ人をもってくるわけです。わたしは自分にとって物語になるものを書いているので、わたしが混血のユダヤ人であることは重要じゃありません。問題は観察と感覚、さらに技法です。以前はユダヤ人であるわたしの父をみてきましたし、今でもよくユダヤ教会堂にいるユダヤ人を観察していますよ。……ユダヤ人その他なにを書こうと、創造したものでなければ、小説として血が通いませんね」

これはおそらく、マラマッドの作品にも通ずることであり、彼自身がアメリカ的なものとユダヤ的なものとを両親とするマージナル・ジュウなのだ。長編でこの点がもっともよくうかがわれるのは、先にあげた『アシスタント』であろう。作者が短篇でもよくとりあげる町のユダヤ系商人の世界を舞台に、店主の苦難と手伝人《アシスタント》の贖罪を織り込んだ物語だ。

食料品店主モリスは、新規開店の同業の店にただでさえ少ない客をとられ、店を売りにだそうかとまで思って青息吐息である。そんな彼のところへこともあろうに強盗が押入る。頭をなぐられ寝込んでいると、当の強盗の一人、フランク・アルパインがなにくわぬ顔で押しかけ、店の手伝いにおさまる。モリスの受難はなお続き、フランクには店番中に売上げをくすねられ、一人娘のヘレンをねらわれる。はやらない店を早朝からひらいて無理を重ねているモリスは、ある雪の日、頼まれもしない雪掻きにでて肺炎にかかり死んでしまう。まさに苦のために生きた人生だが、作者はそのみじめな面の描写にのみ終わらせることをせず、フランクの変貌にダブらせて、モリスの救済もはかっている。モリスはフランクに人と動物の違いをのべ、人には法《ロウ》（ユダヤ教の律法の暗示もあるだろうが）が必要だ、だれにたいしても最善を尽くさねばならない、これがユダヤ人の信じているものなのだとさとす。フランクは主人に気のとがめていた強盗の件を白状し、モリスの死後、彼の後身として早朝から店の経営にあたる。一方、やっと好意を抱いてもらうようになったヘレンにたいし、彼女が強盗の相棒から暴行されかかると、それを助けるうちに今度は自分のほうがおそうことになって、彼女を再びかたくなな殻に閉じこもらせ、彼自身も索漠たる孤独におとされる。しかし、ヘレンへの贖罪に、みずから夜のアルバイトまでして、彼女を大学にいかせようとし、彼女との間にわずかの希望をつなぎながら、ついに病院で〝割礼〟を受け、過越しの祝いのあとユダヤ人となるのだ。

埋葬のとき、モリスの棺にとびおりたフランクはモリスの蘇生の姿であり、精神的な父子継承を示すものとよくいわれるが、最後のやや奇矯な改宗の仕方を含めて、これをせまいユダヤの血の継承とまでみることは行き過ぎであろう。むしろラビの言葉やモリスの教えからもわかるように人間としてのユダヤ人を通してのモラルの強調とその体得をあらわしており、ここでは人道的立場からの自己滅却さえ思わせるものがある。ユダヤ人にとって苦難は生地であり、彼らはそれで服をつくるほどだとフランクが述懐しているが、マラマッドはそのユダヤ人を生地として彼のこの小説世界をつくりあげたといってよい。短編風のスタイルで縫いあわせたところもあるが、かつての古風なユダヤ教徒の服とはほど遠いのである。モリスの苦難を引継いだフランクは、ユダヤ人＝人への道に立ったのであり、作者のこの認識は、ユダヤ系の主人公を登場させながら、より一般的命題を扱った次の長編であきらかである。

『新しい生活』(*A New Life*, 1961)では、世界は西部の田舎町のキャンパスにひろがり、みずから〝主義の人〟として破滅を覚悟で高価な理想の実現にむかって進むレヴィンを主人公とする。父母の悲惨な死の記憶と、彼自身のアルコールにひたりきった屈辱の過去をふり切らせたものは、ある朝、陽光のなかで目にした靴の姿なのだ。このような直感的な人生の神聖さへの確信、その素朴なまでの人生肯定から、レヴィンはたぶんにユダヤ的背景の濃い都会をはなれ、自然にかこまれた町へくる。だがそこは、平均的なアメリカの地方の大学町で、沈滞、惰性のムードの支配する（マッカーシズムとの結びつきも暗示されている）ところだ。

彼は着任そうそうバーの女や同僚の女教師、教え子の女子学生と関係し、ついに自分を大学に採用してくれた作文の主任教授の妻のポーリンと恋におちる。新しい生活の場でのこのような無軌道ぶりに苦悩と逡巡をみせながらも、彼は大学改革の理想にもえて、学科長選挙にまでうってでるが結局、ポーリンの妊娠によって彼女ばかりか、養子にしていた二人の子供もひきとらされ、大学の職を追われるハメになるのだ。

このいわばドン・キホーテ的言動（ベローの作品の主人公などにもみられるユダヤのフォーク・ロアのなかの道化につながるもの）をとりつつ、あくまでも自己の信念につき、主任教授との取引きにもあえて不利な条件をのみ、みずからの責任を果たそうとする。

「倫理――倫理への意識――それは、父の生き方にたいする反抗、母への同情、あるいは別のことからかもしれないが、ろうそくの火のように早くから彼の心にともっていた。……レヴィンは、倫理意識は生を愛する、だれであれ、その人の生を愛することが根本だと思った。倫理とは、人間の権利を認めることにより、他人の生を尊重することなのだ。他人の生を尊重すれば、自身の生も尊重される……」

この自覚にもとづいて、レヴィンは学内での自分の立場を貫き、生まれてくる新しい生命のため大学を去るのだ。倫理意識が、あるいはユダヤ的資質のうちでもとくに強いものかは別として、この作品には題材的にもとりたててユダヤ的要素はない。大学改革を通して、文明の擁護や、考える自由の必要性を強調するところに、作者のきわめてヒューマニスティックな普遍的視点が読みとれるのである。

このような考え方、もしくは立場は、前述のユダヤ人問題を真正面からとりあげておりながら、主人公に〝自由思想家〟と自己規定させた『修理屋』の場合にも通じていよう。「ものを考える自由の保障なくして文明の発展も国家の健全性もない……」これは、病める帝政ロシアが、うっ積した国民感情のハケ口に利用しようと、法を無視して犯人をデッチあげることにたいするヤーコフの批判であるが、レヴィンの主張、あるいはレヴィタンスキーの口調とも重なってくるものを感じる。

無実のユダヤ人を犯人にしたキエフでの実際のメンデル・バイリス事件を、その時点までモデルとするこの小説は、たしかにユダヤ人への偏見と恐怖（ユダヤ人は儀式にキリスト教徒の血を必要とするとか、国家のあらゆる分野に巣食って陰謀をはかるものだとかいった）をさまざまの文献、学説をかりる形で反駁し、当時の日露戦争の敗北を契機にした自由主義運動の台頭にたいするツァーリズムを中心とした反ユダヤ主義をも含めた国粋反動のテロ、ポグロムの危険にまっこうからぶつかっていくヤーコフを通して、ユダヤ人問題の核心に迫っていく。毒殺や、挑発されての銃殺の危険、身体の拘束、逆にキリスト教への改宗のすすめ、恩赦による国外脱出の餌をあたえられても屈せず、裁判実施の要求をかちとる主人公の姿には、むしろユダヤ人の勝利を謳うかのような作者の意図すら思われないではない。

しかし、作者は一方で、ヤーコフに、孤児として育った閉鎖的で貧しいユダヤ人村からの脱出をはからせている。その日暮しの大工仕事と、子をもたぬ肩身の狭さ、そして不貞をはたらき去っていった妻が脱出のきっかけになってはいるけれど、彼自身、日頃の独学で得たわずかの知識を頼りに、職と自由を求めてキエフで資金をため、アメリカにでも渡ろうと考えていたのだ。そのみじめな境遇をある意味ではかえって固持し、人びとをユダヤ人村に縛りつけているとも考えられるユダヤの神への信仰も、旅立ちに際してあごひげとともに剃りおとしてきた。これは後に獄中へたずねてきた義父の復信のすすめでも変わらない。いたずらに絶対唯一神を信じ、律法を墨守しているユダヤ人共同体の閉鎖性にたいするこの批判には、アメリカにおけるユダヤ系二世としての作者の立場も反映されているかもしれない。

やがて、ヤーコフは獄中にあって、だんだんと脱出後にであった事件の客観的認識の過程を辿っていくことになる。最初は殺人容疑の不当さもさることながら、なぜこのとるにたらぬ修理屋の自分にこのような苦しみがきたのだろうかと思い悩むが、救いはどこからもこず、こたえる神の声もきこえない。ユダヤ人一般が歴史や事件のなかで傷つき易いということは分かっても、この苦難と痛苦はあくまで個人的なものだ。ここにはマラマッドが短編で好んでとりあげるヨブ的受難の一例があるけれど、作者はその救済を天使などに任せず、主人公に積極的な自己認識と抵抗の姿勢をとらせる。ユダヤ人にとって、その村だけが彼らのおし込められた牢獄なのではなく、ロシア全体がそうなのだ。彼の場合、村からキエフ刑務所への道は必然的に辿るべき道であった。腐敗した国家に無実のユダヤ人はおらず、また無罪のものを訴追する人たちは彼ら自身自由ではありえない。その意味で、とくにユダヤ人である場合非政治的な人間はいない。彼は許しを乞いに面会にきた妻から、離別後生まれた子のことをきき、その子をユダヤの子として認知し、人の子ユダヤ人への誇りにめざめていく。ユダヤ人の試練の歴史、生まれでた社会を考えると、たとえ自分は信仰をすてた半ユダヤ人でも、彼らがユダヤ人である権利、人間として生きる権利はあると信ずる、その人たちのため精一杯たたかうことは彼がみずからと交わした契約である。神が人間でなくとも、彼はそうでなければならぬ。こうして彼はやっと迎えた裁判の日、投弾される馬車のなかで思う。坐して滅ぼされるのをみているわけにはいかぬ、それにたいする闘いのないところに自由はない。人間性と相容れない行動をする国家があれば、それを滅ぼすのはやむをえない悪なのだ……。

　歴史の所産とはいえ、自分で背負っているようなユダヤ人村の刻印を脱出によってなげうち、さらに国家権力を背景としたキリスト殺しのレッテルを頑強に拒否するヤーコフは、いわゆるユダヤ人問題におけるユダヤ人の虚像性を示すのだ。検察官などが忌まわしいユダヤ人像なるものをデッチあげようとすればするほど、彼らの手のほうがますます汚れていき、反対に獄中で奪われれば奪われるほどヤーコフは人間としての姿をあらわにしていく。『新しい生活』のレヴィンがポーリンの妊娠を契機に新しい生(活)へ出発していくように、彼も子供の認知によってユダヤ人の人間としての尊厳にめざめ、敢然と裁判の日までを耐え抜く。マラマッドがこの小説でユダヤ人問題をとりあげながら、一つにはそのユダヤ人問題自体にひそむ本質のため、一つには作者の従来のヒューマニスティックな立場から、ユダヤ人村の雰囲気を伝える描写はあっても、ユダヤ的なものはいわば空洞化されてしまっているといえるのではないか。

この点、後の作品のさまざまな面での萌芽を含んだ処女長編、『天才児』（*The Natural*, 1952）は、およそユダヤ的要素の稀薄なものに思える。田舎の野球の天才児、ロイ・ホッブスが、アメリカの国技であるプロ野球の大リーグを舞台にみせる成功と失敗のこの物語は、いかにも現代アメリカの一面をえがく上で道具立ての揃ったものであり、事実、八百長試合のため、オーナーと選手の取引きをめぐって球界の内幕を衝くようなところもあるが、作者の意図、構成、表現においてリアリズムとは縁遠く、評者のあいだにかなり戸惑いを招いているようだ。一評者のいうようにきわめてマラマッド的世界であるにしても、あまりにもトリヴィアルな、こじつけめいた対応が多く、短編にみるあの簡潔な魔術的効果には及ばず、後の作品の鍵としてみたとき重要であることは理解できても、やはり全体からいって習作の域はでていないようだ。ただ、現実が呪咀的非現実の色にひたされていく（前編の主人公の倒れる場面など）あいまいで奇妙な効果は、その詩的要素を交えた表現のなかで、この作品に独自の——マラマッドにとってもやや特異な——印象をあたえている。

『修理屋』が現実の事件をかり、『新しい生活』の不能の夫をもつポーリンとレヴィンの森のなかでの情事に『チャタレー夫人の恋人』の影響があるといわれるのにたいし、『天才児』には、作品自体で暗示されているように、聖杯伝説の枠組が明瞭である。これは作者の構成についての強い関心を示すものであり、ひろくいえば、対応や暗合を通じての彼の発想性につながると考えられる。さらに、この作品の人物に関するもう一つのパターンは、〝再生〟あるいは〝継承〟であって、後に『アシスタント』で、フランクがモリスに合一し、レヴィンが前任者ダフィをもつような関係がさまざまなペアとしてでてくる。とくに精神的父子関係の場合、血的継承、帰属が暗示されるわけで、この辺にマラマッドの民族的資質の反映があるのかもしれないが、作品では顕在的なものとしてあらわれてはいないのだ。

比較的短い前編で、スカウトのサム（父に相当）に投手としての素質をかわれた孤児院育ちのロイは、シカゴへ行く車中で黒衣の若い女、バードと知り合う。列車がある町の手前で臨時停車している間に、この女性をはじめ乗客の前で、同じ列車に乗り合わせていたヴェテランの打撃王に勝負を挑まれ（騎士どうしによるレディのための試合）、相手を三振にうちとってバードとの間をますます親密にする。シカゴへ着く前に、勝負でキャッチャーをしたサムがその時受けた怪我で死ぬが、ロイは彼にいわれた通り球団の採用試験を受けようとホテルに泊まる。そこでいつのまにか同宿しているバードから電話で彼女の部屋に呼ばれ、いってみると彼女は裸をヴェールで包んでおり、彼が近寄ろうとしたとたん彼女にピストルでうたれるのだ。バードなる女性は、有名選手を射殺する常習者らしいという推測がなされるぐらいで、素姓も犯行の動機も不明だが、ただ、彼女の質問によって、ロイはなにか大きい使命感から大リーグでの活躍を夢みていることが分かる、しかしこれも具体的なものとは結びつかない。

後編に入ると、前編のときから十五年の空白をおいて、三十四歳で独身のロイが強打者（彼の負かした打撃王の後身とも考えられる）としてニューヨーク・ナイツ（「騎士」）の監督、ポップ・フィッシャー（第二の父）の前にあらわれる。代打にでて、地力をみせたロイは、正選手で外野手のバンプと対抗するようになり、負けまいとしたバンプが試合中塀に激突して死ぬと、彼に代わってそのポジションにつきここにも一つの継承関係がみられる。チームの不振で苦境にあったポップは、ロイの活躍で救われる。代打で打った球が分解し、ながらく降らない雨が降りだす奇蹟的場面には、フィッシャー（王）

の再生へのアルージョンがある。

有名になったロイの経歴が調べられるがよく分からず、本人も口にするのを避ける。一方、死んだバンプの愛人で、ポップの姪にあたるメモ（バードと照応）と交際をはじめたロイは、彼女とのドライヴの途中、一人の少年をひいたと思い、それとともにスランプに陥り、チームの成績も下降する。彼が悩んでいるとき、友人の怪我した息子（ひいた息子と結びつく）のためホームランを打ってくれるようにいわれ、天にとび去ったホームランによって約束を果たすが、その試合で応援にきていた三十女のアイリス・レモンと湖畔でデートする。ロイは自分の過去を語るのは墓場を掘り起こす気がするけれど、アイリスにはどうしても話したい気になり、告白するが、ここでも女で失敗して苦難をなめてきた、という程度以外とくに具体的なことは示されない。アイリスも過去のあやまちから娘を生み、苦労を重ねてやっといま娘を結婚させて祖母になるのだという。この後、彼の調子はもどり、チームも躍進して、リーグ優勝をかけた決勝戦に臨むことになる。かねてポップから近づくことをやめるように警告されていたメモとの交際を絶てず、彼女の誘いでチームのパーティに出てその席上食べたもので腹痛を起こす。これはバンプの思い出にとりつかれた彼女の、ロイにたいする破滅の企みであったのだ。メモとの肉体交渉は挫折し、試合にも出場をあやぶまれる結果となるが、その時オーナーから試合の賭けのために八百長をやるようもちかけられ、経済的理由で拒否されたメモとの結婚話を思いきれずに応じてしまう。なんとか試合に出場したロイは、途中で打ったファウルを観戦中のアイリスにあて彼女は失神する。彼女の様子をみにいくと、ロイの子を身ごもっていて、その子のためゲームに勝ってくれといわれ、メモへの嫌悪も湧いてオーナーとの約束を破ろうと決意する。しかし、皮肉にも交替した相手チームの二十歳になる投手（かつてのロイでもある）に三振を喫して試合を失うのだ。この三振の前にファウルを打ったとき、前編でも携えていた彼の魔法の武器だった〝ワンダー・ボーイ〟と呼ばれているバットが縦に二つに割れてしまうが、これは彼が田舎で稲妻により裂けた川端の木から造ったものだったのだ。試合終了後の夜、ロイは裂けたバットを球場に埋め、それが根をつけ木になることを望むという再生の儀式めいたことを行なう。最後に彼はオーナーとメモたちのいるところへ貰った金を返しに行き、彼らを殴りつけて外へ出ると新聞は彼の買収容疑を書きたて、コミッショナーは球界からの追放を語っている。ロイは過去の生活からなにも学ばず失敗を重ねたことを悟り、再び苦しみを嘗める覚悟をするのだ。

再生、継承のサイクルのなかで、不滅の記録という聖杯を求めていく主人公にとって、円卓の騎士が誘惑に負けて辛酸を嘗めるように、バードやメモのような性的欲求からくる女性への接近は、苦しみ、挫折、破滅を意味する。これにたいし、アイリスの場合は復調の転機となり、さらに生まれる子供への愛によって、買収されかける倫理的危機を克服することになる。このように新生への愛が、主人公を苦難のなかで未来へ立ち向かわせるモチーフは、後の長編にも共通してみられるところだ。自分も苦難を経験したアイリスがロイに説くように、苦難こそわれわれを幸福にするものだという考えもまた、マラマッドの小説世界を今日まで支配している設定にかかわってくるだろう。

この作品でもう一つの大きいモチーフは、都会へ出て、スターの座にのぼった主人公が失敗することと関連してなされる反措定――〝自然〟の喪失である（ナチュラルの題名とも結びつく）。メモとの森のなかのドライヴでひいたと思いこむ少年と、自然のなかにいた自分の少年時代の姿がダブることによって自然の死が暗示され、ついには、取引きに応じて出場した試合で、自然から造った彼の護符でもあるバットが裂けることによって、彼の敗退は決定的となるのだ。魂の故郷としての自然への親近感、それと裏返しの都会のなかでの異和感がロイについてまわる。精神のドラマの荒々しい舞台、ときにはドラマの相手役としての威力をもった自然でなく心情的庇護者、ないしは活力の源としての存在である。たとえば、アイリスとの自然のなかでのセックスのみが成功していることもそのあらわれとみてよい。

自然との感応は、以後の作品にもいろいろなかたちで出てきており、マラマッドの表現技法上の特色ともなっている。その一つに、主人公の内部世界の反映である季節の配し方がある。森のなかで始まった『新しい生活』のレヴィンとポーリンとの愛の推移が季節の移り変わりに対応したり、愛を失い索漠とした孤独の冬の最中にあった『アシスタント』のフランクに、ヘレンにたいする希望が春の訪れとともに芽生えてくる。ロイがバットを植えるのも、苦難の冬を控えて、きたるべき春の再生を願っているととれよう。その他、雲の形や、天候などの天然現象も、心理または状況に通ずるシンボルとして、短編にもよくとり入れられている。

主人公の苦難のテーマはあっても、野球のゲームへの仮託であったり、使命感ひいては現代の聖杯の究極的意味も定かでない。また肝心の十五年間の苦労の内容はいっこうに具体化されておらず、しかも、さまざまな暗示的人物関係が錯綜しすぎていて、かえって効果を弱めているきらいがある（この点、後の長編になるほど具体的設定をとってきているが）。このあいまいさは作者の文体、技法と結びつく。幻視、幻想、夢幻的場面の使用、あるいは心理的ファンタジーによる独特の詩的表現、動作にたいする超現実的暗喩描写などがみられるが、さらに一つのいい方をたてれば、マジック・イマジネーションともいうべきものの働きがある。この作品でも、投げられた球に翼が生えたようにみえ三振する強打者がいたり、打った球が途中で宙に舞い上ってホームランになるなど、リアリズムの壁を破って自在に変幻するマラマッドの技法がみられる。後の作品ではこれほど極端でないにしてもこれらの技法は尾をひいてあらわれてくる。

各長編の主人公に共通してみられた〝苦難〟または〝受難〟の姿は、ややもするとリアリズムの対象に扱われ易いものだが、作者はただひたすらその宿命的相貌にのみついているのではない。『天才児』のロイの中断された苦難の日々は暗示にとどまり、『アシスタント』の力点は強盗にいたるフランクより、それ以後の贖罪にある。屈辱の過去をふり捨てた『新しい生活』のレヴィンは〝主義の人〟として新たな生活に旅立たされ、自閉的ユダヤ人村を脱出した『修理屋』のヤーコフは〝自由思想家〟としてより広い認識の場に立ち向かわされる。おおかれすくなかれ、原罪的要素を帯びた状況からの脱出による新しい苦難、贖罪のかたちを通してその克服や救済の面がとりあげられている。見方をかえれば、蹉跌のうちに開眼してゆく主人公の姿があるので、ほとんどが孤児である彼らの人生へのかかわり方と関連し、精神的父、子、愛、血などがその認識への手がかりとなる。このことは、やはり、作者のユダヤ的資質への無意識のつながりを意味しているのかもしれない。自然の扱いについても同様であろう。

長編にみせた構成への関心は、短編において人物、状況の設定に、よりいっそうの効果をもたせる工夫となってあらわれており、さらに人間心理の広い領域、多層の面を組合わすことによって、プロットの展開にさまざまの契機をあたえている。とくに登場人物が対となる設定のものにすぐれた作品が多い。たとえば、ハーレムで酒屋をひらき、黒人を雇っているほど親黒人派である中年のユダヤ人の男の、黒人未亡人との交渉が、相手の逡巡から苦い結果に終わる回想風の話（「わたしの好きな黒い色」）には、都市という社会的磁場におけるアイデンティティの特異な二人種間の微妙な心理が示されている。主人公が近づこうとすればするほど黒人側から避けられ、誤解され、反撥をくらうのだ。輻輳した多人種社会の心理の断面を衝いている作品だが、この人種関係における一種の自閉的心理葛藤は状況をかえると、「情けの押売り」のように尽くせば尽くすほど相手に嫌われ、お互いに意地の張合いに陥る、初老のセールスマンと破産寸前の食料品店の若い未亡人の悲惨な滑稽さをおびた話となる。あるいは、かつての不良少年の店主トミィが、万引少女を矯正しようとしてかえってその善意に舌を出される「牢のなか」の苦さとも通じているだろう。

この外、奇妙なユダヤ人浮浪者に服をねだられ、逃げ廻るうちに書きかけの原稿を盗られて苦境にたたされ、逆に相手を追いかけざるを得ない元画家の話（「最後のモヒカン」）をはじめ、二つの短編集にそれぞれ三、四編ずつ収録され、全般に戯画的タッチで描かれていても、事の意外さ、皮肉、辛辣さ、苦さをひそませたいわゆるイタリアもの。白痴の息子を汽車で送り出すため、その費用の工面をする病身の父親の、幻想風ななかに悲哀を漂わす「白痴が先」、黒焦げのパンに強制収容所で殺戮されたユダヤ人の戦慄を思わせるブラック・ウィット（「借金」）、教え子の娼婦が先生になろうとする便りを元教師が複雑な気持ちで読む「職業の選択」など、ときに仕組みの面白さが人物の厚みを奪っていることも否定できず、マジック・イマジネーションがききすぎてあいまいさも残るが、作者のストーリー・テラーとしての面目はこれら短編のさまざまな工夫のなかに充分うかがえるのだ。

しかも、単なる面白さに終わったり、魔法の枠に呪縛されているのにとどまらない。「魔法の樽」のように巧妙な仕掛けのうちに主人公は、実世界のなかに出没しながら輪郭のはっきりしない人物との接触を通して、次第にのっぴきならない関係へ引き寄せられる。事務所が自分自身であるような、商売するキューピッド＝結婚斡旋人のザルツマンは、神学生レオのアパートへだしぬけにあらわれるかと思えば、いつのまにか消えていく。ザルツマンの策略ではないかと思い悩みながらも、紹介された相手と見合いする過程で、レオは神への愛の欠如に愕然とし、愛を前提とした結婚を通して神とのつながりをとり戻そうとする。そしてその愛の対象は、皮肉にもザルツマンにとっては死んだも同然の自堕落な娘であり、彼は二人のデートの横で死者への祈りを唱えるのだ。また、苦境にある仕立屋のマニシェヴィッツはいくたの疑惑のなかで、ユダヤ系黒人天使レヴィンを認めるか否かの二者択一に追い込まれる。苦しい決断のあとレヴィンに従ってアパートに帰った彼は、屋上でレヴィンの空をかける黒い影をみ、翼の音をきいたように思う。舞い落ちてきた羽毛とみえたものは雪片であり、病妻は元気に掃除をしている。「ユダヤ人はどこにもいるのだ」という最後の彼の言葉は、きわめて象徴的な暗示となっている。これら技巧を駆使した作品の奥にも、マラマッドの人生にたいする倫理的洞察力が働いており、そこに長編で示されるものの投影がみられるのだ。

ユダヤの資質的なものは感じとられるにしても、ユダヤ共同体、ユダヤ民族主義、宗教的伝統からある距離をおいて立っているマラマッドならびに他のユダヤ系作家の姿は、ユダヤ人村というしいたたまれないフライパンからとび出したヤーコフのそれに似ているが、後者がかえってその周囲の火のなかに落ちたのと異なり、前者たちの立場は帝政ロシアのキエフでなく、現代アメリカの都会のなかにある。彼らを同化することで、みずからも変質されつつあるアメリカ社会によって、彼らは新たなアイデンティティ追求を迫られることになるのだ。これを逆にみれば、彼ら自身の脱ユダヤ志向とからんだ被同化の過程で、アメリカ社会の変質を促す血肉となれるかの問題であろう。

この観点からマラマッドの文学をみると、その題材処理のテクニックの効果と、テーマのねらいには充分の可能性が含まれていよう。同世代のユダヤ系中堅作家として、どちらかというと内発的探求のトーンで作品を展開させていくベローの、とくに長編における饒舌体にたいし、締りのきいた短編的手法を得意とするマラマッドであるが、いずれもさらに若いハーバート・ゴールド、フィリップ・ロスらなどとともにユダヤ系としてくるよりも、現代アメリカ文学の注目すべきバラエティと考えたほうが妥当ではないか。黒人が黒い人としてのアイデンティティにつき、ユダヤ系とはむしろ逆に、それを強力な武器として、社会的変革、文化的創造にむかってエネルギーの放出をはかろうとする現在、その風圧のなかで、過去の受難の遺産をくいつぶす危険に抗し、現代アメリカ文学の有力な担い手の一人としてマラマッドの活躍が期待されるのだ。

（一九六九）

# ニューヨーク・ゲットーの青春の軌跡

## ――大量移民期のアメリカ・ユダヤ系文学

東欧系ユダヤ人のアメリカへの大量移民については、アーヴィング・ハウ（Irving Howe: 1920-93）があらゆる資料を駆使し、パノラミックな社会史とでもいうべき労著『わが父たちの世界』（*World of Our Fathers*, 1976）をまとめているが、彼はその冒頭で一八八一年をユダヤ人の歴史において、七〇年のローマによるエルサレム神殿の焼滅、および一四九二年のユダヤ人のスペインからの追放とならぶ決定的な年としている。事実この年三月一日、ユダヤ人にたいしても比較的リベラルな政策をとってきたアレクサンドル二世の革命テロによる暗殺で、ロシアのユダヤ人四九〇万（東欧系の大部分）の運命はいっきょに暗転する。政情不安と経済不況のもと、中世以来の宗教的偏見もからめての官憲と一般民衆によるポグロムの多発、苛酷な徴兵制度等が永年にわたるユダヤ共同体を存立の危機に追いやる。彼らは出稼ぎ型でなく家族をあげ、あるいは血縁、地縁あい呼び合って〈黄金の地〉アメリカ（一部はイスラエル）をめざして脱出するが、第一次大戦中を除き、まもなく移民制限法が強化される一九二〇年代初期までにその数およそ二〇〇万（東欧系全体の三分の一）に達した。これは従来の西欧系ユダヤ移民と数量的のみならず質的にも様相を異にし、文化的背景の点で、その後のアメリカ・ユダヤ系の文学活動の土壌としても重要な相違となる。

元来西欧では、十九世紀になって各国で曲がりなりにもユダヤ人の解放が進み、ゲットーの解消とともに市民権を得た彼らは、主として都市生活を通じて同化を推進していった（これは十九世紀半ばにアメリカにきたドイツ系ユダヤ人の場合にもいえる）。これにたいし東欧のユダヤ人は、大部分がシュテトル（shtetl）という彼らの田舎町で規制や迫害を受けながら、正統派ユダヤ教を核とした伝統的共同体を維持し、離散《ディアスポラ》のなかを生き延びてきた。言語・文化の面でも、西欧系がその国の言葉を用い、キリスト教中心の西欧の価値観を受け入れたのにたいし、東欧では依然として、中世に起源をもつアシュケナジック・ジュウ独特の民俗語イディッシュを話し、折から興っていた〈目覚め《ハスカラ》〉というユダヤ的価値観を基底とした新人間主義とあいまって、豊かな文化を創り出していた。したがってこの期の移民は、知識人（特に一九〇五、〇六年の労働運動の指導者など）を含めた共同体の各層がいわばこれらの全文化を担い、一体となって新世界へやってきたもので、以後彼らの知的生活は徐々にアメリカに根をおろし、東欧ユダヤ世界がほとんど消滅した今日からふり返ると、まさに〈新しき脱出《エクソダス》〉と呼ぶにふさわしい決定的な出来事だったといえよう。

メアリ・アンティン（Mary Antin: 1881-1949）の渡航記『プロツクからボストンへ』（*From Plotzk to Boston*, 1899）などからうかがえる希望と不安の交錯する苦しい脱出行のあと、おもに彼らを迎えたロウアー・イースト・サイドのようなわずか一平方マイルのスラムや、長時間かつ低賃金の零細な縫製の町工場（sweatshop）、戒律の遵守を脅かす異教徒のなかのめまぐるしい生活環境、先着ドイツ系の投げかける蔑視……それら肉体的、心理的負担に耐え、彼らは自由な天地でのあらゆる機会をつかむため、英語の習得その他の自己訓練に励む。一方旧世界から持ち込んだイディッシュ文化は、とくに二十世紀に入って文学、教育、大衆社会活動の分野で隆盛を招くが、この頃ようやく、そのイディッシュによる自己表現を英語を通してもおこなう段階に達する。その際彼らは、多かれ少なかれユダヤ伝統の体現というべきジュデイズムを背負っていただけに、アメリカの現実とのはざまにあって移民の心の磁場に働く引力、斥力が彼らの像の輪郭、形相、向きなどに微妙な作用を及ぼす。作家の境遇、世代の違いで対応はそれぞれだが、ここではいわゆるアメリカ・ユダヤ系文学の出発点として、第一次大戦前後までのニューヨーク・ゲットーの青春を扱った、A・カーン、A・イージアスカ、S・オーニッツ三人の各主要作品をとりあげてみる。

## 1

ドイツ系にはおよばぬとはいえ、二十世紀初頭から東欧系ユダヤ移民のなかからも出始めた世俗的成功者を題材に、その成功への〝倫理的コスト〟を鋭いアイロニーで検討し、併せてニューヨークのユダヤ移民社会のさまざまな面を描き出してみせたのが、この期の問題作であり、アメリカ・ユダヤ系移民の文学にとって、英語によるはじめての本格的小説ともなったエイブラハム・カーン（Abraham

Cahan: 1860-1951）の『デイヴィッド・レヴィンスキーの出世』（*The Rise of David Levinsky*, 1917）である。これは一九一三年にある雑誌の依頼で、当時最盛期にあったロウアー・イースト・サイドの生活について彼の書いた四つの話を基にしており、文章も初期作品の固さを脱して作者の英語修得の成果を示している。

ロシア領リトアニアの小さな町にヘブライ語教師の息子として生まれ、伝統的なヘブライ語学校へ通った作者が、一八八二年移民の波の始まりとともに渡米してきたように、貧しい母子家庭に育った主人公デイヴィッドも、典型的なシュテトルでのタルムードの勉学を放棄して、一八八五年二十歳の時に移民の決意を固める。それは彼を盲愛する母を異教徒に惨殺されてから寄食した裕福で開放的な家庭での見聞や、背教者となった友人の意見に次第に影響されていたところへ、ポグロムの発生とアメリカの魅惑が重なったためだった。驚いたラビが、アメリカへ行くのは非ユダヤ人になることだと戒めるのを押し切り、恋人にもらった金で渡航した彼は、ラビの予言通りに最初は頬の巻毛、次は顎ひげを剃り捨てて背教者への道を辿ることになる。しかしそれは一方では、一日でも早く新参者《グリーンホーン》たることを脱して新世界へ適応する道でもあったのだ。このアメリカナイゼーションと反比例して、彼をユダヤ的生活に繋ぎ留めていた糸は次々と切れ、やがて商売女のところへも出入りするまでになる。

上陸時に四セントしか持たなかった彼もまた、移民の窮乏生活の現実に直面し、いやでも手っとり早い仕事から新しい人生を始めねばならなかった。服飾品の籠売りをしたあと、手押し車による衣料の行商へと進んだが、そのあいだもかつてタルムード研究にたいする熱が世俗的知識欲として残り、夜学を修了してさらに〈新生活のシナゴーグ〉に擬したシティ・カレッジへの入学を夢みる。そこの卒業証書は、彼にとって知的貴族階級の証しであり、道徳の免状に思えたのである。ところが学資を貯めるために入った搾取工場《スウェットショップ》での経験が、ふとしたことから被服の製造業の独立に役立ち、結局彼は悔いを残しつつ学問的理想に背を向けて金儲けの道へ転じてしまう。デザイン盗用や非組合員の低賃金労働の利用などあくどいこともやって、ついに二〇〇万ドル以上の産を抱える全米でも有数の業者に成りあがる。当時の世代の多くの者たちのように、彼も自由思想家となり、過当な生存競争を反映して、実業家としての生活信条を社会進化論に求めた。

こうして主人公は経済的に成功したものの、金めあての女に満足できず、知的向上心のある下宿先の人妻をはじめ、理想の女性の愛を求めて遍歴するがどれ一つとして実ることなく、仕事で失われるおのれの人間性をとり戻すための、家庭への願望も空しく終わるのである。彼の心は凍りつき、孤独が彼を捉え、成功も空虚に思えてくる一方で、回想のなかから、貧困の深みにあった少年時代、陰うつな過去が輝かしい現在にも増して尊く親しみをもって迫ってくる。最後に百万長者は、次の告白によって自分の生涯と本性について深刻な疑いを投げかける、「この成功の高みにあって感ずるのは、人生を再びやり直すとしても、実業の道には決して入らぬということだ。このぜいたくな生活に慣れることはできそうにない……。あの貧乏の頃が忘れられないのだ。昔の自分から逃れることは不可能だ。わたしの過去と現在はしっくりといかない。デイヴィッド――故郷のシナゴーグでタルムードの典籍を前にからだを揺らしていた貧しい若者――は高名な外套製造業者のデイヴィッド・レヴィンスキーよりも、わたしの内なる本性と重なるところが多いように思えるのだ」。

レヴィンスキーの忠誠はアンティンのアメリカへの〈改宗〉とおなじく自由の天地に向けられては

いたが、後者と違い（彼女の『約束の地《プロミスト・ランド》』*The Promised Land,* 1912における旧世界の前身にたいする断絶宣言と彼の新世界への異和感ないし批判が対照的）、彼はかなりのアンビヴァレンスをもって過去を想起している。ここにこの作品の主題もかかわってくるのだが、主人公に則していえば、身を噛む悔恨と孤独が成功につきまとい、昔の窮迫と知的生活への郷愁が裕福でも空しい現在の境涯に押し入ってきて、アメリカの不健全な環境の安っぽい価値に幻惑されて捨て去った父祖たちのユダヤ的価値ゆえに悩む、その姿に人間的共感をおぼえる。また彼はパートナーや同じ乗船仲間への配慮も忘れてはいない。作者は主人公を郷愁に傾かせることによって、融合への道に否定的な態度を暗示しているようである。このようにある意味では、移民のきわめて特殊なテーマを扱った作品ながら、一面では成功の苦い果実を描いたことで、当時のT・ドライサーやF・ノリスなどとともにアメリカ文学にみられる一つのパターンにも通ずるところがあろう。

作者はこの大作に先立つ約二十年前、W・D・ハウエルズの慫慂で中編『イェクル』（*Yekl: A Tale of the New York Ghetto,* 1896）を、次いで短編集『連れられてきた花婿およびニューヨーク・ゲットー物語』（*The Imported Bridegroom and Other Stories of the New York Ghetto,* 1898）を出し、ハウエルズやH・ハプグッドによってS・クレーンに比肩され、〈リアリズムの新星〉と激賞されたが、これらの作品は移民文学へのきっかけはつくったものの、一般にはほとんど読まれることはなかった。『イェクル』の話では、兵役を逃れ、妻子を呼び寄せるべく先に渡米したユダヤ人の主人公がアメリカかぶれし、搾取工場で働きながらダンスと伊達ぶりに血道をあげる。やがてあとを追ってきた旧弊な妻とも別れて、つきあっていたアメリカ人きどりのポーランド出の娘と結婚することになるが、束の間の自由の身に内心浮かぬ思いを抱かせられる。故郷の父の死でロシアの過去が蘇り、祈りも復活するものの、彼の場合一時的なものに終わっている。短編でも、旧世界から連れてこられたタルムード学究の花婿候補が、娘のすすめでひそかに医学に転じ父親の怒りと嘆きを買ったり（「連れられてきた花婿」）、インテリの若いユダヤ人夫婦がアメリカで生活苦から下宿人を置いたため愛情にひびが入り別れる（「事情」）など、おもにニューヨークにおける若いユダヤ移民男女の反応を通してアメリカ化の諸相を描き、移民によって生じた精神的疎外からくる孤独感や空虚さをにじませたものが多い。なお作品としては、このほかロシア革命についての小説や五部からなる自伝などがある。

カーンの諸作品は、その代表作も含めて、全体として同化の進む過程にあって忘れられ、彼の死後ユダヤ系文学の上昇を迎える一九六〇年代に入って、回顧趣味もまじえながら再評価されるようになったが、当時彼自身はユダヤ社会主義・労働運動の指導者の一人として重要な役割を果たした。一方イディッシュ語新聞『ジュウィッシュ・デイリー・フォーワード』（Jewish Daily Forward）の創刊（一八九七年）にもたずさわり、死ぬまでその編集を続けるかたわら、若い移民作家の発掘（S・アッシュやシンガー兄弟など）や、イディッシュ文学の発展につくし、〈マックレーキング〉（アプトン・シンクレアの『ジャングル』などに代表される二十世紀初期の社会不正を糾弾する文筆活動）の時代にはジャーナリストとして活躍した。この点『デイヴィッド・レヴィンスキーの出世』も社会的自然主義小説の系譜に入り、自ら組合運動を介して知った被服業界の内幕をあばき、同化をめざすユダヤ系移民から、反ユダヤ主義の的になるステレオタイプを創り出したと批判も受けた。もともと彼は渡米前にすでに社会主義にひかれ、革命団体にも加入しており、アメリカにきたのも官憲の追及を避けてのことだった。文学面でも当時のロシア文学（とくにトルストイやチェーホフ）の影響を受けてリアリズム文学を書くようになっていた。はじめは脱ユダヤ志向だったのが渡米後はイディッシュ大衆のなかに入り、移民の大波がアメリカに打ち寄せていたただなかの、その中心地ともいうべきロウアー・イースト・サイドの社会・文化生活を反映した人物であった。

## 2

アンティンに先立ち一八九〇年に、家族と共にロシア領ポーランドのシュテトルから渡ってきたアンジア・イージアスカ（Anzia Yezierska: 1880?-1970）は、その自由アメリカへの憧れにおいて前者と通ずるものがあったが、ニューヨークで彼女を待ちかまえていたのは、貧困と旧習を墨守するタルムード学者の父に代表される伝統的家庭との苦闘だった。いったん父から離反し、家を出て苦学しながら教師の資格を取り、やがて短編集『飢えた心』（*Hungry Hearts*, 1920）によって一躍文才を買われ、スウェットショップのシンデレラともてはやされてハリウッドのシナリオライターに迎えられるが、そこのあまりにも人工的で華美な空気になじめず、早々にニューヨークの陋巷に立ち戻る。一時的成功で自らの世界を去ったため、魂のよるべを失い、罪障感と孤独感にさいなまれた彼女は、貧窮のなかにあっても世俗の価値に捉われず、おのれの道を生きた父の姿に存在価値を見い出し、自分の根も旧世界にあるとの強い認識を得るに至り、二度の離婚後は自立を通して創作活動を続けた。

若い女流作家に成功の苦さを味わわせた諸短編は、皮肉にも大部分がアメリカの理想をめぐっての女性移民による奮闘と挫折の体験を熱っぽく訴える。待望のアメリカへきても、移民が直面するのは牢獄にも等しい劣悪な居住区、搾取工場の非人間的労働、容赦のない家賃の取立て、血の通わぬ慈善事業、たんに手に職をつけるだけの教育、身なりで人を判断する社会等々だ。若いヒロインたちの心や感情、思想を受け入れ、その高きものへの憧れを満たし、愛への渇望を癒してくれるアメリカはいずこ。彼女らは赤貧のなかにあってもなお〈約束の地〉を信じ、焦燥と絶望にかられながらも一人の対等な人間をめざして努力を傾ける。それだけ迫害の民の目に映った黄金の国アメリカへの希求はあまりにも強く、その苦い現実にも拘らず精神的理想主義、社会主義をはかる土地としてより美しい美、より高い生活を創造せねばならない。その手助けをしたいと願う移民にたいし、彼らを飢えから解放し、心身ともに豊かな人間になれる機会をあたえよ。

ヒロインたちはたえず魂の飢えにつきまとわれ、愛を求めては裏切られ、神も愛もないアメリカにきて想いは緑豊かな故郷へ向かう。たとえいま信仰は死んでいても、背後にいる父祖のそれは自分たちの血のなかで人間的望みの実現を求めてうずき、より高い人生を求める彼女らの希求も民族の何世代にもわたるそれからきており、アメリカ生まれの二世たちの向上もそれを基にしてのものではないのか。ところがその二世の成功者たちは、孤独で息づまるアップタウンの邸宅暮らしからゲットーの人たちのあいだに戻りたがる老母を、自分たちの体面のためアメリカ風にしたいと望むのだ(「ぜいたくな暮らし」)。こうしてたんに頭のなかでなく〈自分の属する民の叫び〉でものを書きたいという一人のヒロイン(「わたし自身の民」)の呟きは、その後の作者にもついてまわることになる。

この第一短編集に限らず、およそ自伝的といわれる作者の諸作品のなかでも最もその要素が濃く、固陋な父親と新世界で自己の権利を確信する強情な娘との確執を通して、アメリカの理想とユダヤ文化の融和を試みた代表作とされるのが『パンをあたえる人』(*Bread Givers*, 1925)である。四人姉妹の末娘で女主人公のサラの一家は、思わしくない家業と切迫するポグロムのなかでアメリカに希望を托す。ロシアからニューヨーク・ゲットーに落ち着いたものの、父は旧世界での伝統的生き方に固執して、トーラの光を拡める人間、神の人と自負し、祈りと読書にふける。家計の負担は娘たちが担わされ、しかも父はその給料を神のため、世の中の善のためと称して各種の移民団体の会費や慈善に使い、家族の者は自分のものもろくに買えず、飢えに悩まされる。さらに彼は、旧来のユダヤ社会の男性優位の考えを振りかざし、女は夫か父に身を寄せ、彼らに献身的に仕える存在であり、天国への道も男次第だとし、たえず律法の光を強要、親を敬えと娘たちに説教する。

姉たちの恋愛結婚についても、父は働き手をとられまいと過大な条件を出したり、戒律を楯に依怙地な誇りで妨害、しまいに自ら仲人役を買って出て、金銭面で自分に都合のいいように俗物的な男を押しつける。結局従順な姉たちが一刻もはやく家を出たいため、それを受け入れるのにサラはあきたらず、「わたしは自らが主人であるアメリカ生まれの男で、妻も一人前の人間として認めてくれる人を選ぶ」と宣言、説教にも反感をつのらせる。やがて父は、アメリカでは偽予言者も同然のラビにはならず、宗教を神聖に保つため商売をするのだといって、姉の結婚で得た金で食品店をだまされて買う。それでもなお妻子の血を絞る身勝手なやり方を続ける父に、たまりかねた末娘は、母親に告訴をすすめるも母はそこまで踏み切れず、意を決した彼女はついに、自分は支配する男など不要なアメリカ人だといい放って家を出る。

生活に追われるゲットーの姉たちも頼みにならず、ひとりで下宿生活を始めた彼女は教師をめざして昼働きながら夜学に通う。そのうち義兄の事業のパートナーを紹介されるが、金第一の考え方についていけず断ってしまい、思わず世俗的成功をトーラの知恵のため放棄した父のあとを継いだのではと省みるも、却って父からは男を斥け自由に生きようとするのを非難され、親子の縁まで切ると罵られる。もはや父の理解は期待せず、自分の内なる要請に従ってどこまでも歩み通さねばならぬと思い、カレッジへ入ってもなおアルバイトを続けながら、周囲との異和感に耐えて勉学に励む。

卒業後ゲットーの公立学校の教師としてニューヨークへ戻り、ヘスター通りに帰っている両親を数年ぶりにたずねるが母は死の床にある。母の死後まもなく再婚した父が、義母から家計を稼ぐようガム売りに出されているのに遭遇、ショックを受けたサラはやがて病床についた父の看護にあたる。折から教師生活に空虚さを感じ始めていた彼女は、次第に父との肉を通しての一体感を強め、これまでの苦境からの脱出、向上も自分のなかに燃えている父の精神によるのではないかと自問し、彼とのあいだに信頼と愛情をとり戻す。彼女のよき理解者である校長との結婚に際して、父がアメリカの若者は神の否定者で安息日の神聖さも知らず、道に迷いユダヤ精神を失っていると批判するのに耳を傾け、さらに諸戒律を守ることを認めるなら二人と同居してもよいというのに、気違いじみた伝統固守だが、すべてが変わる世の中でただ一人変わらぬ父の生命の光をともに守ってやるのが自分のつとめではないかと悟り、そしてまたこのような父を生んだ幾世代もの影を感ずるのである。

こうしておのれの血のなかのユダヤ性への回帰がはかられ、これについては、後年の半虚構の自伝

『白い馬の赤いリボン』（*Red Ribbon on a White Horse*, 1950）でもユダヤの伝統のなかに意義を探り出せることを確信している。一方作者としてはアメリカ化とのあいだに立って、ゲットーとアメリカの裂け目に理解の橋をかける試みに向かった。アメリカの夢を追うなかに潜む危険を自ら体験し、自分の根にたいする強い認識に基づいて理想のアメリカの活性化、その創造力の源としての移民の存在意義を主張するのである。

## 3

時期はほぼ重なるがこれまでのケースと違い、作者サミュエル・B・オーニッツ（Samuel B. Ornitz: 1890-1957）自身ヘスター通りに生まれ育ち、ヘブライ語学校には通ったものの旧世界の記憶を持たず、ニューヨーク・ゲットーの生活の経験と観察から、もっぱら移民の子のアメリカでの臆面もない成功をとりあげたのが『腰と腹と顎』（*Haunch Paunch and Jowl*, 1923）である。ここには親を通しての旧世界との軋轢やアンビヴァレンスの感情はなく、自己分析もあまりおこなわれず、アメリカにおけるユダヤの集団的価値の衰退にともなう個人主義の浸透を見据える点で、その後のユダヤ系文学にとって一つのタイプ（とくに汚い主人公《ダーティ・ヒーロー》）を創り出した。例えば、レヴィンスキーのようにユダヤ移民が集中した被服業界で、狡知を働かせ仲間を裏切っても恬《てん》として恥じず、成り上がる主人公を描いたジェローム・ワイドマン（Jerome Weidman: 1913-98）の『ハリーの打算』（*I Can Get It for You Wholesale*, 1937）や、ユダヤ移民自身が築き上げた映画王国で、脚本の盗作、裏取引等あらゆる策を弄して、撮影所長におさまるサミィの出世物語である、バッド・W・シュールバーグ（Budd W. Schulberg: 1914-2009）の『なにがサミィを走らせるのか？』（*What Makes Sammy Run?*, 1941）などの嚆矢にあたる作品といってよい。

主人公は、父がツァーの軍隊にとられる前にアメリカへ逃げてきたユダヤ人一家の一人息子マイヤー・ハーシュで、彼は渡航の船中で生まれ、その後ニューヨークのゲットーで育ちながら悪徳弁護士へのしあがっていく。そのほとんどアメリカ生まれといっていい移民二世の主人公を語り手とし、彼の十歳直前から約二十年にわたる成長過程を中心に、大量移民期の移民社会の裏面ないし実態（とりわけ被服産業界と市政面）を描いている。これは作者が羊毛の商売に失敗したあと、ソーシャル・ワーカーやニューヨーク刑務所協会の職員などの体験を通じて犯罪の実状、法の裏側を知ったためだろうし、彼はまた一時共産党員でもあった。

少年時代に街のチンピラギャング団に入った主人公は、他のグループとの抗争や商店への脅しなどで悪知恵を働かせ、早くも後年の素地をつくる。ラビを希望する母の願いを振り切り、マキャベリアンの叔父のすすめで弁護士になるべくシティ・カレッジに進むや、在学中から裁判所に出入りして弁護士稼業の裏を学び、ギャング仲間を釈放させたり、政治にも手を出して、タマニーホール（ニューヨーク市政に干渉した民主党系の団体）のためにギャングを使って票の買収や投票工作をおこない名声を得る。またヨム・キプール（贖罪の日）にシナゴーグへ行って会衆の受けをよくするのもすべて将来に備えてのことだった。一方父のミシン仕事を手伝っていた叔父は、ドイツ系ユダヤ人への対抗心から、請負業者を通さず直接安い労働力を雇って衣服の製造業を始め、その弱肉強食の方針で悪評を買いながらも、イースト・サイド随一の搾取工場の所有者となる。主人公にもいいきかせる彼のモットーは、名門でないなら自らがその先祖になればよいというものであった。

この間主人公ら青少年をとりまくゲットーの環境は、あい次ぐ大量の移民で劣悪を極め、盗みなどの非行は日常茶飯事となり、売春街も目と鼻の先にできて性の早熟化を促す。そのなかでマイヤーの女の子への関心も高まり、とりわけ近所の知的な美少女で、仲間の憧れの的であるエスターに欲望をつのらせるが、思うにまかせず敗北感を抱かせられる。しかしその一方で、田舎娘のグレーテルにもひかれ、ついに表向きは自分の召使として引きとり、彼女と結婚せよという母と仲違いする。彼にとって結婚とは野心を推し進める手段であり、その意味ではエスターも対象と思ってはいないのだ。作者はここで当時の移民の子供たちの生活を、一、家庭では旧世界の両親にとって異邦人の存在であり、二、厳格で洗練された公立学校ではたえず同胞の粗野やみすぼらしさを思い知らされ、三、ヘブライ語学校では罰と恐怖と迷信の雰囲気にひたされ、四、街頭こそギャングの掟の世界で、いきいきとした生活の場だったと主人公に分析させている。

卒業後いよいよパートナーと開設した法律事務所には依頼人が溢れ、主人公自らも行商人たちの保護やギャングの縄張りの保障に乗り出す。売春宿についてはあえて大向こうをねらってあえて一掃、味方の選挙を有利に導いたうえ、〈アメリカにおけるイスラエルの楯〉と呼ばれてユダヤ問題の代弁者となる。さらに、野心家の叔父が組合を利用してドイツ系ユダヤ人の業者たちへストライキを打たせるのを助けるため、組合の弁護士になることを申し出て、配下のギャングを組合と組ませ、相手のガンマンたちに対抗させて業者側を休戦に追い込む。その間に業勢を拡大した叔父は思惑通りブロードウェーに進出、百万長者になったとたん組合を非米的存在と投げ捨て、結婚によって、敵対したドイツ系の名門社交界へ入ろうと目論むのである。マイヤー自身はにわかに労働者のチャンピオン扱いされるが、急進派からはイースト・サイドに跨った美食の巨人(Haunch Paunch and Jowl)といわれ、これがのちの主人公の姿を諷刺的に暗示する。しかし自分では、失業などの厳しい状況により、理想主義が失せたなかで動かざるを得ない汚い世代と自認しているのだ。

彼もゲットーを恋しがる母ともども住居をアップタウンに移すが、活動は依然としてイースト・サイドの拡張した事務所でおこない、選挙に出ることも考慮し、急進派が若い世代を獲得するのに対抗して、合理的な改革派《リフォーム》によるセッツルメント開設を提案したりする。やがてある事件との取引きで州の高等刑事裁判所の判事の椅子を手にいれた主人公は、より高いポストをねらって汚い仕事からは手を引こうと考える。これと前後して師範学校にいったエスターが急進派のアイリッシュと結婚したと聞き、ショックを隠せず彼女を思い切れないものの、内縁関係のグレーテルも捨てる気になれないでいる。心配した叔父の手切れ工作は失敗し、母まで関係を公表するというグレーテルの味方となって、ついにスキャンダルを恐れたマイヤーは彼女と結婚する羽目になる。これで上流の社交界には入れてもらえず、七年後いまやすっかりふとった主人公は、妻と一緒にリバーサイド・ドライヴのオールライトニクス・ロウ(Allrightniks Row)という、東欧系ユダヤ人の成金がドイツ系ユダヤ人とその異教徒の隣人を閉め出したところで、何事も金を中心とした俗悪な暮らしに明け暮れする。もはやイースト・サイドとはつながりを失くしている主人公は最後に、移民が金の追求者と夢の追求者に二極化した現在、知性主義がひきつけている新しい世代は自分には理解できぬ異質な連中だ、と感慨をもらすのである。

主人公にせよその叔父にせよ、レヴィンスキーの味わう成功の苦さなど露ほどもなく、あくどさや厚かましさを恥じるどころか正当化さえしている。これにたいして、作中の一医師はユダヤ人問題の解消を新しい血の導入による異種族間結婚《インターマリッジ》ではかれと説き、これと逆に孤立化をあおり、ユダヤ人問題をひきおこしているのがほかならぬプロフェッショナル・ジュウだと攻撃する。いまこそ彼らにたいする内部からの批判がより必要なのに、彼らはそれを圧殺しますます金儲けの仕事に精を出す。同胞の保護者と自称するが実際はその牢番であり、ユダヤ人の啓蒙と自己解放を妨げているのだ……。まさに主人公の醜いエゴイズムが衝かれており、本人もレヴィンスキーやサラと違い旧世界の価値に一顧もあたえてはいないが、すべてに打算的な叔父にくらべれば彼にはまだどこか人間的情感が残されている。詩人肌の青年や理想主義者の友人との交遊、欲望からだけでなく理想美の化身としてのエスターへの憧れ、出世の妨げになるとわかっていても、心の休まるグレーテルとの関係を進んで断とうとはしなかったところなどだが、それでもやはり作者ははじめユダヤ系読者の反撥を予想して、この作品を物故したある判事の回想録として匿名で発表したという。

医師による正面きっての批判を入れたり、成金の生態を辛辣に皮肉るとともに、搾取工場の搾取のからくりや組合の存在意義をめぐる議論、あるいは主人公の目を通してみた社会主義者やアナーキストたちの動きなど（否定的であっても）、労働・社会運動への関心が色濃いのは前述の作者の経歴によるものだろう。主人公最後の感慨にも、一九三〇年代へかけての時代の動向への予感をにじませている。ユダヤ性を失くすことで反ユダヤ主義の消滅をはかったり、また社会主義への改宗からいっても、ジユデイズムへの回帰はここにはない。むしろそれを排除して、劣悪な生活・労働条件と人種的偏見との二重の疎外状況からの脱却は、マイケル・ゴールド（Michael Gold: 1883-1967）ら急進派にひきつがれていく。作品としては被服業界の内幕の暴露に一部『D・レヴィンスキーの出世』とも共通し（シュールバーグやワイドマンの意図も同様）、カーン同様マックレーキングの影響や、環境による性格の形成をとりあげた点、二十世紀初頭のアメリカの自然主義の傾向もうかがえる。当時のフレーズないしジャーゴンと思われるものが多用され、また人物の消息を追うあまり構成には難点もみえるが、ユダヤ移民が暗黒面でも先着のアイリッシュやイタリアンに伍して、冷厳なアメリカの現実に適応していった姿を、ニューヨーク・ゲットーを舞台にきわめてリアルに捉えている。

作者はその後ハリウッドに入り、ファシズム台頭期にはナチ反対同盟の設立に尽力し、戦後は非米活動委員会の映画界への介入に反対、いわゆるハリウッド・テンの一人として服役する。その間ユダヤを隠し、アメリカ人よりもさらにアメリカ的になろうとして却って孤立するユダヤ系の話、『安息日の花嫁』（*The Bride of the Sabbath*, 1951）を出したが商業的に成功せず、以後創作より社会的分野への関心を強めていった。

## 4

マイヤーの場合を除き、大量移民期の文学にみる主人公の同化と、父祖伝来の価値にたいする郷愁または伝統への回帰のテーマ、成功と悔恨の物語は移民の第一世代にあって典型的なものとされているが、要するにアメリカにおけるユダヤ的伝統の存続の問題であり、同化とそれへの抵抗に帰着するだろう。シュテトルは外圧による不安の海に囲まれていても、ともかくジュデイズムを中心とした一個の伝統の島であり、彼らなりの数百年にもおよぶ生き方があった。いまや生活苦はあろうとアメリカという自由の海では、移民の生活はカーンなどが示したようにいやおうなく併呑の力を受けて拡散せざるを得ない。その時伝統の鎖が強い抵抗となって彼らの足を引っ張るのだ。

家族はいうまでもなく、出身地ごとの互助組織やシナゴーグを通して結束を固め、旧世界の価値の保持につとめても、外部の諸価値の浸透、異教徒に立ち混っての生存競争は烈しい。居住条件の悪化や労働過重による家庭の崩壊、環境への反応の違いからくる新・旧世代の離間など、もはや集団でなく個人的対処、努力によって困難を切りひらいていかざるを得ず、時あたかも〈金ピカ時代《ギルデッド・エイジ》〉にあってますます個人主義の傾向が強まり、時代の流れとして旧世界からあった近代化のなかの宗教離れも加速する。さらに新天地アメリカの提供する向上へのチャンスが、世俗的知識欲にかられ理想に燃えた若者（シティ・カレッジをめざした時点のレヴィンスキーやイージアスカのヒロインたち）をひきつける。そのチャンスや自由を抜け目なく利用する点では（しかもユダヤまでだしにするしたたかな適応だが）、マイヤーと彼の叔父とて例外でない。しかし、とくにレヴィンスキーやサラにみるように、苦闘、成功の果てに見い出したのは自己の本性への疑問であったり、自分の血に伝わる遠い父祖たちの希求や存在であったりする。マイヤーは利用しているとのみ思い自覚こそないが、シナゴーグへ出席し、気心の知れたユダヤ人の妻とおなじ東欧系の成金同士の世界にどっぷりつかって自足しているところは、消極的かつ堕落しているとはいえ、これも見方によれば一つの伝統依存型ではあろう。また、同化を阻まれてときに宙ぶらりんとなる移民の精神的空虚とその対応については、のちにルドウィッグ・ルイゾーン（Ludwig Lewisohn: 1882-1955）がシオニズムの観点から『内なる島』（*The Island Whithin*, 1928）などで検証することになる。

いかに自発的要素がまじっていようと、旧世界から物理的、精神的に切り離され、根こぎになった第一世代にとって、根になじんだ土は忘れ難く、当時まだうち続く移民の群れにたえずユダヤ性への触発を受けていたことだろう。ともかくこの期は、大量移民によるユダヤ伝統社会とアメリカの出合いから生じた衝撃がより直接的に働いた時代であった。伝統の求心力と同化の遠心力のあいだで、昂揚、不安、焦燥、悔恨、郷愁といった感情的要素が登場人物にまつわり、自然主義的手法にもよるが、葛藤はあっても感傷におおわれ単調さは免れない。しかし、次第に第二世代の成長に伴い、個人の内部のみでなく、世代間の相違、対立もとりあげられ、いろいろなユダヤ意識の抵抗を抱えながらもアメリカ化が進行する。大量移民がストップしてからは〈るつぼ〉にとび込んだ衝撃にかわって、その内部（アメリカの社会機構）での融合とぶつかり合いを通し、ユダヤ系文学におけるユダヤ人のイメージはより複雑かつ豊かになっていく。その出発点としてこの期の移民そのものが、文学的テーマを背負った一つの大きい出来事であったといえるだろうし、イージアスカの主張になぞらえるなら、その後のユダヤ系文学への栄養添加により、アメリカ文学の創造の活性化がはかられることになるのだ。

（一九八八）

## 同化過程におけるアメリカ・ユダヤ系小説

アメリカのユダヤ移民の同化（assimilation もしくは acculturation）の様相は分野も多岐に渡っていて、それを反映させている作家側の関心、対応にもいろいろあるため的を絞りにくいのだが、ワスプ（WASP）を軸としたアメリカ社会での異民族との接触ということから、つきつめれば、彼らユダヤ移民およびその子孫の同化過程におけるアイデンティティの問題になると思う。言い換えると、アメリカで受容されるにあたって変容していくユダヤ性（Jewishness：ユダヤの宗教的戒律・慣習に基づく日常生活から醸成されるユダヤの特性で、モラル面や家族的もしくは民族的結束を通してうかがえることが多い）のありようということになろう。ただ、同化には積極的から消極的なもの（場合によっては拒否）までそれこそ様々な表れ方、ときには同化への抵抗が潜在する場合もあるようで、さらにこの問題には同化の主体である移民側だけでなく、それを受け入れる側つまり非ユダヤのホスト国民の反応、主として反ユダヤ感情から反ユダヤ主義に至る排斥力も絡むので、その点の影響も考えに入れておく必要がある。

この微妙なユダヤのアイデンティティあるいは帰属を扱う場合、ユダヤの否定という極端な例として、よくひとからげに自己嫌悪として片づけられることがあるが、ここでは、（1）表面的なユダヤ忌避に潜在するユダヤ性を取り上げたミリオンセラーの『マージョリ・モーニングスター』、（2）帰属の問題にいやでも直接ぶつかる異民族間結婚ないし通婚（intermarriage）と改宗についての代表的作品とされる『神様によろしく』、（3）抑圧からくるユダヤの性的放縦を描いて問題となったが、あえて同化に抗して孤絶し、異教徒にたいして屈折した態度をとる身内のユダヤ系への批判をも含んでいる『ポートノイの不満』の三作品についてみてみる。

## （1）ハーマン・ウォーク（Herman Wouk: 1915-　）
## 『マージョリ・モーニングスター』（*Marjorie Morningstar*, 1955）

自己実現の機会に恵まれている自由の天地アメリカで、自らの才能の輝かしい実現となる舞台女優への道を夢みて、迷信の巣とも思えるジュデイズム（Judaism：広くはユダヤ教を中核としたユダヤ人の文化・精神・社会的生き方も指す）に背を向け、一見奔放な現代女性の生き方をとったかにみえたヒロインのマージョリは、それと知らずに自らを欺いているのを恋人に指摘され、結局、避けたユダヤ性に意識的に回帰していくのである。

孤児だった父は十五歳で東欧より移住後、店の小僧から身をおこし、現在羽毛の輸入商社の共同経営者として不況も切り抜けてきており、一族の出世頭である。母ももとは英語もろくに話せぬ移民の娘で、町工場で働いていたせいか、自分の娘には自分たちの果たせなかったすべてのことをやらせたいと思っている。余裕ができて、家がブロンクスからセントラルパークに臨むウエスト・サイドのアパートへ移ったのに伴い、マージョリはそれまでの生活を嫌い、ボーイフレンドも近隣の裕福なユダヤ系の息子に乗り換え、両親のやることは低級な異国趣味とみなし、自らの移民家庭のことを表に出さぬ。ユダヤ教会堂は敬遠し、子供の頃習ったヘブライ語も忘れ、苗字さえユダヤくさい Morgenstein を Morningstar にすることを考え、それに自ら天職と思う女優としての将来の名声を重ね合わせてみるのだ。ハンター・カレッジの学内演劇で『ミカド』の主役をつとめ、喝采を浴びた彼女はますます舞台への熱を募らせ、友人を介して知り合った避暑地のショーの舞台監督兼作曲家 Noel Airman（ドイツ系ユダヤだが、これも Saul からの改名でユダヤの信仰は捨てており、Noel はクリスマスの意）に憧れ恋人になる。

ここには、移民一世の社会的・経済的向上に伴う二世子女のアメリカ社会への一段の適応、進出がうかがえる。集住したロウアー・イースト・サイド（L・E・S）のような劣悪な住環境から一般市民の中の居住地への脱出がはかられ、幼少期の宗教教育の中でのヘブライ語の記憶も、長じては親以上の境遇を求めての公立や私立の世俗的高等教育機関への進学で薄れる。自国語としての英語の習得や社会的慣習を身につけるなかで、親の訛りを恥じ、その旧世界由来の粗野で違和感のある振る舞いに反発する。また、同化への即応的手だてとしての改姓・名は、単に耳慣れない外国語音の不便をなくしたり、姓名からくる反ユダヤ感情を回避し、かつて制限の厳しかった就職にも有利になるようにとの実利性によるユダヤらしさの消去、隠蔽（自己嫌悪からといわれるもの）だけでなく、マージョリのように、積極的にアメリカ社会での自己実現を目指して行う場合もある。ユダヤ共同体の中核ともいうべき宗教生活は、L・E・Sのようなゲットーの壁を出ることにより、また、アメリカ生まれの世代への交替を通して希薄になっていく。教会堂から足が遠のき、主要な儀礼（割礼、成人式、婚礼、葬儀、過越しの祭り、贖罪の日等）は守っても、日常の礼拝、飲食律などは所属宗派、世代、階層等によってまちまちで、教育のある若年層は形骸化した儀式を守る偽善から離れ、禅など東洋の宗教へ走ったりして伝統的宗教心の衰退は覆うべくもない（一九三〇年代までも戒律無視が全世帯の約三分の二に及んだといわれる）。

こうしてまさに戒律にとらわれぬ生活様式に慣れ、アングロ・アメリカン志向を強めるヒロインだが、ノエルとの交際のなかで、彼女は次第に自らの本性を衝かれていくことになる。ユダヤ人たることは自分にとってなんの意味もないと思っているマージョリに、彼はきみには自己認識が欠けており、それこそユダヤ人たることがきみの全生活を左右していると指摘する。友人の情事にたいする本能的な嫌悪、セックスの罪悪視、自ら処女を失うことへのこだわり、すべてモーセ的戒律意識に支配され、ユダヤ的良心に縛られた時代遅れの躾のせいだといわれるのだ。これはなによりも端的に、習慣からとはいえ（あるいはそれ故にこそ）、戒律に反する豚肉がどうしても喉を通らないという肉体的拒否反応となって現れる。またあるいは、大食漢で社会の落伍者であっても、ユダヤの血の絆をよみがえらせてくれる伯父に思わず親愛の情を抑えることができず、一族の集うセデル（過越しの祭りの儀礼的晩餐）の席では、胸に訴えてくるものを感ぜざるをえない。

本格的な演劇界入りに何度も挫折し、結婚を願ったノエルにもからだを許したあと、芸術家として束縛を嫌う彼に逃げられた彼女は、友人のディナーパーティで再会したユダヤ系法律家とごく自然に結ばれる。彼は伝統的な宗教的家庭を持ちたいと望む男で、ノエルの予言通りマージョリはブロードウェーへの夢も蒸気のように消え失せ、ロングアイランドの大きい家に、四児を持つ上層中産階級の中年の主婦として、女優より幸せそうな生活を送るが、自己憐憫の気配はない。彼女はいまでは、家族の不幸（弟の戦死や自分の嬰児の事故死）を耐える上での宗教の必要性を信じ、食事の戒律を守ってシナゴーグへは定期的に通い、町のユダヤ組織の役員で活躍しているのだ。これは第二次大戦後小・中都市や大都市圏の郊外では、異教徒たちの宗教活動に刺激され、また自分たちの存在を示す意味からも、ユダヤ系の教会堂加入率は高く会堂数も増えているが、比重は社交を兼ねた社会活動にあり、それも年配の女性に負っている事情を反映していよう。

この作品では、性の解放という一九三〇年代から第二次大戦後にかけての、アメリカ全体の性道徳の弛緩・衰退の風潮（本書をミリオンセラーにしたと思われる時流のテーマ）に、若い二世、三世のユダヤ系も遅れずに参加していく姿（積極的同化）と、一方ユダヤ教の規範をヒロインにあっては潜在的だが、両親はじめ周囲の年輩者はおいそれと捨てられずにいる、その身に染み込んだ宗教的慣習を通してユダヤ性の根強さが示されている。

ところで作者は、マージョリの自己欺瞞的態度にはノエルを介して批判的だが、むしろ彼女のユダヤへの無意識な固着を止むに止まれぬものとして取り上げていたように、地位向上に見合って宗派を正統派から保守派に替えた父親に、その亡父への祈禱は依然として正統派の教会堂でおこなわせ、成人式やセデル、結婚式等のユダヤの伝統的儀式を熱っぽく描写するなど、この面での作者の思い入れはかなりのもので、最後にヒロインのユダヤ的状況への積極的回帰を示すことにより、ウォークは自己嫌悪とは対蹠的立場に立っているといえよう。現に、のちにジュデイズムにたいする強い関心が読書界にも現れるようになると、ユダヤ教への手引き書であるとともに、己の信仰の宣明ともいえる『ユダヤ教を語る』（*This is My God*, 1959）を出している。因に作者はニューヨークシティ生まれの移民二世で、ラビである母方の祖父からタルムードを学び、正統派のイェシバ大学で教えた経験もある。

### （2）マイロン・S・コーフマン（Myron S. Kaufmann: 1921-2010）
### 『神様によろしく』（*Remember Me To God*, 1957）

古来ユダヤ共同体の存続にとって棄教や改宗は大きな脅威であって、ましてや民族の血まで変え、〝死の接吻《ミタト・ネシカ》〟とさえいわれる通婚ともなれば（本人は死人扱いされる場合も）、生まれる子供の帰属も含め精神、肉体双方の消滅につながるだけに、捨てておけぬ問題だった。しかし、自由の新天地で次第に先住の異教徒との接触が居住地、学校、職場、社交場などを介して増えるに従い、この危険は高まるが、裏返していえば、ユダヤ系の子弟が結婚相手として受け入れられるところまでアメリカ化、世俗化が進んだ証左でもある。この作品は、一九四〇年代初期のボストンにおけるユダヤ系の生活の諸相を背景に、主人公の通婚を前提とした改宗問題を扱い、宗教的アイデンティティにも踏み込んで当時ベストセラーになったもの。

主人公のハーヴァード大学のユダヤ系学生リチャード・アムスターダムの一家は、ロシアからの移民の子でアメリカ生まれの父がボクサーあがりながら地方判事を務め、いまや中流階級として郊外に住んでいる。リチャードは地元の名門の子弟と友達になり、アメリカの歴史と一体になった彼らの家庭の雰囲気に感化され、将来その実業界に入ろうと決心する。また、学内の由緒あるクラブにユダヤ系としては異例の入会を許されると、ヤンキーの身だしなみやマナーに学ぶべくノートをとり、粗野なユダヤ系学生のための指針としてまとめようと考える。自分の使命はユダヤ系など少数派への偏見を誘発させぬよう、ユダヤ系学生たちを啓蒙することで、自分たちは多数派の基準に合わせて彼らに受け入れてもらうことが先決であり、そののち差別の排除など民主主義を推進していく——いわばトロイの木馬のような役目だと自任している。

やがてダンスパーティで知り合った、ブロンドのヤンキー娘で名門ラドクリフ女子大の学生と恋仲になり、それまでのユダヤ系のガールフレンドとは疎遠になる。結婚を考える彼にさすがに上流志向の母親も、異教徒は子供をクリスチャンにして父親に背かせることになると反対し、敬虔な父はユダヤ人は己がユダヤ人であるとき人間であるのを知るのだ、過越しの祭りに味わってきたわれわれの喜びを子孫にも伝えるようにして欲しい、と彼を説得する。息子はわれわれは異教徒のなかに住み、世の中も変わった、宗教の相違はもはや支障にはならないと反論。子供には出自を隠したりせず、両方の宗教を教えて選ばせればよいと肯んぜず、とうとう婚約を交わしてしまう。

この結婚にこれも元々反対の相手の父親からリチャードは、もし本気ならばなぜキリスト教に改宗しないのかと問い詰められ、ジュデイズムの狭量さや、メシア待望などユダヤ人の満たされざる欲求を指摘される。それに触発された彼は教会の十字架を前にすると、ユダヤ人としての改宗の決意を固めて次のように思う——自分は開けた心を持つゆえに福音を受容しよう、それにアメリカは良心の自由を保障しているのだ。ヤンキーの世界に受け入れられるのを望むなら、自分も彼らの生き方を受け入れねばならぬ。自分の改宗は却ってユダヤの自己確立を推し進めるもので、ユダヤ出身を自覚したキリスト教徒として、ユダヤ人の大義を擁護すればよいとまで考える。

こうして重荷から解放された気になった彼は、恋人の家の所属する組合派教会の洗礼を受けるつもりで、家族の者とは接触せぬようにするが、翻意させに寮へやってきた父親と口論になる。息子は改宗は自分の内部の問題であり、ユダヤの隔離主義よりキリスト教のより広い開放された世界をよしとするから、このままでユダヤ教を信じるふりをすることは虚偽となり、良心に反する。ユダヤたることは認めても、宗教はあくまで自ら選んだものでありたいし、その自由こそアメリカで保障されている。ニューイングランドではキリスト教がその緊密な一部となっており、したがって、ヤンキーの生き方の内的価値を認めて向上するのに、改宗を恥じるいわれはない。ユダヤ人への裏切りにもならず、ドイツやその占領下の同胞を救うには、軍隊へ入って戦うしかないのだと主張する。これにたいし父親は、今おまえはおまえでないものになろうとしているといって、宗教の良し悪しはそれに属する人次第だから、より良いと称する宗教を求めるのは無意味だという宗教観を述べ、ここでおまえが改宗したら、ユダヤ人たらんとして火炙りの目にさえ遭った先祖の辛苦はどうなると迫り、なんとか息子を引き留めようとする。しかし彼には、父がなにかにたいし神経症的な感情に駆られているように思えてならない。こうして父子の言い分は平行線を辿り、あげくの果て父親は、過越しの祭りに帰ってこようとせぬリチャードに平手打ちをくわせる。

その後暴力を悔いた父親は妻に結婚を認めるよう促すが、彼女はいくらリベラリズムの時代でも、シクセ（非ユダヤ人の女）に息子をとられる気持ちは、ユダヤの母親でなければ分からぬといい、思いあぐねた父親が学生部長に相談し、その忠告でことはラビの手に委ねられる。すでに日取りも決まった結婚式を目前にして、主人公は彼の家の所属する改革派のラビと会うことになる。

ラビはわれわれはどこまでもユダヤ人としての存在が基盤だとし、人類同様アメリカも小さい共同体で成り立っているのだから、アメリカ人たることはユダヤ人を通してであり、自分が生まれ育ってもっともよく知っている身近なユダヤの人々と接触を断てば、一種の国籍喪失者となり、ひいては神との結びつきまで失うことになる。ニューイングランドの人々とは、その上でお互い交流することにより学びあえばよいのだ、と彼を説得にかかるが、そのあとラビが、〝世界の民〟として人類というからだの血となり栄養を与えるユダヤの役割を強調するのに、うさんくささをおぼえたリチャードは、自分はピルグリム・ファーザーズのように前向きに子孫のことを考えて、父の家は継がず自らの生活を築くつもりだし、その権利もある。また、ヤンキーの家庭のほうをよく知っており、それに倣うべきだと思ってもいる。血はそれほど重要ではないし、ユダヤを別格のものと考えることには納得がいかない。ともかく、このまま分裂した人格でいるには耐えられぬから改宗するのだと反駁し、最後にラビ自身神を信じているのか、と反問して相手をたじろがせる。

ラビとの再度の論議を拒否したリチャードは、改宗のためいよいよ牧師のところへ洗礼を頼みにいく。自分は人生を真剣に考え、できるだけ最良の人間になりたいと思っているが、それには人を向上させる最上の手本として、ピューリタンの堅実な旧家が望ましい。自分のユダヤの家庭のように、息子を殴るなどマナーが悪く、長年の迫害で仕方ない面もあるが、選民のたわごとを信じ、神を信じてもいないのに信じなければと考えて、ますます葛藤を生んでいるのは愚かしい。結婚を妨害するのも許せないと告げる。牧師は、父親は彼を必要としているのだから、キリスト教の精神からいっても父を愛すべきであり、また、彼がたわごとという旧約の預言を信じなければ、キリストにおけるその実現を信じることは難しい筈だとたしなめる。さらに主人公が、遠い神との間の仲介者としてのキリストを信じるのは、その倫理的教えを信じるということで、神学的なことをそのままには受け取らぬ今日の大方のクリスチャンと同程度の信者として、洗礼を望んでいると答えるや、疑念を募らせた牧師から、要するに彼にはキリストの生と死、その復活を信ずる用意がなく、たんにアレゴリーとして考えているのだと指摘される。これでは改宗をただ合理化し、神抜きでやろうとすることになる。牧師である自分にとっては、人々をキリストのもとへ導いていくのがその役目で、ビーコンヒル（ボストンの富裕階層の世界）へではないと洗礼を断られてしまうのだ。

あてがはずれた主人公は、卒業試験にも失敗して徴兵猶予もなくなり、結婚話は妹のスキャンダルをきっかけに壊れて入隊することになる。訓練後、出港基地への集結を控えて一時帰宅を許された彼は、父に改宗のことは再考してみるが、まだしないと決めたわけではないと告げて出立していく。彼は近代的合理主義に流されて便宜的とも思える改宗に走り、結局、宙ぶらりんの状況に追いやられ、改めて自己のアイデンティティを問われることになったものだ。

この作品の場合、改宗や通婚の動機には、ジュデイズムにこだわる煩わしい親への反撥はあるにせよ、女への愛情もあって、必ずしも全面的に自己嫌悪からユダヤを逃れるためとはいえず（主人公は己のユダヤたることは認めている）、実業界へ入るのに有利との多少の打算はあるものの、むしろ自発的な同化の推進により、社会的地位向上を願う気持ちが強い。しかし、ニューイングランドのピューリタンの伝統との比較で、ユダヤ的価値を貶める考え方にはそれなりの理由もないではないが、相手に受け入れられたいと思うあまり、改宗などを通じ異教徒への追従がうかがえるところに、いわゆるユダヤの自己嫌悪が無意識にも出ているともいえよう。また、三世らしく主人公にユダヤを恥じる気はないとはいえ、結婚も宗教も選択でき、それが保障されていると考えるほどに同化の進み具合がみてとれる。一方父親もユダヤ教をリベラルで迷信少ないとし、判事として自らもその自由と平和の理想を信奉するアメリカへのユダヤ教の適合性をいうように、ある意味では多元的宗教観やアメリカとユダヤの価値についての複眼的見方に立ってもいるが、やはり、ユダヤの歴史的存在に繋がる民族的絆を断ち切ることはできないとし、世代間のずれにユダヤのアイデンティティのありようがうかがえ、息子には最後にそれとない帰属感の揺れを感じさせられもする。

同じテーマを扱った作品では、通婚で帰属感の欠如に悩んだあと、シオニズムの立場から離婚してユダヤへ立ち返る例や、シクセと結婚したものの家族や同胞から義絶され、さりとて妻の異教徒の世界にも彼らへの嫌悪で入っていけず、身内への裏切りによる罪意識を抱いて悶々とする男の場合などがある。逆に人間中心主義や同化の促進、あるいはユダヤ人問題解決の観点から、通婚の積極的肯定論もよくなされるところで、実際には地域により差はあるようだが、一九七〇年代で事例二〇パーセントといわれていたのが、二十世紀の末にはユダヤ側でも容認派は六〇～七〇パーセントにのぼっている。いずれにせよ（1）のケースなどと違い、同化の究極の形としていやでも帰属の二者択一を突きつけられ、意識的対応が迫られる問題だけに、アメリカにおけるジュデイズムの行方を左右する要因の一つとなろう。なお、作者はボストンでジャーナリストとして活動するかたわら小説を発表している。

### （3）フィリップ・ロス（Philip Roth: 1933- ）
### 『ポートノイの不満』（*Portnoy's Complaint*, 1969）

ユダヤの異常な性的放縦で専ら物議を醸したとされるが、この作品にはゴイ（ユダヤからみての異教徒）に対して屈折した態度をとり、同化になじまず、選民思想からともいわれるユダヤ独特のアイデンティティの主張、強調がなされることへの批判もみられる。少年時代から優秀で法科を首席で卒業し、ニューヨーク市の人権擁護委員会の副委員長をつとめるアレックス（アレクサンダー）・ポートノイ（ポーランド出のユダヤ家系の子弟で三十三歳）が、精神分析医に自分の幼少期の生い立ちと成人後の体験を、主に性的面から告白する体裁をとる。

主人公は両親に期待され、自らを比類ない存在と信じさせられる反面、特に過剰な愛情を抱く母親（ユダヤの母親《イディッシェ・マメ》の典型）に、幼時からジュデイズムによって彼女の思い通りに口うるさくしつけられる。食べ物の禁制（ロブスターなど）も抑圧的訓練に過ぎず、守らねば処罰されるのだ（これは後になんなく破ることで彼の自殺的かつ享楽的な面に自信を与える）。その心理的抑圧・負担を彼は射精で放出するかのように、呆れるほどの工夫をこらしマスターベーション癖を募らせ、成人するとあえて両親たちの嫌うシクセ（現に従兄弟のシクセとの婚約は彼の父親の工作でつぶされる）を次々に漁っては性的解放を重ねる。仲間がユダヤ娘と結婚して落ち着くなか、彼は反動的にタブーを破った上結婚しようとしない。それでも一時は大学時代に、中西部出身でアメリカの大地に結び付いているようなガールフレンドと結婚まで考えたこともあったが、これは彼女のユダヤへの改宗が叶わず壊れた。キリストを信ずるゴイは軽蔑している（父もユダヤであるキリストを神にしておいて、そのユダヤを迫害するキリスト教は無視せよという）もののの、もともとブロンドのあでやかなシクセは少年時代からの憧れで追いかけてきたし、社会に出てからは、性病を恐れながらも娼婦まがいの女と倒錯的性交渉を持つなど、愛は自ら束縛に身を任せた人たちを結び合わせるものでむしろ罪悪視する。

このようなアレックスのシクセ好みにたいし、彼の周囲のユダヤ系たちは、両親を含めアメリカの異教徒たちの間で暮らしながら、大戦前後の反ユダヤ主義（鍵十字の嫌がらせで主人公の家もやむなくジャージー・シティからニューアークのユダヤの集住地区の伯父一家の階下へ転居）などへの反発もあって、ゴイにたいする自分たちの優越意識が強い。母親のいいなりになってユダヤの良い子でいるのに耐えられなくなった彼は自己嫌悪に陥り、両親たちのそんな優越感が厭わしく思えてくる。ゴイによって掻き立てられた彼らの怒り、嫌悪は分からぬではないが、われわれユダヤ人の方がゴイより道徳的に優れているのは、彼らの浴びせかける憎悪や軽蔑のせいとまでいうのはどうか、それではこちら側の彼らへの憎悪はどうなる？　なんでも悪いのはゴイ、良いのはユダヤと決めてかかるのにはうんざりだ。そ

ん な考えは野蛮で、あんたたちのいってることはそっくり恐怖の裏返しではないか。ぼくがまっさきに区別を教えられたのは、熱いか冷たいかなどでなく、ゴイかユダヤかってことだった。そのユダヤの心の狭さときたら、まったくいやになる、と不満をぶちまける。こうしてユダヤの狭量さ、独善ぶりを取り上げる彼は、両親や親戚たちは穴居生活者同然の生活をしているのに、自分たちは優れていると思い込むような異常感覚をもつと批判し、ゴイについてはその良さはフェアに認めたいと思う。

さらに彼はユダヤの宗教的慣習にたいしても、バー・ミツヴァ（男児十三歳の成人式）は済ませたものの、若いときから無神論を唱え、ローシュ・ハシャナ（新年祭＝裁きの日）にも父の要請するシナゴーグへ行こうとしない。神やユダヤの受難の歴史を持ち出す父には、苦難の遺産など一個の人間としてかかわりなく、お父さんは無知だと反論して世代間の亀裂を露呈させ、姉がナチスのユダヤ全体にたいする扱いに照らして、いって聞かせるユダヤの負わされた宿命論にも耳をかさない。

こうして享楽的独身生活を送って来た主人公だが、気がついてみると自己の外にはなにもなく、いわば己の中に閉じ込められた感じで、妻子のいる健全な家庭への思いもちらつく。その混乱した逃走からもう一度自分自身を一人の人間にするため、イスラエルへの旅に出る。すべての発祥の地で最後にキブツ（イスラエルの農業共同体）のイスラエル生まれ（サブラ）の女を前にして、さすがの彼も自らを痛めるようなマゾヒスト風の性的無軌道に倦み、素直さや健康への欲求が湧き、皮肉にもシクセには口にしなかった愛や結婚のことまでいう。しかし、彼女から自分を嘲笑の的にして楽しむあなたには、生活を向上させる意欲がないときめつけられ、その上、何世紀にもわたって異教徒の世界の中で迫害された生活により出来上がった、脅え、卑下し、去勢された恥ずべきユダヤ人の典型であり、自らの血をもって生命を守るすべも知らず、おとなしくガス室へ赴いた何百万人のディアスポラ（バビロン捕囚に始まるパレスチナの外にある離散のユダヤ社会）のユダヤ人と変わらぬといわれてしまう。つまり彼は、人種的偏見をなくすというその職務を通して、ユダヤの偏狭さを脱し同化を進める方向を取りながらも、自分が批判していた両親たちのゴイ嫌いの異常感覚と形は違え、ディアスポラのなかの奇形的ユダヤ人を免れていないと悟らされるのだ。なお、イスラエルの二人の女にたいして、いずれもインポテントに終わるのは、シンボリックな暗示であろう（自立したユダヤ国家のユダヤ人と寄生的ディアスポラのそれとの懸隔や、シクセ固執へのしっぺ返し、それともユダヤを犯すことへの躊躇等）。ついでながらここでは、基本的には搾取的なアメリカの体制と、それをカモフラージュしかねないポートノイの仕事の欺瞞性も批判されている。

このほか主人公のユダヤくささといえば、いくらシクセを追ってもキリスト教を信ずるまでの気はなく、彼女らを救うという言辞には、それこそどこかユダヤの優越意識もつきまとう。また、クリスマスの光景への違和感（これは他の作品にも出てくるが）や、いわゆるユダヤ鼻にたいするコンプレックスもみられるし、そしてなんといっても彼の意識には、ジュデイズムにより大人になってまでも彼に抑圧のマークを刻みつけたユダヤの母親像が深く沈潜している。こうして彼の同胞への批判の矛先も減削され、いわば行き暮れた感があって、それによる不満のうちに閉じ込められたままになっている。

この作品については、ユダヤ系作家としてのP・ロスの姿勢が問題となる。かれは初期の中・短編以来ユダヤ系の同化を前提とした上で、感傷を排し理性的に彼らの内側に踏み込み、その俗物ぶり、宗教的偏狭さ、あるいは狡猾さを痛烈に衝き、いわばユダヤを逆手にとって、かつての図式的被害者像にとらわれぬ現実のなかのユダヤ人への認識を示してみせてきた。このようにジュデイズムから距離をおくことで、客観的立場における自己検討となり、自らの戯画化、諷刺、自虐、弱点や歪みの剔《てっ》抉《けつ》などへいき、この点特にしばしばユダヤ共同体で批判を招き、本作ではゴイへの密告者扱いまでされている。移民作家たちが新天地アメリカで、彼らのアイデンティティ問題をめぐる直接的葛藤を経験したのにたいし、同化の進んだ中でのアイデンティティ問題に、ロスがこのような反転的複雑さをみせるのは、やはり世代間の時間的経過の差異によるものであろう。

因に『コメンタリィ』誌（ユダヤ委員会による知識人向けのユダヤ系雑誌で一九四五年創刊）のアンケート方式のシンポジウム「ユダヤ性と若い知識人」（*Jewishness and the Younger Intellectuals*, 1961）に答えてロスは、ユダヤ的生活様式がもはやアメリカのそれとさして変わらず、伝統の価値も一民族の特性といえなくなり、反ユダヤ主義の衰退で自らをユダヤ人として纏まる必要もない現在、われわれを結びつけるものはなにか？　律法や神への関心が薄れては、イエスを救世主に非ずというだけで異教徒と区別するのでは、結合の理由としていかにも弱い、と始終希薄化するユダヤ人としてのアイデンティティを尋ねている。いずれにせよ、彼はこの作品以後様々な小説技法により複雑な〝自己探求〟を続けていくが、彼にはユダヤの戯画化などであえて反ユダヤ的にすることにより、却ってユダヤのアイデンティティを意識化させる効果もねらっているところがあるようにも思える。ポートノイも特にシクセとの好色の冒険に乗り出すことほど、彼のユダヤとしての自意識を刺激するものはないとしている。

以上のように第二次大戦前後から一九六〇年代にかけて、進行するアメリカ化によりユダヤ性を失っていく過程で、なんらかの形において触発されるユダヤのアイデンティティの様相をユダヤ系小説についてみてみた。これはホロコーストや反ユダヤ主義、シオニズム及びイスラエル建国と引き続く中東戦争などによって、外側から強烈に触発されるのをポジティヴなものとすれば、自らの同化への対応で弱められるか変形された、内的触発によるネガティヴなユダヤのアイデンティティといえるだろう。（1）は強い同化志向のもと自らを欺くなかで、他者によって目覚めさせられた根強い内なるユダヤ性への立ち返りを扱い、（2）の通婚・改宗の場合は、あえてユダヤ性を失う極端な同化だけに当事者には直截的に対置され、特に周囲の対応に強い形で表れる。ここでは、主人公も出自へのこだわりや裏切りの懸念からかユダヤの全面的否定には至っていない。（3）では（2）とヴェクトルを逆にし、そのユダヤの優越意識は、外部の反ユダヤ感情に触発されてのものでポジティヴに近いが、元来異教徒の世界にあって、ジュデイズムを中心に埋没を免れる手だての一つとして内在する、選民思想の屈折した顕在化ともいえ、主人公の生き方も含め、ディアスポラの中での奇形化したユダヤ性として抉りだされている。この外に、直面するジュデイズムへの反応として、触発される罪意識やうしろめたさ、あるいは無意識的な帰属感の揺れからくる不安などを題材にした作品もみられる。

確かにジュデイズムはディアスポラにあって、民族保持のうえで重要な役割を果たした。その限りで選民思想などによる孤立主義や排他主義も必要だったかもしれないが、いまやアメリカにはゲットーもシュテトル（東欧にあったユダヤ人集落）もなく、とくに第二次大戦後反ユダヤ的風潮や差別の急速な衰退をみるに及んで、アメリカ社会はユダヤ系の前に大きく開かれ、やがて彼らはアメリカ文化の主流に合流してマジョリティの一部にさえなる。同化こそがその生き方となり、かつてのジュデイズムの威力は薄れ、それを絆に同化の浸透を防ぎ独自性を保つわけにもいかない。いたずらな自衛は自閉となり、却って破滅を招きかねないのだ。

この厄介なディレンマに対処する方策として、自身も東欧系ユダヤ移民のアメリカ生まれの三世で、大学でも教鞭をとったことのあるジャーナリストのチャールズ・E・シルバーマン（Charles E. Silberman: 1925- ）は、一九六〇年代に入ってのエスニック事情の進展を背景にして、アメリカ的生活への同化・適応の再点検（＝アイデンティティの再確認）を契機に、宗教・文化の多元主義に基づくユダヤ系の生き方を、六年にわたる広範な調査を踏まえ、『アメリカのユダヤ人——ある民族の肖像』（*A Certain People: American Jews and their Lives Today*, 1985）で検証かつ解明している（ここではサイマル出版会一九八八年刊の武田尚子訳を借用する）。

それによれば、特に戦後生まれの世代には、ポートノイのように迫害や抑圧の中で受け継がれた遺産など、自由を享受する自分たちの経験しなかったものの喪失は実感しようもなく、ユダヤ意識へのこだわりさえなくなり、ユダヤ人たることの重荷や宿命観とは無縁になる。こうしてジュデイズムの放棄は容易になると共に、彼らは無自覚にユダヤ人に安住して大きなアメリカ社会に流され易い恐れが生ずる。ここでユダヤか否かは選択となるが、それには内省的自己の意識的把握が必要とされ、よりユダヤらしい生き方の発見がなされる。つまり、よい意味での自己中心的ユダヤ教の蘇生がはかられ、これは自由なジュデイズムといえ、アメリカ社会への高度な適合とシルバーマンは見ている。問題のあった通婚でも非ユダヤのパートナーの改宗（女性の方が多い）が増えているといわれ、また、第三次中東戦争（一九六七年）をきっかけにイスラエルへの関心が高まり、これもジュデイズム復活への一助になっている。

さらに彼は、元来宗教的差異に寛容なアメリカで、排他的選民思想を斥ければ、宗教的多元の支持と新たな選択によるユダヤ世界の複眼的立場がとれるとし、同化を恐れて孤立しなくとも、バビロニア・タルムードやマイモニデスの業績にみるように、古来最も創造的な時期は、他の文化と緊密な接触を持った時だったと、民族的活力についても肯定的だ。将来の展望についても、目立ち過ぎることへのユダヤ特有の不安や、二重忠誠にたいする他の層からの反ユダヤ的態度があるにせよ、アメリカが多様な宗教と民族の共生する調和のとれた社会である限り、ユダヤ系の存在は揺るがないと楽観的で、そのためには、イスラエルやユダヤ問題だけの目先の利益に惑わされず、広くアメリカの政治・社会問題への参加が必要だと説いている。

このようなシルバーマンの見解も背景に置いて、本論題への係わりでいえば、S・E・マロヴィッツが『アメリカ・ユダヤ系文学ハンドブック』(*Handbook of American-Jewish Literature,* 1988) 所収の「アメリカ・ユダヤ系小説におけるアメリカのイメージ」("Images of America in American-Jewish Fiction") で指摘しているように、「移民作家時代からの文学上の大きなテーマであった、アイデンティティや帰属の問題も様相を変え、例外はあるものの、探求する作家の主要目的は、閉ざされた社会でのマイノリティとしての宗教的あるいは民族的アイデンティティを確かめることでなく、自分が入っていく開かれた異質の現代アメリカ文化における、心理的、知的、そしておそらく形而上学的でさえあるそれの確認」で、小説作法上の革新も含め、より普遍的な人間関係における自己認識・探求の新しい試みとなろう。例えば、S・ベロー、B・マラマッド、P・ロス、C・ポトク、E・L・ドクトロウなど、マイノリティとしてのものより、その個人的才能に特徴をもつ作家たちにみられたように。ただ、両親などの世代からの影響もあり、また、シルバーマンのいうようなジュデイズムの新しい生き方の模索の中で、そのユダヤの自意識は容易に払拭されず、たとえ無意識であってもユダヤ的特性をなんらかの形で保持したまま、作品内容の現代的複層化や普遍化がいっそうはかられることになるだろう。

（二〇一〇）

# ハーバート・ゴールドにとっての帰属意識
## ——アメリカ・ユダヤ系自伝の系譜を背景に

### 1

ハーバート・ゴールド（Herbert Gold: 1924-　）はユダヤのアイデンティティの問題（歴史的にまた現代アメリカでユダヤ人であることの意味）について、その三部構成の自伝『わたしのこの二千年』（*My Last Two Thousand Years*, 1972）により個人的説明を試み、冒頭のテーマの提示ともいうべきユダヤにたいする忠誠への復帰により、その共同体あるいは歴史とのつながりの再認識を半生にわたる彼の諸体験に絡ませて述べている。

［第一部］子供の頃ハーバートは、ドイツ生まれでアメリカにきてナチスの宣伝家になったG・S・ヴィアレック（George Sylvester Viereck: 1884-1962）の〝さまよえるユダヤ人の自伝〟と銘うった『わが最初の二千年』（*My First Two Thousand Years*, 1928-32）に魅せられたり（本書のタイトルと関連）、自らをロマ（かつて

のジプシー）になぞらえたりして、流浪の民へのロマンティックな憧れを抱き、やがてE・A・ポーと詩作にとりつかれる。高校を卒業すると彼は、かねて嫌っていた家業（青果商）の手伝いのこともあり、家庭の閉塞感からヒッチハイクでニューヨークへ行く。以前父も働き、当時まだユダヤ移民社会の残るロウアー・イースト・サイドでアルバイトをしたあと、南部を廻って一年後いったんクリーヴランドに帰郷する。

　結局、ユダヤ人社会の一員になれば特殊な魅惑的意味があるかもしれないが、部外者のようなユダヤ人から離れることが一般的真実、詩や知識の人生に加わる方途であり、芸術と知識のほうこそ現実であって、種族への復帰はそうでないと思い定める。元来彼の移民家庭はジュデイズム（ユダヤ教のほか、広くはそれを基盤としたユダヤの文化・社会生活全般も指す）の影響が希薄で、特に早くから自由思想家だった父は、あとにした旧世界の過去を断ち切り、自らもシナゴーグに通うことなく、子供の宗教教育はラビによるユダヤ的ユニテリアニズム（キリストの神性を否定するのでユダヤ人に抵抗が少ない）に委ね、息子のバル・ミツヴァ（ユダヤ男子十三歳の成人式）も不要と考えるほどだった（これは本人も拒否）。

　生育地のクリーヴランド郊外レイクウッドに望ましい芸術共同体の可能性なしとみた彼は、両親の希望する家業の跡継ぎや、法学あるいは医学のような実学への進学にも同意せず、働きながらコロンビア大学で哲学と文学を学ぶため改めてニューヨークへ旅立つ。しかし、大学を一年で中退して陸軍に応募し、三年間の服務中編集者から詩より散文を書くべきだとの啓示的示唆を受けたりする。軍隊生活を終えるにあたっては、孤絶を誇りとした少年時代の終焉を自覚し、真の自己を知りたいという出自への関心が強くなり、家族や歴史の必要性を感じ、伝統的儀式が現実的に思えてくる。一九四六年春の除隊後、彼は復員兵援護法《ジー・アイ・ビル》によって復学し、哲学の卒論に取り組んでのちに修士号を取得することになる。

［第二部］これまで大戦末期に原爆のことは知らなくとも、ナチスのユダヤ人虐殺や身辺の反ユダヤ的言動への関心はもってきていたが、投稿した小説の初の雑誌掲載時に、筆名をめぐってユダヤであることの問題に直面する。女性編集者から姓のGoldをおそらくユダヤ臭を避けるためGouldに変える提案をされ、一晩悩んだ末に、移民の父がアメリカを象徴するものとして選んだ名前にこだわり、これを断る。ここで彼は、ユダヤ人であるか否かその実体が世の中に告げられると、重大な分かれ道にぶつかることになるのだと思い知らされる。自分はたとえ敬虔で善良なユダヤ人でなくとも、父や兄弟、いたるところの未知の従兄弟とかかわりがあった。彼がそのことにいかに無知でいようと、過去の意味するものに必要なら心を労さねばならず、部外者ではいられないのだ。そうでなかったら、文学的出発ともいえるこの時、早くも虚栄心と野心に引きずられていたかもしれない。

ニューヨークのボヘミアン的生活に伴う孤独と憂鬱のなかで、折から耳目を集めていたパレスチナ動乱については、国際主義の立場から国民国家樹立に信が置けず、したがって「キング・デイヴィッドホテル」の爆破（一九四六年）などユダヤの極右武装勢力のテロには批判的で、ニューヨークの狂信的愛国主義者のタイプも好きになれなかった。ただ、自分がモーセの宗派に属するアメリカ人なのは認め、ユダヤ人といえば両親と殺された六百万であり、自分にとって悩みの種という思いを抱いて生きてきた。ここで皮肉なことに、その後イスラエルの建国宣言時（一九四八年五月十四日）にユダヤ系たちがマンハッタンの街頭で輪舞しているのを、最初冷めた目で見ていたが、やがて彼の胸は高鳴り、一緒にいた同棲の女性（彼と同じ中西部出身のユダヤ系でこれを機に結婚）の誘いに応じ、その手を引っ張り群衆の輪の中へ加わる。イスラエルのことより、他国の同胞をも想いながらユダヤ人たちと踊るのは好きだったからだというが、その主義に照らすといささか苦しい弁解といわざるを得ない（もっとも明言はないが、後にイスラエルにたいする見方は変わってきたようで、あるインタヴューでは自らをシオニストとしている）。

イスラエルの興奮がおさまると、これは自分の人生とどうかかわるのか？　求めるのはやはり芸術の共同体であり、そこが自らの所属するところで、アイデンティティのありようもそれと関連するのではないかと思えてくる。家族の結びつきや歴史における血縁関係など、本来自分に提供されているものを進んで受け入れる気がおこらず、むしろ美しいボヘミヤンの大義のために武器を取る。自己の歴史とその意味を見いだし、理念と自己を越えたなにかを自らに与えることが必要だったにもかかわらず、ただ漫然と気分まかせで日々を過ごし、そのうちさすがに当時在籍していた大学院の院生の安易な生き方に甘んじていられなくなり、変化が必要とフルブライトの奨学金を得てパリ行きへ踏み切る。ここには、ユダヤ的なものへ積極的に向かっていけず、停滞ないし退行の姿勢が示されていよう。

パリには実存主義者や冷戦で亡命してきた思想家たちの共同体があり、彼もソルボンヌに通いながら（一九四九〜五一年）芸術家・哲学者を目指す。また、ソール・ベローやジェイムズ・ボールドウィン等との交友、ローマ旅行でリチャード・ライトの文学の集いへの出席、彼自身の小説の出版を考えてくれる女性の文学パトロンとの出会いがあったりするが、一方ボヘミアンの共同体とのつき合いなどをめぐり妻とのいさかいが生じてくる。これは彼女の妊娠による休戦状態を挟んで、数年後の離婚へと向かうことになる。このパリでショックだったのは、ナチスの人体実験の結果先端肥大症になったユダヤ系フランス人の従兄弟や、ナチスに強制収容所で虐殺されたユダヤ人芸術家について書いた本を同じ犠牲者のロマに献じ、生き延びたことへの罪障感と死者の顕彰のため、自らは絵筆を折ったユダヤ老人との邂逅だった。老人によればロマへの献辞は、ユダヤ人に比べ彼らが世界から忘れ去られる恐れがあるからだという。

　最初の長編のニューヨークの出版社による採用や、長女の出生などがあったあとパリから帰国。郷里クリーヴランドで生計のため、ホテルのマネージャーなどの仕事をしつつ小説の執筆のほか、赤狩りのマッカーシズムへの反対集会での演説、原爆スパイ容疑のローゼンバーグ夫妻の死刑執行反対運動などで連邦捜査局《F・B・I》の訪問も受けるが、結局当地の文学的環境からは求める共同体や目的感が得られず、小説、家庭、友情以外のなにかを探しに、文学講義などのための助成金により家族でハイチに赴く(一九五三年より一年半)。

　ハイチにはユダヤの会衆や墓地、共同体もなく、数人のユダヤ系米人と二人のイスラエル人がいるのみのようだった。小さい時から宗教的なものを分かち持つことも共同体もなしでやってきた彼にとって、ハイチでのこの欠如は別に意外ではなかった。ただ、多少のユダヤ的習慣とその両親への投影が、生きていくうえで必要な過去との結びつきを今の彼に与えてくれたに違いない。よく理解出来なかった父とも折り合いをつけ、父子の血のつながる道は彼を歴史にかかわらせるものとなり、早晩自分が父のところに戻ってきたように、自分もまた子供とともに未来の歴史へ乗り出していっているのだ。これまでの結びつきのない歴史の不毛さが飢えや渇きのようにひどくなり、パリやクリーヴランドの連中、友人あるいはビートニクたちより、先端肥大症の従兄弟や自著をロマに献じた老人のほうが身近な存在に思えてくる。彼はユダヤの痕跡のないこの地で、自らのうちのユダヤの執拗で半ば意識的探求を続ける。ユダヤ人とは何か？　そして自分はなぜユダヤ人なのか？　という幼い時からの問題である。

いないと思われた地元のユダヤ人も探してみると、かつてコーヒーの商売でベルリンからハイチにきたユダヤの家系で、本人はユダヤ人たることを知らぬローマン・カトリックのエンジニアがいたり、フィラデルフィアで学んできたやはりカトリックの黒人会計士は、アメリカでの黒人差別を怒るとともに、自らコーエンという典型的ユダヤの名前をもちながら、ユダヤは戦争にかかわりがあると反ユダヤ的態度をとり、しかもコーシャ（ユダヤの飲食律で清浄な）とされるワインを輸入している。ウクライナ出身で、最初はニューヨークのエリス島（一八九二年から一九四三年にかけてもと移民局のあった湾内の小島）に行くも眼病で入国できず、ハイチへやってきた老仕立屋は、貧しい大家族を抱えて関節炎も患いながらミシンを回している。老人はイディッシュの話せぬハーバートに呆れるが、これはのちにモスクワのシナゴーグでも、ユダヤ人であることを疑われるもととなる。その他彼は、ハイチに骨を埋めるつもりで、蔵書に囲まれてハイチ人妻と暮らすロシア系ユダヤ人などにも会う。なかでも中欧の家系のイスラエル人で、国連から漁業の指導に派遣されていた無神論者の専門家と懇意になり、いつか彼の妻子のいるキブツ（イスラエルの農業共同体）へ来るよう誘われたりする（のちに実現）。

この探索の過程で、ユダヤ人は痕跡をとどめていないといわれていたハイチにあっても、常になんらか彼らの印を残していることは、彼にとって深い慰めとなった。ハイチで死んでいく孤独なユダヤ人はユダヤ性の希薄な自分と少しも変わらず、たとえ息子たちが父を忘れようともなじんだ自然は忘れず、よしんばその自然が忘れても結局歴史は忘れぬと思う。ここで照合されるのは本書の前書きである。スペインからマラノ（表面上キリスト教へ改宗しながらも、密かにユダヤ教を信奉したユダヤ人）が逃れていったマヨルカ島パルマに、ユダヤの共同体はないものの、カテドラルにはユダヤの遺物が残り、自分がマラノの子孫と判った建築家で闘牛の審判員は、伝統に反すると審判員を辞め、ユダヤ教でなくプロテスタントへだが、カトリックから改宗したというもので、これもユダヤの血への忠誠を示す事例として取りあげられたのだと思われる。

このようにハイチでユダヤの歴史や血についての認識を新たにしたハーバートだったが、帰国して妻の出身地デトロイトに居住し、大学に出講するようになった彼を待ち受けていたのは、彼同様に神経質な妻とののっぴきならぬ確執による精神の消耗と家庭崩壊だった。書くことにかまけて夫の役目をおろそかにした結果でもあり、ついに彼は別居し離婚手続きが弁護士間の交渉に委ねられる。深夜映画やジャズ酒場に仲間を求めたり、女の子とデートの合間に二人の娘たちと会うなど落ち着かぬ生活を送ったあと再びニューヨークへ行き、結婚で妨げられた青年期を三十二歳で続行することになる。

娘たちの養育費のためもあって、長編の執筆と出版のほか男性雑誌からのインタヴュー記事まで引き受けるが、ここには自らの体験や見聞を通して当時の作家たちの生態や、ユダヤ系による悪名高いマンハッタン文学界の支配の実態（たしかに出版界にはユダヤ系の者が多いが、支配の神話が作家のパラノイアを助長したに過ぎないとする）も開示されている。彼自身については、非ユダヤ青年による彼の売り出し企画――多作なこと、健康であること、滑り出しがよく実際先に立っており、さらにユダヤ系であることの有望さなどでコラムやトークショーにより大衆に宣伝し、映画などへの波及効果も期待できる——を提案され、結局、そのようなキャンペーンは自分には向いてないと断るものの、その誘いに一時的にせよ自らの共謀があったのを認める。青年の提案は彼に、自分がだれか他人の夢に共にしっかり結びつけられたかのように思わせたのだった。

この期間は妻との離婚期で、精神的、経済的な苦境にあり、一方さまざまな女の子たちとの出会い、悪夢のような夜明けまでのパーティ暮らしなどで生活も荒んでいたためか、「女の子たちの世界や文化の交流のなかにあって、わたしは自分が作家であり、ユダヤ人であり、人間であることを忘れた。抜け目ない商人で、体と魂をベッドと契約の相手に提供するのに最善を尽くした」との自嘲的告白までなされている。

[第三部] ユダヤのアイデンティティの根を問うイスラエル行きと、後半の大部分を占める中年のアメリカ・ユダヤ系作家としての省察を通して、著者の帰属意識がそれなりに表明されている。

イスラエルの前に再訪したパリでは、今日と現実への手応えを求めるため、遡ってかつて滞在したこの地で自分の過去を確かめようとするが、その中へ入っていけず、さらにマルセイユへ向かうも空しく、結局フランス心酔も長期の孤絶のもとで色褪せているように思えた。自分はフランス人でなく部外者であり、なにか別のものを見いだす必要があったのだ。そこで、ハイチで知り合ったイスラエルの漁業の専門家をあてにしてハイファ行きの船に乗る。船上で近づきになったハンガリー生まれでスウェーデン市民の女性は、十二歳の時にナチスにより母親と共に娼婦にされ、性の機械として医師から肌に奇怪な襞や割れ目を刻まれ、その傷跡をみせられたハーバートはおぞましさにおののく。ハイファには彼女の夫であるスウェーデンの領事が出迎えにきていた。

イスラエルでは、ヨルダンとの国境近くを通過する時の緊迫した空気、文明の利器や気晴らしがなくとも、固く結ばれているキブツの親子水入らずの場面などに触れる。特に、やっとわが家のような気がするエルサレムで、建国十周年記念フェスティバル（一九五八年）のパレード前夜の部外者の入らないパーティで女性を送っていったあと、宿舎への帰途に夜明けの市中の路上での思いが断片的ながら開陳され、この故国での体験が自らのアイデンティティに結びつくことで徐々に啓発され、自己再生の予兆らしいものまで感得する。

「わたしが信じていない神、完全には属していない民族、市民となっていない国家、単なる旅行者として加わる明日のパレードと祝典がすでに自分の中に宿っていた」

「わたしは依然信じることなく、レイクウッドからきたアメリカ人だったが、その旅行者は過去のなにかと接触し、そのなにかが彼を変え、さらに重要なのは、彼が他のすべての人を見る目を変えたことだ」

「自分はいきなり父祖たちの信仰を取り入れることはせず、その教えるところを学んだのだ。それは彼ら同様わたしの不満を黙らせはしないが、今自分もまた、父祖たちがその息子や娘たちを通じて与えてきた歴史を再保証されたのだ」

こうして求めていたものは、知らぬうちにおのずから彼にたいして姿を現わしたのだった。

軍事パレードに臨んだ彼は、死の武器は自分が忠誠を捧げる人道主義や民族にとって自らの理想となるのか？　この国の運命は他のどの国のそれよりましなものにならぬのか？　などとさまざまな疑問を抑えきれず、また、イスラエルはいつまでその存立を武力に頼らざるを得ないのか？　と懸念を抱く。そこへ例のスウェーデン領事夫妻がやってきて別れを告げるが、ナチスに損傷を負わされたその妻はそれゆえに女となった。同様に彼自身も、ユダヤからの引きこもりの生涯と運命の回避のゆえに、エルサレムへ戻されたユダヤ人となったのだと思う。その夜まだいつもの自分に似ていたが、彼は自分が新しい生活に入っていく夢をみていた。自分の運命は自分がそうなるべく生まれたものになっていくことだが、それは彼に独特で必要な選択を用意してくれていた。

いずれも通信員として派遣されたと思われるモスクワ行きと、第三次中東戦争（一九六七年）の数日後、二番目の妻となる女性（非ユダヤの英国系）を伴ってのイスラエル再訪、ならびにナイジェリア内戦時のビアフラ行きを間に挟んで、今や中年のアメリカ・ユダヤ系作家となった著者は、サンフランシスコに腰を据えて、過去をふり返りつつ省察をおこなう。それは個別の歴史、言語、読書、作家としての原則、著作、ジュデイズムの性格等について、多分に思弁的な論述で難解なところが多いが、ここでの直接テーマに関することに限っていえば、彼は己の人生の行動にそれとなく表わされている問い――「ユダヤ人とは何か？」（これは「ユダヤ人であるわたしは誰か？　その由来、帰属は？」へ行き着く）――の答えを探してきたが、そもそもユダヤの歴史への消極的参加や、経験的にあまりにもアメリカ人であることから、彼はほとんどそう問う権利を得ていない。しかし、彼は種族としての結びつき、家族や滅ぼされた親族への忠誠の問題を託されており、これら単純な事柄から始めてみなければならないのだと思う。

「今やユダヤの歴史は再び全面的に脈打っているように思える。ユダヤ的ユニテリアニズムはかつてそこへ逃げ出していった多くの者にとり、ユダヤの再生によって取って代わられ、わたしも出ていって戻ってきた。緊急の要素は、ブネイ・ブリス（ユダヤ人男性の友愛団体）やイスラエルの債券ジュデイズム、カントリークラブのジュデイズム（ユダヤ国家の債券を買ってその財政援助をしたり、ゴルフの社交場でユダヤ人同士交流したりしてユダヤの連帯やまとまりを示すやり方）などアメリカ化したものによるのでなく、歴史や自身の中に生きている父祖たちとの一体性、また種族としての希望、よろこび、受難を共にする一体性への責任である。わたしに敬虔さは確かに不十分だし、これは復帰のほんの始まりでたんに認識しただけだが、可能性の認識は可能の始まりでもある」

「わたしがユダヤ人であるのは、他人にそう名付けられたからだが、わたしはユダヤ人であることによって、ユダヤ人は呼び名以上のものだということを学んだ。……なにがわたしに起ころうと、わたしは自分より価値の高い過去とつながり、ユダヤ人であろうとして他の人たちが死んだ現在と、運命および意志から等しく作られる未来ともつながっているのだ」

「わたしは名前だけに還元されても、なお残るものが十分ある。わたしはアメリカのユダヤ系のハーバート・ゴールドで作家だ。わたしは、ユダヤ人とは何かをろくに知らぬ人々の間で育てられ、ユダヤ人ということを覚えているアメリカ人でもあるユダヤ人だ。もっとも、かつてはわたしもなにも知ってはいなかったが。わたしは、子供たちがわたしのやっと学んだものを学んで欲しいと思っている」

「レイクウッドで少年だった頃、わたしは非現実的と思われた歴史への忠誠から芸術生活の幻想的共同体へ向かった。そのマンハッタンの富と権力の共同体が実際にはどんなものか、そしてそれがいかに魂を狭めるものかを知ったとき、わたしは幸いなことに、生得権によって与えられた共同体をまだ発見できることを思い出した。われわれの道がどれほど多くの方向転換をとろうと、われわれはみな選択権を留保している。世界の現状に照らせば、芸術的生活は瑣事に向かって狭まり、一方種族の歴史と結ばれているわたしの生活は、わたし自身の書く努力と同調するにいたった。われわれが自らについてなんでも理解する以前に、多くのものがすでに体に刻印されているのだ。わたしは知っていること、あるいは知らぬことを告げ、これまで語った以上のことを学ぶようにならなければならぬ。そうしてこの先祖返りにより、わたしは作家の共同体へ復帰する新しい道をみつけたのだ」

「もしユダヤ人が神の言葉の真実を地上にもたらすために神に選ばれたものなら、わたしはどうしたらユダヤ人たり得ようか？　わたしは神にたいし、指図してもらうつもりなのだが、神は沈黙して語らぬ。おそらくわたしは耳がきこえないのだろう。しかし、もしユダヤ人がその継続する歴史にたいして同じく継続する誇りを抱く民族なら、もちろんわたしはユダヤ人だ。わたしの人生は、わたしの口にだして言えない言葉、理解せぬ知恵、守ってこなかった戒律の厳しい道徳、それらの聖性を示す一つのはたらきとして送られてきた。したがって、わたしがユダヤ人であり、そしてそれになることはともにパラドックスである。だがともかく、たとえわれわれと世界がビアフラの運命に見舞われようと、歴史に一つの共同体が存在し、途切れのない時間にそのなんらかの印を残してきたのだ」

　双子の息子たちの出生にあたっては、彼らへのヘブライ語に由来するユダヤ的命名を通してユダヤ意識に触れ、自らの中にユダヤ性を生み出したとして、ユダヤ人であることは子を持つことのようだと譬え、子供たちも将来自分たちのありかたについて、彼が悟ったところを理解してもらいたいと願う。

最後にユダヤ人としての自分の運命――ないしユダヤ人の運命――がどういうものかについて、それはユニークな定めであり、世界と精神を共に包み込んだものへの特異な貢献だということを除くと、確信はないものの、旧世界からクリーヴランドへやってきたユダヤ人の両親のもとに、自分が生まれてくることになった時の存在に、彼は人生の半ばでやっとなれたのだと結び、改めてユダヤ人としての生誕を自己の再生に重ね合わせているが、ここには実存主義的な存在のユダヤ人像がうかがえもする。

この自伝では、再三言及されるユダヤであることで味わってきた悩みやユダヤの共同体の内容、さらにユダヤ教への対応などに具体性が乏しく、「ユダヤ人とは？」の問いにも十全な答えがなされているとは言い難い。これは文化的かつ宗教的伝統の希薄化ないし欠如の状態で、自己のアイデンティティの定義を見い出そうとする作者の苦しい立場を反映しているようだ。神の沈黙のことをいうのも、希薄化したユダヤ意識のなかで、おいそれとモティヴェーションが見つからぬその証左であろう。作者のように移民のアメリカ生まれの二世世代ともなれば、住居、教育、職業、結婚等でのアメリカ化はいやでも加速されざるを得ない、生育の環境や個性の違いで程度はいろいろだろうが、ユダヤ的なものとの間には微妙な引力、斥力が働くと思われる。作者の場合、比較的強い引力は感じとれるが、あくまでも心情的認識の段階にとどまり、それは次に述べる彼のフィクションのありようともかかわってこよう。なお、この作品でも断片的ながら、当時の文学界や作家の事情が交友などを通して語られているのは、後述のA・ケイジンの自伝（例えば『ニューヨークのユダヤ人』）等と共通するところだ。文体や用語の点では、哲学・論理的な屈折する抽象表現、あるいは詩的で直感的な飛躍に富む特異な傾向がままみられ、時に晦渋に陥ることもある。

この自伝と引きくらべ、作者の小説（長編のみでも二十を超えるが）においては、総体的にユダヤ的状況が希薄というよりむしろ無に近いといわれる。同化が進み周辺にユダヤの共同体もなく、ユダヤ的なものへの馴染みのなさも手伝い、題材としての狭さへの危惧があるのか、S・ベローやB・マラマッドあるいはP・ロスのように、ユダヤ的状況をそれぞれ独自の意図や手法で普遍的な命題に通底させていく作品も見あたらないようだ。したがって、テーマの上で通ずるものがあるのは、やはり父親を中心とし自伝的要素もある回想的小説『父たち』（*Fathers*, 1967）であり、父の祖父まで遡る作者のユダヤ家系を通しての、彼自身における歴史の確認が焦点となっているので、関連して簡単に触れておく。なお、母親など身辺の女性について同様な小説とされるものに『家族』（*Family*, 1981）がある。

帝政ロシアでのポグロムや経済的逼迫などユダヤ人にとって過酷な状況下で、徴兵逃れに片目を潰された曾祖父は、過去の現実に固着して生き延びる。その生きる意志は、受動的だが用心深さとして祖父に受け継がれ、さらに十二歳で社会主義者、自由思想家となった父は、逆に自らの生活を開拓しようとその父の反対を押し切り無神と自由の国アメリカへ渡る。そのために、父を止め得なかった祖父は曾祖父の怒りを買う。一方、過去を捨てた父は、ニューヨークからクリーヴランドへ居を移し、青果業からスーパー経営を経て不動産業へと自らの決断と強い忍耐力で道を切り拓き、時には反ユダヤ主義による暴力にたいし刺客を雇ってまで報復するなど、激動の二十世紀前半を生き抜いていく。

家業を継ぐことを求める父にはじめ反発し、文筆という別の道に入ったハーバートも前妻との間の二人の娘の父となりながら、結婚生活の破綻などで人生の苦杯を嘗めるうち、父の自らの運命を演じ抜く生活が彼のそれにも反響してきて、自分自身になり切って生きることで父を理解できると思えるようになり、父との和解にいたる。彼は継承されてきた自らの家系を顧み、ユダヤ人ひとりひとりが生きるため犠牲や妥協、適応のいろいろな痕跡を残し持つことを悟るのである。

しかしこの場合も、精力的に前進を続ける父親に強烈なユダヤ性がみられるわけでなく、多分に個性的であり、息子のわたしにしても、なんらかのユダヤ的生き方をとるというより、ユダヤ家系の一員との自己認識にとどまる。このようないわばネガティヴなアイデンティティのもたらす帰属的契機は、ホロコーストやシオニズムなど特異な事柄を通してのユダヤ性の積極的触発より、ひろくアメリカ・ユダヤ系文学にさまざまな形で取り上げられている。

みてきたように、総じて具体的なユダヤ性に乏しいゴールドだが、因に、これらの作品に先立つ一九六一年、『コメンタリィ』誌が当時の若いユダヤ系世代を対象におこなった「ユダヤ性と若い知識人」(*Jewishness and the Younger Intellectuals*) なる回答式のシンポジウムでも、次のように答えている。ジュデイズムの創出した特別な価値は、宗教的なものより他のものを通して存続し、ユダヤ共同体も宗教的要素が主要でなくなり、それにたいする知識人の絆も弱まるとしながらも、ユダヤの教義や儀礼の内容は自分にとって大切なものであることを認め、ユダヤ人としての体験は、自分を流されていくアメリカ生活の受動性から守ってくれたとする。ユダヤの出自によって自動的に運命共同体になると自らを規定するジュデイズムの観点からすれば、信仰の有無に拘わらず、これまでのゴールドの言辞もまさにその範疇に入るといってよい（つまり無信仰のハートのみのユダヤということ）。

## 2

H・ゴールドがこの自伝で提起したユダヤのアイデンティティの問題は、すでに彼以前のユダヤ移民（一八八〇年代以降第一次大戦直前までのおもにロシア、東欧からの大量移民期の）世代の自伝から主要なテーマとして扱われてきている。ここではその系譜の流れをゴールドほか数例について概観するが、原典の一部の紹介も含め、記述の大筋を『アメリカ・ユダヤ系文学ハンドブック』（*Handbook of American-Jewish Literature*, 1988）所収のS・J・ルービンの「アメリカ・ユダヤ系自伝、一九一二年〜現在」（"American-Jewish Autobiography, 1912 to the Present"）によったことをお断りしておく。

自伝は、特にマイノリティにとり、異質な文化のなかにあって、不確実なアイデンティティについての個人的主張や定義の場であると共に、社会的（時に文学的）歴史の記録ともなる。著者自身が移民（M・アンティン等）の場合、過去と現在のアイデンティティの間、および旧世界の慣習と新世界の価値の間の関係が取り上げられ、自己の変質のテーマがはっきりするにせよ、それは必ずしも支配的になるとは限らない。

## ユダヤ系移民作家

**メアリ・アンティン**（Mary Antin: 1881-1949）

**『約束の地』**（*The Promised Land*, 1912）

帝政ロシアからのユダヤ人脱出（著者は一八九四年ボストンへ）のドラマ化の典型で、同化と変身と希望の古典的物語。女主人公はロシアでの疎外感や女性の地位を低くみるユダヤ教への反発から、自由などアメリカ社会の積極的価値を称賛して、それへの参加と再生の過程を描き、新しい自己の旧世界にたいする優越性を示す。その一方、安息日のよろこびなど故国での生活の喪失感からくる悔恨と郷愁の潜在する微妙な心情ものぞかせ、新世界への彼女の抵抗を無意識のうちに、あるいはそれとなく表明しており（のちに著者自身は中国へ渡ったドイツ系の夫と生き別れたあとユダヤ教へ回帰）、これ以降のアメリカ・ユダヤ系文学を特徴づけるアンビヴァレンスの萌芽が窺える。その一例として同時代の小説だが、主人公の自伝的語りによるA・カーンの『デイヴィッド・レヴィンスキーの出世』（*The Rise of David Levinsky*, 1917）では、貧しい移民の主人公が新天地で成功しながら、彼の過去と現在がしっくりせず、アメリカの安っぽい生き方に幻惑されて、捨て去った父祖たちのユダヤ的価値ゆえに悩むのである。

**ルドウィッグ・ルイゾーン**（Ludwig Lewisohn: 1882-1955）

**『上流へ』**（*Up Stream*, 1922）／**『中流』**（*Midchannel*, 1929）／**『港』**（*Haven*, 1940）

この場合アンティンと異なり、著者がすでに享受していたアメリカ南部の生活を出発点とし、それに続く幻滅とユダヤ的根本への立ち返りに重点が置かれる。三作中もっとも自己をさらけ出しているのが第一作で、七歳で渡米（一八八九年）する以前のドイツにいる時から同化の家庭に育った主人公は、アメリカで英文学専攻の大学院修了時に人種の壁にぶつかって教職も拒否され、ユダヤとしての自分のアイデンティティだけでなく、ユダヤ民族の他の疎外された者との密接な繋がりをも自覚する。ユダヤ的起源やジュデイズムへの回帰が語られ、シオニズムの提唱により、アメリカ文化における精神的奴隷ともいうべき、極端な同化主義的傾向への執拗な批判がなされる。あとの二作は文学的価値と興味の点で劣るといわれているが、ともかく作者は、他のユダヤ系作家に自己発見の文学的航海へ乗り出す勇気を与えることになった。同じくシオニズムの普及者とされるモーリス・サミュエル（Maurice Samuel: 1895-1973）の自伝『紳士とユダヤ人』（*The Gentleman and The Jew*, 1950）でも、非ユダヤの競争原理からユダヤの伝統的協同原理に基づく倫理的生き方への復帰が提起されている。

**アンジア・イージアスカ**（Anzia Yezierska: 1880?-1970）

**『白い馬の赤いリボン』**（*Red Ribbon on a White Horse*, 1950）

著者のケースはアメリカ・ユダヤ系移民の世代の悲劇的ディレンマを極限で示す。三部からなるこのフィクションを交えた自伝で、露領ポーランドのポグロムの恐怖を逃れて一九〇一年憧れの自由の国アメリカへ来た女主人公は（著者自身は一八九〇年渡米）、貧困にあっても家計を顧みず、頑なに戒律を遵守する父親の生き方への反発と、辛苦の末その文才を買われて搾取工場出のシンデレラとして、迎えられたハリウッドの金と名声に明け暮れる世界で味わった幻滅の板挟みとなる。彼女はニューヨークに戻り、大恐慌の窮迫時代を経て、最後にニューイングランドの田園での執筆の夢も部外者意識が抜けず破れる。そのなかで、かつて住みその後も愛憎半ばするニューヨーク・ゲットーを離れ、両親と自己の民族を捨てたことで深い罪障感を覚え始めた彼女だったが、根無し草となった身にアメリカのどこにも帰属感を得ることはできなかった。結局、あくまで世俗を排し、心の平穏を得ていた往年の父の姿を通して、外的事象に捉われず自らを恃《たの》むことに目を開かれる。そしてユダヤの伝統の中に意義を探りだせることを確信するが、過去との結びつきについては十分な言及がなされていない。なお、第三部の大半をなす大恐慌期の記述は、著者の体験や世に出る直前のリチャード・ライトなどの動静を含め、公共事業促進局《W・P・A》の作家プロジェクトの内幕をエピソード風に伝えている。作品のタイトルは、父親が口癖にしていたユダヤの賢者（白い馬）に相応しい貧乏（赤いリボン）というゲットーの俚諺から。

## ユダヤ系移民のアメリカ生まれの二世作家

アメリカ化の進行につれ、移民のユダヤ人子弟は出来る限り早く両親たちの衣裳を脱ぎ捨て、アメリカ生活の富（精神的、物質的双方の）を共有しようとし、伝統的宗教、共同体、家庭の没落を招く。多くの者が後悔もせず、その遺産を無視する将来に向かうが（極端な例がサミュエル・B・オニッツやジェローム・ワイドマンなどが題材にするダーティ・ジュウ）、一部の者は取り戻せぬ過去への深い喪失感を味わい、都市のゲットーから広い世界へ移動して悔恨の思いにひたるものの、特定の時と場所のノスタルジックな光景をほとんど出ていない。そのなかで注目されるものとして、次のようなケースがある。

マイヤー・レヴィン（Meyer Levin: 1905-81）

『探求』（*In Search*, 1950）

作品は孤立から共同体への循環的な自己発見の旅の形をとり、ユダヤ人であることの恐れと恥じで疎外感のつきまとった生地（シカゴ）から、両親の出身地（ポーランド）でのユダヤ人としての己のアイデンティティ確認と、ホロコーストを通してのユダヤの悲劇的運命とのかかわり、シオニズム的未来による新生イスラエルへの傾倒という回帰のモチーフを辿る。著者自身の姿勢としては、アメリカのユダヤ社会とイスラエルの相互理解、ジュデイズムとアメリカニズムの双方の受容による二文化主義など、複眼的とらえ方でバランスを保とうとしているが、自らの不安定さや自信喪失感を拭えないでいる。なお、本書は個人的経験のほか、三十年にわたる文学的、政治的歴史についての直接報告ともなっている。

アルフレッド・ケイジン（Alfred Kazin: 1915-98）

『都市の散策者』（*A Walker in the City*, 1951）／『三〇年代の出発』（*Starting Out in the Thirties*, 1965）／『ニューヨークのユダヤ人』（*New York Jew*, 1978）

これは、アメリカ化の進行でより広い世界へ出て成功した移民の子弟の一例になるが、第一作では生地（ブルックリンのブラウンズヴィル）を訪問して（回帰のモチーフ）、人生初期（高校卒の一九三一年まで）と現在の著者自身とのかかわりを明瞭に喚起させる。かつての移民家庭の生活を郷愁を交えて描写する一方で、アメリカに帰属していないユダヤ人としての自覚から、部外者意識をもつ故に却って生地の彼方（特にマンハッタン）の非ユダヤの世界への関心を対置させ、欧米の文学や歴史の読書によってギャップを埋め、外の豊かな世界への参入を夢みる青春を回顧している。その後彼が広い世界での役割に確信を持つにつれ、ユダヤのアイデンティティの曖昧さと生地の生活の喪失についてあまり悩まなくなるが、孤立の中心テーマは未解決で、永遠の疎外やアメリカ文化の主流の周辺にいつまでも留まることへの強い恐れが表明されている。あとの二作になるほど個人的出来事と併置される文化的、社会的状況の詳述が増すが、そのなかにあっても、強制収容所の惨状やイスラエルの独立などで触発されたユダヤのアイデンティティからくる感情的反応を抑え切れないでいる。

ユダヤ系アメリカ人の一層のアメリカ化に従って、特に一九五〇年代から六〇年代にかけ、アメリカ・ユダヤ系文学はマイノリティの表現より個人の才能の表現へ傾き（マラマッド、ベロー、ロス等）、多数派の文化そのものの重要な一部となって、周辺性、アイデンティティの要素は仮にあっても、それ自体を追求することはほとんどない。自伝の上でも帰属の問題や同化による曖昧さに関心を持たず、マイノリティの文学にかかわらせてきたものを支配するテーマと主題からますます遠ざかる。そのなかにあって、程度の差はあれユダヤ性を扱う作品もなおみられる。

その一例が本稿1節で取りあげたH・ゴールドの自伝だが、著者は当初自分の人生はアメリカ人としてで十分との信念をもち、もしそれで十分でなければ快楽があるし、それでもだめなら芸術の道が満たしてくれると思っていた。しかしユダヤのアイデンティティに触れる体験を重ねていくうち、ユダヤの血、共同体、歴史とのかかわりに目覚める。それでも一時的に停滞や退行がみられ、知的あるいは芸術的世界とユダヤの世界の間に揺れるという、移民作家時代から特有のアンビヴァレントな反応を示している。すでに指摘したように、彼もユダヤ移民のアメリカ生まれの二世なりにその同化程度に応じて、ユダヤ意識はあくまでも精神的ないし心情的レヴェルに留まらざるを得ないようだ。以下同じ一九二〇年代以降生まれのケースとして二例を挙げる。

**アーヴィング・ハウ**（Irving Howe: 1920-93）

**『希望の周辺』**（*A Margin of Hope*, 1982）

この自伝では、文化的多元主義とニューヨーク知識人のユダヤ性の概念を主要テーマとし、併せて五十年に及ぶ知的かつ政治的潮流の分析が大半をなす。他の多くの例と同じように、都市ゲットーからの解放（ブロンクスからマンハッタンへ）によるアメリカの文化と思想の世界と、著者の場合、急進政治への早くからのかかわりがあるなかで、第二次大戦後のホロコーストの現実がきっかけとなり、自らのユダヤ性を問い、彼の過去と宗教への関係の認識（ハウによればユダヤ性の奪回）に着手する。これはノスタルジーによるルーツへの遡行ではなく、実存的行為で〝意志の試練〟だという。具体的には、ユダヤの過去に由来するユダヤ文化を保持するため、イディッシュ文学の失われた大義への献身（イディッシュの詩と小説の翻訳、編集）や、労大作『わが父たちの世界』（*World of Our Fathers*, 1976）による東欧系ユダヤ移民社会の検証がなされ、また、イスラエル国家への共感を深め、創建時には感じなかった絆を強める。しかし奪回には限度があり、部分的ユダヤ人に留まって、そのアイデンティティ問題に解決は示されぬものの、この作品には人間的な深い理解がみられ、著者の現在に至る道筋について率直な説明が尽くされている。

ノーマン・ポドーレッツ（Norman Podhoretz: 1930-　）

**『成功を求めて』**（*Making It*, 1967）

これもケイジンの第一作のように、ブルックリンの狭く限られたユダヤ人居住区からマンハッタンの広い世界への移動を記録するが、著者は、穏健だが同化主義には反対の父親の意向を無視できず、消極的ながらユダヤ人教育を受け、コロンビア大学と同時にユダヤ神学校にも通い民族遺産との繋がりを保つ。しかし、ここでの中心的テーマはアイデンティティというより、主人公の文筆業や雑誌編集をめぐる名声、権力、金の追求の経緯であって、それを達成した自己満足の物語に、一九五〇年代から六〇年代にかけての主にニューヨーク知識人たちの社会的、文学的動向が織り込まれている。その一員たる著者は世俗的成功を収めても、彼のユダヤ遺産との結びつきをあえて取り上げることもなく、したがって本来想定される矛盾で苦しむこともみせずに、ユダヤ問題と現代の一般的論争点についての意見を扱うユダヤ系雑誌『コメンタリィ』の編集に携わる。これはかつてみられた知識人とユダヤ的なものの間の避けがたい葛藤、分離より、両者の親近性を示すようになった早い例の一つで、のち一九八〇年代に受容されるにいたった文化的多元主義につながるものである。

直接的かつ忠実に民族（特にマイノリティ）の経験とヴィジョンを与える自伝を通し、その民族のはっきりとした知的ならびに情感的歴史像が浮かびあがってくる。作品の多くがその折衷的性格にもかかわらず、ある関心と先入観を共有していて、それはハウのこだわる〝存在のユダヤ的面の奪回〟に要約されるであろう。一世代早くルイゾーンとイージアスカは彼らの過去の宗教的、文化的伝統との和解を求めた。ハウのほかレヴィン、ケイジン、ゴールド、程度は低いがポドーレッツたちも彼らの信条、集団的歴史、最近の世界の出来事との関連で、ユダヤのアイデンティティを探求するのに特別の興味を示した。一九六〇年代からこの二十年間アメリカのユダヤ系自伝作家たちは、彼らの父祖たちの世界に〝手を差しのべる〟（ハウの表現）ことを選んだのは明らかといえよう。

（二〇〇九）

# アメリカ・ユダヤ系作家とユダヤ性
## ——二つのシンポジウムにみるユダヤ系文学進出の契機

一九六一年といえば、E・ヘミングウェイの不慮の死が伝えられ、続いて翌六二年、W・フォークナーも卒然として逝き、現代アメリカ文学の風土はすでに高度技術社会の到来を背景に転機を迎え、いわゆるポスト・モダニズムの風潮があらわれつつあった。

その特徴ともいうべきブラック・ユーモアの作家のなかで、反ユダヤ主義について誇大な恐怖、妄想にとらわれるユダヤ系郊外生活者をコミカルに描いた『スターン』(*Stern*, 1962)のブルース・J・フリードマン(Bruce Jay Friedman: 1930- )や、軍隊内の悪夢的雰囲気にあって、およそ軍人らしからぬ手立てを使ってでも自己を守ろうとするアンチ・ヒーローを通し、現代アメリカの機械文明と独善的官僚制度を浮かびあがらせた『キャッチ=22』(*Catch-22*, 1961)のジョウゼフ・J・ヘラー(Joseph Heller: 1923-99)、自ら悪人の役割を引き受け収監される主人公が、カフカ的不条理の世界で体験する奇妙な迫害から、己のアイデンティティ探求の過程を軽妙でときにグロテスクなユーモアを交えて追う『悪い男』（*A Bad Man*, 1967）のスタンリー・エルキン（Stanley Elkin: 1930-95）など、イディッシュ文学の人間観（愚かな者ないし不運な者のシュレミールのような卑小だが比喩的人物像を持つ）や手法（寓意、比喩等）を受け継いだ上、そのユダヤ人としての体験によりユーモアの感覚を発達させたユダヤ系作家が重要な役割を果たした。彼らは置かれた環境から諷刺や揶揄の契機となるものを多く抱え込んでいるユダヤ系自身をしばしば対象とするが、これについては既に一九五〇年代にその初期短編で、ユダヤ的要素にたいして客観的立場から自己検討をおこない、自らの戯画化、諷刺、自虐、弱点や歪みの剔抉《てっけつ》によって、とかくユダヤ共同体に物議をかもしてきたフィリップ・ロス（Philip Roth: 1933- ）のような場合があり、彼自身ものちに『ポートノイの不満』（*Portnoy's Complaint*, 1969）などでこの傾向を強めていく。

しかし、よりひろげていえば、これらどこか滑稽な（アンチ）ヒーローは、程度こそ違えさらにさかのぼり一九四〇年代からソール・ベローの初期の長編やバーナード・マラマッドの短編の世界にも見受けられたのであって、むしろこれら二人を中心としたより普遍的なテーマ――ベローにあっては西欧近代の精神史を踏まえ、現代人の直面する実存的状況のなかにヒューマニティ志向の生き方を追求し、マラマッドはユダヤ的倫理観を人生への洞察に拡大する――の展開とともに、四〇年代および五〇年代で着実に力をつけてきたユダヤ系文学は、ロスト・ジェネレーションのあとを埋めるかのように、またアメリカ全般にわたる〝エスニック・パワー〟の高揚を受けて、六〇年代に入るとアメリカ現代文学の主要な一部として、〝ショッキングでファッショナブルな〟隆盛を招来することになる。

## 1

この人種的要因もからんだ転換期にあたって、ユダヤ系の『コメンタリィ』誌はひろい分野にわたるアメリカ生まれの若いユダヤ系の第三、四世代を対象に、アンケート方式のシンポジウム「ユダヤ性と若い知識人」（*Jewishness and the Younger Intellectuals*, 1961）をおこない、ユダヤ的遺産とそれを保持する共同体へのかかわりをどう考えるか、あらためて探っているが、実はこれは十数年前の一九四四年二月に同誌の前身である『現代ユダヤ記録』誌が、やや前の世代に属する十一人のやはり回答による寄稿をもとに「アンダー・フォーティ――アメリカ文学とアメリカ・ユダヤ系の若い世代」（*Under Forty: American Literature and the Young Generation of American Jews*）のタイトルでまとめた、これまた一種のシンポジウムを承けたものである。

前回の時はまだ戦中で、ナチスによるユダヤ人の迫害は知られていても〝最終解決《ファイナル・ソリューション》〟の実態は審《つまび》らかでなく、アメリカ国内でも一九三〇年代にひきつづきアーサー・ミラー（Arthur Miller: 1915-2005）の『焦点』（*Focus*, 1945）などに扱われているごとく、反ユダヤ主義の風潮が必ずしも払拭されていなかった。しかし、文学的にはこの年、戦後のユダヤ系文学のパイオニアともいうべきベローの〝ハードボイルド性〟否定宣言で始まる日記体の処女長編『宙ぶらりんの男』（*Dangling Man*, 1944）が出ており、一つのモニュメンタルな暗合といえなくはない。

こうしてユダヤ系文学が興隆に向かう戦中の出発点でのものと、戦後実質的達成を通じていわばアメリカ現代文学の市民権を得、さらにその代表的市民として一層の飛躍を前にした時点のものとでは、個々の意見のあいだの違いだけでなく、両者の時差によるニュアンスの相違までうかがえて興味を惹く。いずれもユダヤ性にたいする当時の若いユダヤ系知識人の姿勢、意識を創作などより明確に（ときには過剰に）解説あるいは代弁しており、ユダヤ系進出の背後にあるエトスの一面を知るうえでなんらかの手がかりになると思われるので、いくつかの具体例に即しながらみてみたい。

まず「アンダー・フォーティ」ではユダヤ人たることの影響、反ユダヤ主義の体験、さらに自分自身にとってのユダヤ性について代表的詩人、小説家、批評家たちがそれぞれの見解を述べている。反ユダヤ主義については、移民国家アメリカの事情も手伝い、被差別意識はあってもあからさまな体験は共通してみられないが、ユダヤ性の問題では、たとえ自らへの影響は認めても、こと創作にかかわる場合は差異が目につく。

そのうち積極的というよりむしろ戦闘的肯定派といってもよいのが、一九三〇年代における初期の詩作の時から急進的政治姿勢をとり、スペイン戦争にも参加した女流詩人、ミュリエル・ルーカイザー（Muriel Rukeyser: 1913-80）で、東欧系移民の出でなく、両親もアメリカ生まれで、ユダヤ文化の雰囲気も希薄な家庭に育ちながら聖書（旧約）に親しみ、やがておのれのうちのユダヤ性に目ざめ（はっきりと表明されていないがナチスのユダヤ迫害などがきっかけと思われる）、大戦中はヨーロッパのユダヤ人の苦難に同一化する。

このシンポジウムで彼女は、特に改革派《リフォーム》の金と時間を使って彼ら同胞を助けはするが、抗議したりかかわり合うことはせぬ事なかれ主義を衝き、赤の弾圧、女性の地位の引き下げ、反知性主義などに向かう議会の態度を、激化する反ユダヤ主義と同罪だと断じている。また自分の人生と著作において、ユダヤ的遺産の価値は保障をあたえてくれるもののそれであり、ユダヤ人としての責任をはっきりとりさえすれば、それはファシズムのみならず、精神を閉ざしてしまいたくなるいくたの誘惑への保障ともなると宣言し、事実聖書中の預言者の詩をもとにユダヤ的題材をうたってもいるが、結局その立場は自由、平等を願う人間としての権利とユダヤ人のそれとの一致に帰着するようだ。

当時の一九四〇年代を通じ、ハーヴァード大学で教えながら、その多彩な創作活動に入っていたデルモア・シュウォーツ（Delmore Schwartz: 1913-66）も、ユダヤ系中産階級の背景と密接な結びつきを持っており、その不況下での生活を活写した『アメリカ！　アメリカ！』（*America! America!*, 1940）には第二世代のトーンと気質がよく反映されているとされ、特に詩人としての立場から、（東欧系）移民の子であることはそれ自体重大かつ特殊な体験で、家庭と学校および街頭での言語の二領域に触れることにより、言葉への鋭い感受性を培ってくれたと述懐し、自己の体験の原因を理解する努力を作者の創作動機としたい彼にとって、ユダヤ性は大事なものと考える。そして彼は「ユダヤ人であることは、疎外や偏見、その他現代生活において特有かつ、いまでは本質的とも思える特徴を示す事柄の中心的シンボルとして役立つものになった」との認識に立つが、ここには現代における普遍的な視点への言及も汲みとれ、早くもその後のユダヤ系文学の展開を予見しているところは、創作者としての炯眼といえるだろう。

ユダヤ性の評価において中間的立場にくるのは、ベローとおなじくシカゴに育ち、高校・大学時代からその友人でまたよきライバルでもあり、この時期の明晰な批評家・小説家として早逝を惜しまれたアイザック・ローゼンフェルド（Isaac Rosenfeld: 1918-56）である。彼によれば、ユダヤ系はアメリカでの特異な少数派で、いやでも意識過剰になり、中立を保たねばならない芸術家にとっては最悪の条件だが、他面その完全に統合《インテグレイト》されておらず、さりとて全くの外国人というわけでもない立場から、マージナル・マンとしての観察の目に恵まれ、さらに都市生活者、中産階級という中間的位相により、芸術、思想も含めた諸活動の集まる中心にいる利点がある。また、ユダヤ共同体や幼年期の移民の両親の影響を通して、ヨーロッパ的なものを持ち込んでいると思われるのも貴重なこととみる。

一方国際的に不安定なグループの一員として、ユダヤ系作家は現代文学を流れる不確実性のテーマに精通している。彼はまさに疎外の専門家であり、それによって過去の伝統、ディアスポラの歴史、知識人の現在置かれている苦境、文明化された人間性の未来にまでかかわりを持つ。しかし、社会からの疎外は逆説的にいえば、社会への参入の条件としてはたらく。すなわち迫害はよりよい社会を思い描かせるのであり、かくてユダヤ系作家は倫理的発見により世界を救うものと期待されているのだ。このように疎外のテーマはぜひ取り組まねばならない問題であるとしながら、ローゼンフェルドは最後に、それは人間的領域の全体に及ばないからことさら重要視したくはないと結論している。

ついでにいえば、彼の死後まとめられた短編集『初めと終わり』（*Alpha and Omega*, 1966）は知的創造力をうかがわせ、政治や愛のテーマにその閲歴（学生時代の政治活動、後年のライヒ信奉やヴィレッジでのボヘミヤン的生活）の影響を感じさせはするが、総じてユダヤ性を強く意識したものではない。ただカフカ的曖昧さとややグロテスクなユーモアのほか、ユダヤ系の主人公に漂う一種のペーソスにそれとないユダヤ人気質がかぎとれるかもしれない。好敵手とされたベローはここには参加していないようだが、この時期彼としてはユダヤ意識をかなり込めた『犠牲者』(*The Victim*, 1947)を出している。

両親が帝政ロシアからの移民でブルックリン生まれのアルフレッド・ケイジン(Alfred Kazin: 1915-98)は、ローゼンフェルド同様早くから評論活動を始め、この時にはすでに独自の洞察にもとづく現代アメリカ文学史『生国の大地で』(*On Native Grounds*, 1942)を出して批評家の地位を確立していたが、彼はきわめて屈折的でソフィスティケイトされた形ながら、ユダヤ的背景に留意しつつも、自らの信ずるところに従い、ユダヤ文化に関係なく自己の文化をつくりあげねばならないと考える。

ユダヤの伝統と一部のユダヤ人において彼が尊敬するのは、純粋な標準的ヘブライ文化と人生の精神的基盤にたいする不滅の信念などであり、彼自身著作家として、また個人としてそれらの考えの影響は受けてきたが、アメリカのユダヤ文化やユダヤ系作家には、全般的にいっていまだ多くのものを見出せないでいる。ユダヤ系アメリカ人は過去の遺産と思われるものから完全に切り離され、一方で現在の願望の実現がはかられていない中途半端な状態にあるのだ。

また、ユダヤ系がこの国の文化や生活で、もはや見物人でなく参加者だという説にも疑問がある。それなら移民ないし移民の子であるという体験を、ユダヤ人であることのそれと混同するのをそろそろやめる時ではないか。参加はなにより愛と理解によらねばならず、劇など現状では自虐的ともとれるほどユダヤ性を売り物にしている。

彼はさらに、自分の世代のユダヤ系アメリカ人にとって陥りやすいみせかけの信念や、感傷的ショーヴィニズム(極端な排外主義)がいかに抜きがたいかを指摘し、彼自身も意味あるユダヤ的生活や文化の一部でなくともユダヤ人である事実を受け入れることを知り、実際そうなるよう努めたが、著作家としてはもっと重要なこと――たんに素朴なユダヤ共同体の感情で動かされるのでなく、自らの信ずるところに従う――をさとったと述べ、それ故、ブレイク、メルヴィル、エマソン、十七世紀の英国宗教詩人、ロシアの小説家など深い感化を受けた人たちの著作は、直接自分のなかではユダヤ文化と関連を持たず、他の多くのアメリカ人のように自分自身の文化をつくらねばならぬことにかかわってくるという。もともとケイジンには、文学世界を媒介に共同体脱出の強い志向があったのだ。

しかし、終戦前後ホロコーストの惨状があきらかになると、さすがに彼も強いショックを受ける。戦中、戦後の主としてユダヤ系知識人の動静をも織り込んだ赤裸々な第三作目の自伝『ニューヨークのユダヤ人』(*New York Jew*, 1978)で、終戦間際たまたまロンドンにいたケイジンは、解放されたばかりのベルゼン強制収容所のユダヤ人たちがシェマ(毎日の朝夕の祈り)を唱えるのを街頭に流れるラジオで聞き、雨中涙しながら自分も和したことを記している。こうして彼は依然としてその社会主義的傾向に拠りながら、一方でおのれのうちなるユダヤ意識を強めてきている。

ケイジンによりそのおなじ自伝のなかで名声への敏感さ、態度の細心さなどを挙げられながらも尊敬の念を抱かれているライオネル・トリリング(Lionel Trilling: 1905-75)は、ユダヤ系としてコロンビア大学英文科教授ではじめて終身在職権《テニュア》を認められた人だが、アメリカ文化における〝リベラルな想像力〟を唱え、またヴィクトリア朝への関心が強く、一九四〇、五〇年代を通じて主要な批評家の一人だった彼にとっても、ユダヤの出自は免れることはできないとする。

ただ、ユダヤという語に特別の感情を持ち、それによる気質や知性への影響はあきらかに認めるし、ユダヤの宗教にも一定の役割があることを理解するが、専門的な知的生活ではユダヤ的起源につながるものは見出せない。従って自らをユダヤ系著作家とは考えず、ユダヤの大義に奉仕する気もないと表明している。これまでユダヤ文化誌にかかわった経験からいっても、ユダヤにこだわってはおのれを狭く不毛にするだけだ。ユダヤ性と作家の関係でいえば、ユダヤ的体験を優れた作品の題材とし得ても、〝ユダヤ性を認識すること〟で少しでも伸びた作家は知らず、ユダヤ意識を高めようとして却って芽を摘みとられる例がある、とかなり否定的であり、げんにユダヤ的要素は彼自身の小説『旅の半ば』(*The Middle of the Journey*, 1947) にみあたらないとされるが、レスリ・フィードラーなどそこに活力のなさを指摘している。

さらに、そのイデオロギーの立場から徹底して否定的なのは、ユダヤ系労働者の子としてニューヨークに生まれたハワード・ファースト (Howard Fast: 1914-2003) であり、マルクス主義の公式通り、迫害を受けている人間はユダヤ人だけでなく、黒人など他の少数民族もおなじで、ユダヤ的遺産にたいして共感は持たぬと答えている。事実ハンガリー革命 (一九五六年) を契機とした共産党離党後も、急進的信条を保持して執筆や平和運動にたずさわってきており、ユダヤ的なものへの回帰はみられないが、そういう彼にしても『わがすばらしき兄弟』(*My Glorious Brothers*, 1948) などユダヤの歴史に取材した作品がいくつかあることは興味深い。

## 2

以上どちらかというとユダヤ性へのかかわりに（特に創作において）消極的トーンの強い、あるいは現代的状況に照らしてユダヤ性を普遍的要素に捨象しようとする『現代ユダヤ記録』誌の結果をふまえて、前述のようにその後身たる『コメンタリィ』誌が一九六一年により若い世代を対象にシンポジウムをおこなったわけだが、その序文で同誌の編集長ノーマン・ポドーレッツ（Norman Podhoretz: 1930- ）は、戦後のユダヤ的遺産の再評価や、マーティン・ブーバー、イディッシュ小説家、ハシディズムなどへの関心の高まりを背景として、ユダヤ性にたいする前回寄稿者世代の態度の変容を論じている。反ユダヤ主義の復活期にあたっていた前回のシンポジウム理解の鍵は〝疎外〟であって、ユダヤ共同体よりもマージナルな文化のなかに生まれたことの利点が大きいとの認識を持ち、文化や政治の理想へ献身するほうがよりユダヤ的と考えていた彼らのその後の変化は、肯定的な方向への転換であり、移民の郊外生活での体験の豊かさを祝福するものであり、ケイジンが疑問視したアメリカ文化・生活への全面的参加である。その主因をポドーレッツは、「疎外という言葉によって象徴されるもろもろの態度を知識人がいっせいに脱却したこと。いいかえれば、ユダヤ性にたいする新たなかかわり方は、一面でアメリカへのより積極的なそれを示すもので、これにはソ連の全体主義の脅威とアメリカ中産階級の性格の変化が大いにあずかっていた」とし、『パーティザン・レヴュー』誌のシンポジウム、「アメリカと知識人」（*America and the Intellectuals*, 1952）もこれを裏書きし、知識人が積極的に自らのなかのアメリカ人を評価したのがユダヤ系にも及んだのだと考えている。

一方、人種差別の減った戦後各界へ進出し、急進主義の一九三〇年代とは無縁で、新保守主義、宗教復興、アメリカ再発見の時代の子であるより若い世代の声はどうか。よくきくとこれが意外にもユダヤ性への激しい拒否でも賛成でもなく、ユダヤ的遺産を評価はしても実際のかかわりは持たず、ユダヤ共同体にたいしてもアメリカ中産階級とくらべて特性を見出していない点では第二世代と大差ないのだ。イスラエルへの共感は圧倒的だがやはりショーヴィニズムには反対であり、より広い世界への帰属を表明する。なによりも強いのはその理想主義で、彼らはこれをユダヤ性と結びつけ、理想のために闘う者をたんに儀礼を守る者や自分を共同体の一員と認める者よりユダヤ的だと思っている（これも一九四四年の回答者と基底はおなじとポドーレッツはとる）。そして前途にみるのは、ユダヤ共同体よりもユダヤ解放後の西欧世界への参画者たち（マルクス、フロイト、アインシュタイン等）の歩んだ道であって、良きユダヤの伝統は近い将来ユダヤ人だけのものではなくなると考えたり、ユダヤ人そのものの消滅まで予期する者もいて、さすがに、東欧系ユダヤ人の子として自己超越と自己受容の複雑な屈折、転向の体験を経たポドーレッツ自身、おいそれと賛成しかねているようだ。

今回の回答者のうち作家の例をあげるとハーバート・ゴールド（Herbert Gold: 1924-　）は、ユダヤ人のつくり出した特別な価値は宗教的なものより他のものを通して生き残るだろうと述べ、ユダヤ共同体も宗教的要素が主要でなくなり、知識人のそれにたいする絆も弱まって、ユダヤ人の歴史は他のみんなの歴史と同列になるだろうとしながら、四代にわたる各世代間の確執のなかにもジュデイズム（ひろくはユダヤ教のみでなくそれに基づいたユダヤ人の日常生活を通しての社会・文化・精神的ありようも含む）の継承をみる『父たち』（*Fathers*, 1966）の作者らしく、ユダヤの宗教的教義、儀礼の内容は自分にとって大切なものであることを認め、ユダヤ人としての体験は自分をアメリカ生活の受動性から守ってくれたとする。最後に、アメリカのユダヤ共同体は他の分野を映し出してくれる鏡であって、すべての鏡のように〝歪み〟もひき起こすから作家にとって重要なのだと結んでいる。

また、冒頭でも触れたが、いわゆるユダヤ的価値に逆説的なメスを入れるP・ロスは、ユダヤ的ライフ・スタイルがもはやアメリカのそれとさして変わらず、伝統の価値も一民族の特性といえなくなり、反ユダヤ主義の衰退により、あえて自らをユダヤ人としてまとまる必要もない現在、われわれユダヤ人を結びつけるものはなにか？　と自問する。律法や神への関心が薄れては、イエスをキリスト（救世主）にあらずとする考えだけで異教徒と区別されるのでは、結びつきの理由としていかにも弱い、と終始ユダヤ人としてのアイデンティティを尋ね、結局アブラハム以下その子孫との関連を考えるには彼らの神を理解するほかないだろうというが、彼の場合、別の機会に自身はユダヤの母胎とのつながりは断たず、クリスマスなど非ユダヤ的事象への感性上の違和感を表明し、作品では敢えて反ユダヤ的状況の設定の中で、暗にユダヤ意識を触発させるようなところのある屈折した手法をとっているともいえよう。

## 3

いまだ戦中の一九四〇年代前半と、平和のなかでの諸変革を迎えようとする六〇年代初期のそれぞれの意見の対比を通してみたとき、総じて戦後十数年が経過するなかで、アメリカのユダヤ系をとりまく状況が好転し（戦中、戦後のアメリカ経済の繁栄による社会・経済的地位の向上。高等教育の普及と専門職への就職の増加。郊外生活へ向けてのアメリカ・ゲットーからの脱出。反ユダヤ主義の終息等々）、折からアメリカ全般にわたる人種的アイデンティティ再発見の波にも乗って、ユダヤ的なものへの回顧、再評価の動きがみられるにしても今回の場合は、前回の一部にあった気負いのような感じはなく、彼らの出自にたいするごく自然な誇りはそれとして、アメリカ社会への一段と豊かな定着で余裕さえうかがえる。

要するにこれは同化のますますの促進ということであり、ポドーレッツが指摘するように前回と案外共通点が多いのも、基本的姿勢として若い世代がもともとその延長線上にいるからであろう。異教徒間の結婚がふえて改宗によるジュデイズムからの疎隔が進む。社会への適応能力の差や水平志向で親子の確執が生じ、父系的ユダヤ家庭が崩壊していく。世俗的価値の重視は一層宗教生活を希薄化させ、ユダヤ共同体の変容、解体を招く……。

一八八〇年代より始まった東欧系の大量移民以来一九六〇年代を迎えるまで八十年、この間急速な都市化、工業社会化、画一化の進展などで、アメリカの現実は前掲のようなさまざまな同化の媒体となったわけだが、その一方でロスが新しいユダヤ性を問い直さざるを得ないように、たえず作家のなかのユダヤ性を触発し、いわば負の形でのアイデンティティの模索を迫ってきたといえる。

ふと浮かぶ幼少期の家庭生活へのノスタルジー、あるいは宗教行事にまつわる記憶、親との軋轢で直面せざるを得ぬ伝統的価値、一族の交流の場でいやでも感得されるユダヤの血の意識、異教徒間結婚でつきあたる宗教的アイデンティティの危機、さらに世俗化した生活のなかのなにげない動作・習慣にも根強く残るジュデイズムの痕跡――失われていくアイデンティティにたいし無意識に、あるいはそれとないうしろめたさにつつかれ、微妙な帰属意識が触発されるのだが、この期の作品にはこれら同化の諸相を扱い、その反応を描いたものが目立つ。例えばハーマン・ウォークのユダヤ性を潜在させたヒロインの『マージョリ・モーニングスター』や、マイロン・S・コーフマンの通婚のための改宗で宙ぶらりんになる青年の『神様によろしく』などがある。

このような日常生活につきまとう内的触発に加えて、戦後それぞれヴェクトルこそ違え、ホロコーストとイスラエル建国という強烈な外的衝撃があったのは確かで、いずれもユダヤ系にとってその存在の根に大きく響くものだった。一時ユダヤ性への志向で同化は鈍り、いまでもナチス戦犯の追求や中東紛争への関心の形で尾を引き、彼らに危機にたいする鋭敏な感覚を発達させた。しかし作品のうえでは、ホロコースト関係は経験上の事情などで少数の断片的なものを除き一九六〇年代以降に多く、イスラエルについても建国の栄光と使命をうたうものなど宣伝的だったり、いまやアメリカがシオンとなったユダヤ系にとっては問題提起にとどまるようだ。むしろ彼らにとって身近だったのは反ユダヤ主義・感情で、それもたんに不当性をなじるキャンペーンやヒューマニズムの視点からだけでなく、そこからくる疎外感についてより一般的な人間存在の状況に拡大され、特殊から普遍への文学的効果を印象づける作品も出始めている。

生まれ育ったアメリカでみる限り、彼らはたとえ移民の子であろうと、この時期の恵まれた条件のもとで同化の諸段階を経て、もはや大不況のロウアー・イースト・サイドにうごめく旧世代のような移民のアウトサイダーではなく、いまや現代アメリカ社会の一部、しかもその典型的タイプとなったのである。これは文学の領域でも、この年代だけでなくその後のアメリカの現実を捉え得る素地をつくったことになる。逆説的にはアメリカのユダヤ化がおこり、内発の無意識的帰属感の揺れにせよ、ホロコーストの悪夢に触発されたユダヤ人的感性の漂わす疎外感や被害者意識にせよ、現代大衆社会の捉えどころのない状況と共鳴し、ユダヤ系文学作品はその特性をどこかに保持したまま、このあと内容の複層化、普遍化を高めていく。

＊シンポジウムの資料は専ら T. L. Gross, ed., *The Literature of American Jews* (New York: The Free Press, 1973) 所収による。

（一九八七）

# あとがき

本書は、長年筆者とともに「20世紀文学研究会」に所属し、昨秋物故した畏友邦高忠二兄の多彩な文学およびその周辺の仕事のなかから、同研究会の同人誌『文学空間』ならびに他の諸雑誌等に寄稿したユダヤ系文学に関するものを中心に選び、いわば追悼論集の形とし、併せて故人の的確な論評も参考に筆者がこれも同誌に発表した、アメリカにおけるユダヤ系文学（小説）についての論考を数編付したものである。

冒頭の『文学空間』の前身である『20世紀文学』の初号に載った「アメリカ・ユダヤ系作家覚え書」は、その号のテーマ〈疎外とマイノリティ・グループ〉を正面から取り上げたもので、ソール・ベロー、バーナード・マラマッド、アイザック・B・シンガー等壮年期を迎える主要作家たちが、いわゆるアメリカのユダヤ系文学の隆盛を支え、ハーバート・ゴールド、シンシア・オジック、フィリップ・ロスの若手たちが地歩を固めつつある、まさに一九六〇年代半ばにまとめられた故人初の本格的概説であり、本邦での当該文学の包括的紹介に先鞭をつけた一つに数えられると思う。三十代の気負いからの筆勢というか、措辞へのこだわりがかなり感じられ、特に理科学的比喩の目につくのは、旧制高校理科での素養からくるものと思われ、これはアメリカ文学の変質やユダヤ系の世代による文学的特徴の違い、ユダヤ特有のジョークの解説にみるごとく、総じて分析の目にも及んでいる。また、アメリカ社会でのユダヤ系の微妙な境位を、そのまま論述の文体に移しているかのようで、この晦渋へいきかねない入り組んだ精緻さは、後半の諸作品の具体的解析である程度救われてるといえようか。「アメリカ・ユダヤ系からユダヤ系アメリカへ」と「変容するユダヤ性」の二論文は、ともにアメリカにおけるユダヤ系の同化の進行に伴うその文学の変遷を扱う。前者は類型から典型への変移を社会的面からの考察に重点を置き、後者は典型からのさらなる変わりようを、専らユダヤ系作家の創作態度や形式・スタイルの文学的技法に焦点を定め、特に複雑な寓意やパロディによる作品の読みにくさを解き明かし、きわめて示唆に富む論考になっていよう。これらに関連していえば、S・ベロー、H・ゴールド、P・ロスなどの主だったところは、いずれも自らを〝たまたまユダヤ系であるアメリカ作家〟としていることが思い合わされる。

次の『総説アメリカ文学史』所収の「現代アメリカ文学におけるユダヤ系作家」(原題「ユダヤ系作家」)となると、原本の性格上また前掲の「覚え書」より十数年も経過して、扱う作家・作品も増え、いきおい総括的にならざるを得ず、ユダヤ系の諸特徴に加え、可能なかぎり主な作家の小論を交えながらも叙述はより簡明となり、アメリカ文学のなかのユダヤ系(小説が中心だが)の大局を摑む上で、読者にとってあらかじめこれを一読されれば格好の手引きとなるだろう。なお、原本の記述では作家・作品名等はすべて英語表記のため前に和文名を補っておいた。

ノーマン・ポドレーツの『行動と逆行動《ドウィングズ・アンド・アンドウィングズ》』についてはいちはやく『20世紀文学』三号（一九六五年）で取り上げており、この機会に『成功を求めて《メイキング・イット》』と併せて、新進気鋭の原著者の評論家・編集者としての体験から展開される、万華鏡にも似た現代アメリカ文化界（多数のユダヤ系を含む）の鳥瞰図を裏付けしつつ明細に写しとってみせたものだ。ポドーレツをプラグマティズムとユダヤ性をより合わせた典型とみるなど、確かな人物評の目をもうかがわせる。ついでながら、前書には当研究会員の井上謙治・百瀬文雄両氏による翻訳が荒地出版社から出ている（一九七〇年）。

ノーマン・メイラーは、おそらく個別のユダヤ系作家としては最初に関心がもたれた対象で、メイラー独特の強烈な政治・社会的反応への共振からであろう。一九六一年四月十二、十九両日の『早稲田大学新聞』に「アメリカの作家たち——解体者N・メイラー」なるタイトルで記事が載った記録があるが、一九六七年には『反抗的人間』（現代人の思想4、平凡社）に「〝理由ある反抗〟の黙示録——N・メイラーの『白い黒人《ホワイト・ニグロ》』」と題し、メイラーの多角的な〝ヒップ（スター）哲学〟を原作者に劣らぬ熱を込め、詳細な解明につとめている。残念なことにかなり長く、ここにはその一端を示すため、エッセイ「白い黒人」の小説版と自身もいっている、『死刑執行人の歌』に関連して執筆を請われたものを収録した。その他のメイラー関係の論考には未見のままになっているものもあるが、翻訳で悪戦苦闘したという『なぜぼくらはヴェトナムへ行くのか？』（早川書房、一九七〇年）は、公私ともに多難な折りのことで、苦心の訳稿を中途で焼失するなど、今もなおその労苦が痛いほど偲ばれるところである。

これも比較的早くから目にとめていた、前衛的新星のスーザン・ソンタグについても、初期の長編二作の解説を手掛かりに、解きほぐし難い彼女の核心に迫った「S・ソンタグの創作と批評」を一九六九年の『文學界』十一月号に載せているが、本書では、それに踵を接して出された自らの訳業『ハノイで考えたこと』の「あとがき」をあえて取った。ソンタグの年代記的紹介も添えて、感性を重視する彼女の世界をより網羅的かつ手際よくまとめてあると思えるからだ。なお、『不死鳥』四八号（南雲堂、一九七九年）の「S・ソンタグの『わたしのエトセトラ』」は目下入手できていない。

P・ロスの二作品についての論評は、いずれもロス独自の考え方や、それと密接する小説技法をよく心得たうえ、『ポートノイの不満』では限られた紙幅ながら、物議を醸した卑猥さに紛れて見過ごされている想像力に着眼し、それに基づく作者の意図を指摘するという、啓発性の高いものになっており、『偉大なアメリカ小説』でも、とりわけ当時アメリカ文学でひとつの流行となっていた誇張法（＝現実のパロディ化）による、現代社会の見えざる不気味な機構の諷刺として、論調に広がりを与えている。

ユダヤ系作家研究の後半の主要な取り組み対象であるI・B・シンガーについては、一九八三年の『英語青年』の特集の簡略な概説「アイザック・B・シンガーについて」（原題「Isaac Bashevis Singer」、これにも作家・作品等の英語名の前に和文名を付す）から本格的に始まったようだが、この特異な作家のことはすでに「現代アメリカ文学におけるユダヤ系作家」（原題「総説アメリカ文学史」）その他各箇所で部分的に触れられており、翻訳もはやくは「ばかものギンペル」（『20世紀文学』五号、一九六六年）、他の二つの短編集からも数編ずつ選んで併せた短編選集『短い金曜日』（晶文社、一九七三年）と手が染められていて、その後も映画の原案になった『愛のイエントル』（晶文社、一九八四年）が訳出された。

会員発表の場である『文学空間』には、当初自らの小説を載せることが多く、やがてイディッシュを含むシンガー関係のものが寄稿されるようになり、ここにはその三点を入れてある。それぞれいずれもシンガーの世界を培っている、イディッシュによる伝承やカバラ的背景、あるいはゲマトリア（数秘学）などを織り込み、英訳では窺いにくい面を解示したこれも啓蒙的論考だが、それにつけても深奥なカバラ理解や、かなりの年齢でのイディッシュの習得など、故人のあくなき攻究心と努力には脱帽せざるを得ない。その成果は、ここに転載した「概説イディッシュ文学」（原題「イディッシュ文学」平凡社、大百科事典）の項目担当や、イツハク・L・ペレツの代表的戯曲『黄金の鎖』の読解に生かされているといってよい。さらに、一つのユダヤ情報源としてワルシャワ発行の隔週刊誌『ドス・イディッシェ・ヴォルト』を定期購読し、ユダヤ系文学はもとより、近時暴かれた第二次大戦中のポーランドのユダヤ系住民の殺戮の悲劇等、社会情勢についても興味ある記事を翻訳紹介し、筆者にも少なからず裨益するところがあった。

最後にユダヤ系文学研究の一助になればと、周辺的事項として、本人自身の編集にかかわる『亡命とユダヤ人』のユダヤ人問題の根幹に触れた「解説」ならびに、古来のユダヤの宗教生活を実践する、珍しいハシド派家庭の探訪記の紹介を併載しておいた。

筆者自身の五点については、マラマッドの概論的なものを除き、大量移民期から近年にいたるアメリカのユダヤ系文学におけるユダヤとしてのアイデンティティ、ないし帰属の諸相を探ったものを選んであるが、同化の進展の結果として、希薄化するなかでのユダヤ性に少々固執し過ぎたかと、この点叶わぬまでも泉下の忠告を聞いておけたらの思いでいる。

ここで参考までに、故人のユダヤ系作家およびユダヤ関連で、単行本となった主な翻訳書名を列挙しておく。

| 著者 | 邦訳名（原題） | 出版社 | 発行年 |
|---|---|---|---|
| B・マラマッド | 『魔法の樽』〈短編選集〉（*The Magic Barrel & Other Stories*） | 荒地出版社 | 一九六八 |
| S・ソンタグ | 『ハノイで考えたこと』（*Trip to Hanoi*） | 晶文社 | 一九六九 |
| N・メイラー | 『なぜぼくらはヴェトナムへ行くのか?』（*Why Are We in Vietnam?*） | 早川書房 | 一九七〇 |
| C・ポトク | 『選ばれしもの』（*The Chosen*） | 早川書房 | 一九七一 |
| I・B・シンガー | 『短い金曜日』（短編選集）（*Short Friday & Other Stories*） | 晶文社 | 一九七三 |
| H・ウォーク | 『戦争の嵐』（TV化原案）（*The Winds of War*） | 早川書房 | 一九七四 |
| E・L・ドクトロウ | 『ラグタイム』（映画化原案）（*Ragtime*） | 早川書房 | 一九七七 |
| I・B・シンガー | 『愛のイエントル』（映画化原案）（*Yentl the Yeshiva Boy*） | 晶文社 | 一九八四 |
| ラビ・リー・J・レヴィンジャー | 『アメリカ合衆国とユダヤ人の出会い』（稲田との共訳）（*A History of the Jews in the United States*） | 創樹社 | 一九九七 |
| チャールス・ポンセ | 『カバラー』（*Kabbalah*） | 創樹社 | 二〇〇一 |

いま編集を終えるにあたり、改めてこれまでの故人の事情も多少交えて顧みると、隣県の工場への

勤労動員で不在中に敗戦直前の空襲で実家を失い、家族のことも双肩にかかってやむなく旧制高校を中退、戦後血のにじむ思いの苦労の末家の再建を果たしたが、向学の志を捨てることなく、英文学科を出て教育・研究の道へ入る。その業績のうちユダヤ系文学関係の十数点をここに撰録したわけだが、ユダヤ系文学に限らずその他の文学、宗教（特に仏教）やオカルト、歴史にも詳しく、執筆には相応の資料にあたるも、学究的というより事柄についての発想による興味から、本書にみられるように目のつけ所を的確に定めると、それをもとに鋭く論旨を展開するが、一本調子にはならず、ときに屈折の多すぎるきらいはあるにせよ、めりはりのきいた読みごたえのあるものとなっている。一見一刀両断的に見えて、細かい面への配慮もうかがえるスタイルとでもいえようか。ないものねだりながら、本書でも触れられているが、カバラと日本の密教との未完に終わった比較考証や、関係する寺の古文書の虫干しに本人が度々通ったという幕末の勤王僧・宇都宮黙霖についての評伝が陽の目をみなかったことなどがある。

さて、初出一覧にあるように本書は必ずしも発表年代順ではないが、およその筆者の関心の推移は辿れると思う。論考の内容や文体はもとよりだが、部分的にもごく僅かの思い違いや誤記の訂正と、その後の表記上の通例を参考に、統一をはかったほかは原文の形をとどめるようにした。それにしてもこの分野における故人の業績がいかに多岐にわたり、かつ波乱にとんだ生涯を生き抜いた意気地にも通ずる「難解なものほど自分の仕事になる」との自負に違わず、まさに精力的におこなわれていたかを痛感させられる。これ程の論究と訳業の並行、連続や、折りにふれての『文學界』の〈世界文学展望〉欄への最新情報提供をみるだけでもさることながら、他に十編もの小説作品や様々な論評があ

ることを考え合わせると、本書をちょうど一周忌に手向けるにあたり、今の永い眠りの安らぎがより
いっそう願わしい思いにとらわれている。

なお、この論集の編集・刊行に当たっては、発案のうえ出版社への仲介の労をとられ、懇切な助言まで寄せられた「20世紀文学研究会」会員の中村邦生氏、ならびに切っかけをつくって下さったこれも会員の近藤耕人氏、本書にとって素材の半ばの発表の場を与えていただいた「同研究会」の会員諸氏のあたたかいお薦めに厚くお礼申しあげます。また、ながらく敬愛の念をもって、故人の世話にあたられた親族の方々のご厚意にも支えられてのことでした。

最後になりましたが、高橋栄氏はじめ風濤社の皆さん、とりわけ鈴木冬根氏には、こちらの煩瑣な注文その他にたいし快く対処していただき、ここに深甚の謝意を表します。

二〇一六年九月

稲田武彦

第Ⅱ部　稲田武彦

「バーナード・マラマッドの世界——苦難とマジック・イマジネーション」
（『20 世紀文学』No.9、南雲堂、1969 年 3 月、「苦難における想像の問題」改題）

「ニューヨーク・ゲットーの青春の軌跡——大量移民期のアメリカ・ユダヤ系文学」
（『文学空間』Vol.II No.8、創樹社、1988 年 12 月）

「同化過程におけるアメリカ・ユダヤ系小説」
（『文学空間』Vol.V No.7、風濤社、2010 年 12 月）

「ハーバート・ゴールドにとっての帰属意識——アメリカ・ユダヤ系自伝の系譜を背景に」
（『文学空間』Vol.V No.6、風濤社、2009 年 12 月、「ハーバート・ゴールドにおける帰属意識」改題）

「アメリカ・ユダヤ系作家とユダヤ性——二つのシンポジウムにみるユダヤ系文学進出の契機」
（『文学空間』Vol.II No.5、創樹社、1987 年 7 月、「四、五〇年代アメリカ・ユダヤ系文学の一面」改題）

＊必要な補筆をおこない、できるだけ表記の統一をはかった。
＊作家・作品名等には適宜和文または欧文名を補った。
＊主要作家の没年は本書刊行時点で判明しているものを記しておいた。

【初出一覧】

## 第Ｉ部　邦高忠二

「アメリカ・ユダヤ系作家覚え書」
（『20 世紀文学』No.1、南雲堂、1964 年 9 月）

「アメリカ・ユダヤ系からユダヤ系アメリカへ」
（『本の手帳』1967 年 11 月号、昭森社）

「変容するユダヤ性——アメリカ・ユダヤ系作家再検討」
（『文學界』1972 年 7 月号、〈世界文学展望〉、文藝春秋）

「現代アメリカ文学におけるユダヤ系作家」
（『総説 アメリカ文学史』共著、研究社出版、1975 年）

「ポドーレツとユダヤ系作家——アメリカ文学」
（『文學界』1969 年 3 月号、〈世界文学展望〉、文藝春秋）

「N. メイラー『死刑執行人の歌』——アメリカ的実存主義の小説について」
（『ノーマン．メイラー研究』荒地出版社、1980 年）

「スーザン・ソンタグについて」
（スーザン・ソンタグ『ハノイで考えたこと』邦高忠二訳、「あとがき」、晶文社、1969 年）

「黙示的な実験性」
（『群像』1971 年 11 月号、講談社）

「壮烈なパロディ——フィリップ・ロス『偉大なアメリカ小説』」
（『文學界』1973 年 11 月号、〈世界文学展望〉、文藝春秋）

「アイザック B. シンガーについて」
（『別冊　英語青年』〈特集＝ユダヤ系アメリカ文学〉、研究社出版、1983 年 11 月、「Isaac Bashevis Singer」改題）

「イディッシュひとこと——アイザック・シンガー理解のために」
（『文学空間』Vol.II No.1、創樹社、1985 年 6 月、「イディッシュひとこと」改題）

「I. B. シンガーの『ゴーレム』と H. レイヴィックの『ゴーレム』——そのカバラ的背景」
（『文学空間』Vol.III No.1、創樹社、1991 年 7 月）

「I. B. シンガーの死から S. アンスキの『ディブック』へ」
（『文学空間』Vol.III No.2、創樹社、1991 年 12 月）

「概説イディッシュ文学」
（『大百科事典』第 1 巻、平凡社、1985 年、「イディッシュ文学」改題）

「Y. L. ペレツと啓蒙思潮——戯曲『古い市場の一夜』と『黄金の鎖』をめぐって」
（『文学空間』Vol.III No.7、創樹社、1994 年 6 月）

「ユダヤ人とはなにか」
（現代世界文学の発見 4『亡命とユダヤ人』邦高忠二編訳、「解説」、学藝書林、1970 年）

「ニューヨークのハシド派ユダヤ人——リス・ハリス『聖なる日々——あるハシド家庭の世界』」
（『文学空間』Vol.II No.4、創樹社、1986 年 12 月）

**邦高忠二**
くにたか・ちゅうじ

1926年広島県福山生まれ。2015年没。東京大学文学部英文学科卒業。明治大学名誉教授。共著書に『総説 アメリカ文学史』（研究社出版）、編訳書に『亡命とユダヤ人』（学芸書林）、『大百科事典』（項目担当「イディッシュ文学」平凡社）。訳書にN. メイラー『なぜぼくらはヴェトナムへ行くのか？』、H. ウォーク『戦争の嵐』、E. L. ドクトロウ『ラグタイム』（以上、早川書房）、I. B. シンガー『愛のイエントル』（晶文社）、チャールズA. ライク『緑色革命』（早川書房）など。その他、主としてユダヤ系文学に関する論評多数。

**稲田武彦**
いなだ・たけひこ

1929年東京生まれ。東京大学文学部英文学科卒業。工学院大学名誉教授。訳書にF. コンロイ『彷徨』（晶文社）、共訳書にラビ・リーJ. レヴィンジャー『アメリカ合衆国とユダヤ人の出会い』（創樹社）。その他、アメリカのユダヤ系文学（小説）に関する論考を主に『文学空間』（「20世紀文学研究会」編）に発表。

**アメリカ・ユダヤ文学を読む**
ディアスポラの想像力

2016年10月1日初版第1刷発行

著者　邦高忠二・稲田武彦
発行者　高橋 栄
発行所　風濤社
〒113-0033 東京都文京区本郷3-17-13 本郷タナベビル4F
Tel. 03-3813-3421　Fax. 03-3813-3422
組版　閏月社
印刷所　中央精版印刷
製本所　難波製本

ISBN978-4-89219-419-1

## ヘミングウェイの愛したスペイン
今村楯夫
四六判上製　二四八頁　本体二八〇〇円＋税

## アメリカン・フロンティアの原風景
西部劇・先住民・奴隷制・科学・宗教
高野一良
四六判上製　二五六八頁　本体二五〇〇円＋税

## ファントマ
悪党的想像力
赤塚敬子
四六判上製　三五二頁　本体三二〇〇円＋税

20世紀英国モダニズム小説集成

# なついた羚羊《かましし》

バーバラ・ピム　井伊順彦 訳・解説
四六判上製　三八四頁　本体三八〇〇円＋税

# 自分の同類を愛した男　英国モダニズム短篇集

井伊順彦 編・解説　井伊順彦・今村楯夫 他訳
四六判上製　三二〇頁　本体三二〇〇円＋税

# 世を騒がす嘘つき男　英国モダニズム短篇集2

井伊順彦 編・解説　井伊順彦・今村楯夫 他訳
四六判上製　三二〇頁　本体三二〇〇円＋税

サキ・コレクション

# レジナルド

サキ　井伊順彦・今村楯夫 他訳　池田俊彦 挿絵
四六変判上製　一九二頁　本体二四〇〇円＋税

# 四角い卵

サキ　井伊順彦・今村楯夫 他訳　池田俊彦 挿絵
四六変判上製　一九二頁　本体二四〇〇円＋税

# 鼻もちならないバシントン（刊行予定）

シュルレアリスムの本棚

**大いなる酒宴**　ルネ・ドーマル　谷口亜沙子 訳・解説
四六判上製　二七二頁　本体二八〇〇円＋税

**サン＝ジェルマン大通り一二五番地で**　バンジャマン・ペレ　鈴木雅雄 訳・解説
四六判上製　二五六頁　本体二八〇〇円＋税

**街道手帖**　ジュリアン・グラック　永井敦子 訳・解説
四六判上製　三六八頁　本体三二〇〇円＋税

**パリのサタン**　エルネスト・ド・ジャンジャンバック　鈴木雅雄 訳・解説
四六判上製　二五六頁　本体二八〇〇円＋税

**おまえたちは狂人か**　ルネ・クルヴェル　鈴木大悟 訳・解説
四六判上製　二五六頁　本体二八〇〇円＋税

**放縦**（仮題）　ルイ・アラゴン　齊藤哲也 訳・解説
四六判上製　刊行予定

**パリの最後の夜**　フィリップ・スーポー　谷昌親 訳・解説
四六判上製　刊行予定

**空虚人《うつろびと》と苦薔薇《にがばら》の物語**
ルネ・ドーマル　巖谷國士訳　建石修志画
A5判上製　四〇頁　本体二〇〇〇円＋税

**失われた時**
グザヴィエ・フォルヌレ　辻村永樹訳・解説　建石修志 挿画
四六判上製　二五六頁　本体三〇〇〇円＋税

**少女ヴァレリエと不思議な一週間**
ヴィーチェスラフ・ネズヴァル　赤塚若樹 訳　黒坂圭太 挿絵
四六判上製　二五六頁　本体二八〇〇円＋税

**性の夜想曲**　チェコ・シュルレアリスムの〈エロス〉と〈夢〉
ヴィーチェスラフ・ネズヴァル／インジフ・シュティルスキー　赤塚若樹 編訳
四六変判上製　一九二頁　本体二四〇〇円＋税

**カールシュタイン城夜話**
フランティシェク・クプカ　山口巖 訳・解説
四六判上製　三三六頁　本体二八〇〇円＋税

**スキタイの騎士**
フランティシェク・クプカ　山口巖 訳・解説
四六判上製　四八〇頁　本体三二〇〇円＋税